옮긴이 **고정아**

연세대학교 영어영문학과를 졸업한 뒤 번역가로 활동 중이다. 번역한 책으로는 『전망 좋은 방』, 『하워즈 엔드』, 『순수의 시대』, 『오만과 편견』, 『천국의 작은 새』, 『컬러 퍼플』, 『내 무덤에서 춤을 추어라』 등의 문학작품과 『여행자의 어원 사전』, 『히든 피겨스』, 『로켓 걸스』, 『정원의 쓸모』 등의 인문 교양서와 아동서를 포함해 250여 권의 책을 우리말로 옮겼다. 2012년 유영번역상을 수상했다.

표면으로 떠오르기

일러두기

- 인명, 작품명, 지명은 국립국어원 외래어표기법을 따르되 일부 명칭은 일반적으로 널리 쓰이는 표기를 따랐습니다.
- 단행본 및 정기간행물은 『 』, 그림, 영화, 희곡의 제목은 〈 〉로 구분했습니다.
- 주석은 모두 옮긴이 주입니다.
- 원문의 이탤릭체는 번역서에서 굵게 처리했습니다.

표면으로 떠오르기

Surfacing

캐슬린 제이미 산문

고정아 옮김

B:

헌사

필Phil에게

목 차

1장   순록 동굴 9

2장   티베트의 개 15

3장   바람의 말馬 25

4장   수리 67

5장   퀴나하크에서 73

6장   유리에 비친 모습 159

7장   링크스 오브 놀틀랜드 Ⅰ 165

8장   링크스 오브 놀틀랜드 Ⅱ 221

9장   링크스 오브 놀틀랜드 Ⅲ 229

10장   탑이 분명하다 235

11장   지상으로 올라오기 241

12장   창가에서 247

13장   노인들 251

14장   숲의 목소리 259

감사의 말 265

옮긴이의 말 267

1장

순록 동굴

너는 동굴에 몸을 피한 채 빙하기를 생각한다. 동굴 입구에서 내다본 전망은 인류세 초기, 봄날의 웨스트하일랜드다. 맞은편 언덕 기슭에는 붉은사슴 여섯 마리가 히스풀들 틈에 엎드려 있다. 비가 내린다. 하일랜드의 가벼운 비. 가랑비.

너는 30분 전까지 계곡 위쪽 작은 협곡의 개울가를 걸었다. 무슨 소리가 나서 고개를 들어보니 큼지막한 돌이 데굴데굴 굴러서 네 20미터 앞의 개울물에 풍덩 빠진다. 메아리는 사라졌지만 뒤로 물러선 너는 아직도 가슴이 쿵쾅거린다.

이곳 동굴들은 '뼈 동굴'이라고 불린다. 오래전 이 나라에서 멸종한 많은 동물의 뼈가 발견되었기 때문이다. 지금 이곳은 '순록 동굴'인데 실제로는 뼈보다 뿔이 더 많이 나왔다. 1920년대에 이루어진 발굴 작업의 결과 수백 개의 순록 뿔이 나왔고 대부분 암컷이었다.

너는 동굴 입구에 앉아 비를 바라보며 빙하기를 생각한다.

너는 네가 아는 게 없다는 걸 깨닫는다. 기다리면 된다고 언덕들이 말한다. 서두를 필요 없다고.

얼음이 왔다가 사라졌지, 아마? 얼음은 수천 년 동안 땅과 바다를 뒤덮었지만 이따금, 그러니까 수십만 년에 한 번씩 온화한 기후가 찾아오면 얼음이 물러가고 땅 위에 툰드라가 생겨나며 순록이 찾아온다. 계곡에 빙하가 자리 잡는다. 아니, 빙하가 계곡을 만든다.

너는 이 동굴들에 오려고 강변의 푸른 비탈을 50미터가량 올라왔다. 지금 너는 동굴 입구에서 얼음과 빙퇴석 위로 걸어 나가는 일이 어땠을지 상상해 본다.

여러 해 전에 동굴 탐험가들이 황야 위쪽의 길, 말하자면 뒷문을 통해 이 언덕에 왔다. 뼈 동굴들 지하의 지질계통을 탐구하기 위해서였다.

그 생각에 너의 몸이 움찔한다. 어둠과 동굴 통로와 지하수를 헤치고 기어다니는 일. 메아리가 울리고 돌이 떨어졌을 것이다.

탐험가들은 동굴 깊은 곳에서 곰의 뼈를 발견했다. 그 느낌이 어땠을까? 언덕 자체의 기억을 만지는 것 같지 않았을까.

뼈들은 마침내 신중하게 표면으로 떠올랐다. 그리고 이후 탄소 연대 측정을 통해 4만 5천 년 전의 것임이 밝혀졌다. 곰의 동면치고도 긴 잠이었다. 지상 세계에서는 1600만 번의 낮과 밤이 지나갔다. 그 사이에 얼음이 돌아왔다가 다시 물러갔다가 또 한 번 찾아왔다가 영원히—어쨌건 지금으로서는—떠났다.

곰이 지냈을 동굴 입구는 마지막 빙하기의 암석 잔해들에 막혔다. 1만 년 전에 끝나서 지금 우리가 아는 땅을 만든 그 빙하기.

1만 년. 우주의 원대한 시간 규모로 보면 지금은 따뜻한 연휴인 셈이다.

그 연휴는 더 따뜻해지고 있다.

순록 뿔 이야기로 돌아가면, 그것들은 탄소 연대 측정법이 태어나기 전에 발견되었다. 당시에 우리 인간과 관련된 열광적인 추측이 쏟아졌다! 여기에 살던 구석기 인류가 이 많은 뿔을 모아다가 동굴에 보관한 건 아닐까?

하지만 그렇다는 증거는 없다. 순록 암컷이 더 높은 지대에 자리한 출산 장소에서 자연적으로 뿔을 탈각했고, 그 일부가 빙하에 떨어져서 아래로 실려 내려왔다가 빙하가 녹으면서 동굴 안으로 흘러든 뒤 묻힌 것으로 추측된다.

순록 뼈들은 스코틀랜드국립박물관의 보관소에 간직되어 있다. 생각처럼 멋지지는 않다. 고대의 파편이란 부서진 비스킷과 비슷하게 생겼다. 거기에는 곰 뼈도 상자에 보관되어 있고, 그중에 갈색으로 얼룩진 두개골도 있다. 두개골은 동굴 안에 있었다. 두개골 안에는 무엇이 있었나? 곰의 정신, 곰의 기억—가을이 되어 밤 기온이 떨어지면 곰은 동굴 입구를 기억하고 빙하 위를 걸어서 그곳을 찾아갔다.

보관소에는 동굴에서 발견된 다른 동물들의 유해도 있다. 스라소니도 그중 하나다. 레밍의 조막만 한 뼈도 국가 자산으로서 낡은 캐드버리 초콜릿 통에 보관되어 있다.

세상이 따뜻해진다. 지난번 겨울이 가장 습했다. 눈이나 얼음은 없고 푸른 하늘은 혜성처럼 드물었다. 밤에는 별빛 대신 비가 내렸다. TV 뉴스에는 홍수와 모래주머니가 나오고, 흙더미를 치우며 우는 가족들이 보였다. 토지 관리, 범람원, 벌목에 대한 논쟁이 이어졌다. 평론가들이 열변을 토했다. "이게 기후 변화인가요?"

너는 부루퉁하게 생각했다. 걸음도 오리처럼 걷고 소리도 오리 소리를 낸다면 그걸 오리라고 하지, 뭐라고 해?

D'où venons-nous? Que sommes-nous? Où allons-nous?[1]

---

1 프랑스어로 '우리는 어디서 왔는가? 우리는 무엇인가? 우리는 어디로 가는가?'라는 뜻으로 폴 고갱의 작품 제목이다.

동굴 입구에서 너는 자연의 순환에 따라 언젠가 얼음이 돌아올지, 아니면 인류세를 만든 우리가 돌이킬 수 없이 멀리 간 것인지 생각해 본다. 하지만 누가 그 질문에 답할 수 있을까? 우리는 우리 종이 어디까지 영향을 미칠지 짐작하지 못한다. 하지만 우리 머리를 박살낼 돌멩이 하나—그것은 이해한다.

차츰 비가 걷히고 동굴 입구에 작고 지저분한 테리어 개가 나타난다. 그 뒤를 아이들이 따라온다. 아이들 목소리가 기슭을 올라온다. 아빠! 동굴이에요!

2장

티베트의 개

여기서 아주 먼 중국의 암도[1] 지구에 샤허夏河라는 소읍이 있다. 티베트인에게 암도는 티베트 땅이며 라브랑이라는 이름으로 불린다. 중요한 사원 하나가 여기 있다.

샤허 현을 흐르는 강은 이후 티베트 고원을 지나는 많은 강들과 합쳐져서 황하가 된다. 길이가 5천 킬로미터가 넘는 황하는 오늘날은 10여 개의 댐을 품고 있고 산업 폐기물로 오염되었다.

샤허에는 이 강 위에 콘크리트 다리가 놓여 있다. 다리 남쪽에 티베트 납작지붕 집들이 어수선하게 모여 있고 북쪽에는 비포장 상태의 중심도로가 있다.

오래전 어느 날 저녁, 혼자 걷다가 티베트 쪽에서 그 다리를 건너려고 하는데 어둑어둑한 빛 속에서 작은 테리어 개가 튀어나와 내 정강이를 깨물었다. 나는 녀석이 오는 것을 못 본 채 통증을 먼저 느꼈다. '깨물다'가 정확한 표현이다. "아야!" 하며 돌아보니 녀석은 내가 비명을 지르는 사이 이미 집들 틈으로 달아났다. 나는 돌을 던졌던 것 같다. 그 짐승은 특별히 외국인인 나를 물려고 뛰어나왔다. 작은 상처에서 피가 흘렀고, 호텔에 돌아와 요오드를 발랐다.

두 사람이 내 곁에 있었다. 일행인 쑨, 그리고 우리와 같은 층에 묵는 젊은 이탈리아 여자 엘레나였다.

1 安多. 티베트 북동부 지역.

"개한테 물렸어요. 티베트 개한테." 내가 말했다.

그들은 별로 신경 쓰지 않았다.

"티베트 사람들은 개를 좋아해요." 엘레나가 말했다. "개가 라마승의 현신이래요. 라마승 중에…… 그걸 뭐라고 하더라?"

"경지에 이르지 못한?" 숀이 말했다.

"라마승이건 뭐건 개가 나를 물었다니까."

그리고 그 사건은 잊혔다. 당연했다. 그때 나는 지금의 내 아이들과 얼추 비슷한 나이였다. 그 후 25년 동안 나는 많은 여행을 떠났고 또 집으로 돌아왔다. 반려자들을 만나고, 아이들이 태어나고 자랐다. 우정을 키우고 잃었다. 직업, 계획, 집, 사별 같은 인생의 곡절들─그러니까 우리가 무탈히 산다면. 인생의 도도한 물결 속에.

우리가 무탈히 산다면.

* * *

아는 사람은 알겠지만 조직 검사는 때로 아주 힘들다. 검사 자체가 괴롭다. 병원, 긴 바늘, 충격과 상처, 그런 뒤 기다림과 두려움이 있다.

내 경우는 검사 후 결과가 나올 때까지 일주일이 걸렸다. 이미 내가 가진 혹이 암이라는 걸 알았지만 그 암이 얼마나 공격적인지, 어디까지 퍼졌는지, 어떤 치료법을 쓸 수 있는지는 몰랐다.

이런 불안한 시기에 우리는 무엇을 해야 하는가? 무엇을 느껴야 하는가? 그건 각자의 몫이다. 우리는 자신에게 맞아보이는 이런저런 태도를 찾아 몸에 걸쳐보지만 맞는 게 없어서 결국 10대가 옷을 어질러놓듯 널브러뜨리고 거기 발길질을 한다. 슬픔과 우아함, 혼란. 그때까지 누린 인생에 대한 경건한 감사, 그리고 분노. 내가 왜 침착해야 하는가? 그런 뒤 차분함. 왜 무언가를 느끼는가? 모든 게 신들의 소관이다.

불안한 일주일을 보내던 중 내가 약간이라도 잠을 잔 어느 날, 아주 생생한 꿈을 꾸었다. 꿈에서 나는 붐비는 거리를 걷다가 왼쪽 정강이가 세게 꼬집히는 느낌을 받았다. 돌아보니 작은 개가 내 다리를 물고 있었다. 개는 나와 눈이 마주칠 때까지 기다렸고, 내가 자신을 본 것을 확인한 뒤에야 이빨을 풀고 달아났다.

너무나 이상한 꿈이었다! 잠에서 깬 뒤에도 물린 느낌과 개의 표정이 생생했다. 하지만 내 속에 무언가 바뀌었다. 나는 안도했다. 이번에는, 어쨌건 지금은 이 암으로 죽지 않을 거라는 이상한 확신이 생겼다. 물렸지만, 풀려날 거라는 확신.

그리고 그 개! 까맣게 잊고 있던 25년 전 티베트의 그 개였다. 꿈속에서 물린 감각도 그때 느꼈던 바로 그 감각이었다. 신기하기 짝이 없었다. 무의식이 내가 잠들기를 기다렸다가 오래전에 사라진 수백만 개의 기억을 뒤져서, 어떤 이미지에 메시지를 담아야 내가 잠에서 깬 뒤 이해할 수 있을지 찾은 것이다. 그리고 무의식이 당당하게 찾아낸 것은? 작은 강아지와 녀석의 이빨이었다.

모든 일이 지나간 지금, 나는 1989년의 그 라마승-개가 다 알고 그런 것이라고, 나에게 친절을 베풀어준 것이라고 즐겁게 상상한다. 그리고 돌을 던져서 미안하다고, 이제는 그 기억에 축복을 내리겠다고 속으로 말한다. 그 개가 곤경에 빠진 나에게 꿈속의 은유로 찾아와서 안심시켜 준 것에 감사한다고.

그 개는 오래전에 죽었을 것이다. 그러니까 정말로 윤회의 굴레에 사로잡혀 있는 게 아니라면 말이다. 만약 윤회가 있다면 녀석에게 행복한 환생을 기원한다.

어쨌건 이상한 시기의 이상한 꿈이었다. 이후 조직 검사 결과를 보러 남편과 함께 병원에 갔고, 6월 날씨가 온화해서 여윈 나무 한 그루가 서 있는 작고 구석진 안뜰에서 기다리다 호출을 받았다. 의사와 간호사는 예후가 좋다고 말했다. 그리고 치료 계획, 수술, 추가 검사를 설명하면서 좋은 결과가 나올 수 있다고 안심시켜 주었다.

그 후 나는 곧 그때의 맹세를 깼다. 하루를 위해 살겠다는, 살아 있는 매 순간을 즐기겠다는, 장미꽃 향기를 맡겠다는 맹세였다. 시간은 알 수 없는 방식으로 작동할지 모르지만, 그래도 어쨌건 지나간다. 하지만 인생이 다시 원래 페이스로 돌아와도 한 가지는 마음 한 구석에 남아 있었다. 티베트 개의 꿈은 깊은 곳에 묻혀 있던 다른 기억들의 문을 열었다. 당시 그 티베트 마을에서 지냈던 경험이다. 젊었던 시절. 꿈 때문에 기억이 표면으로 떠올랐고, 나는 기회가 되면 차분히 그때 일을 돌아보고 어쩌면 그에 대해 글도 쓰고 싶었다.

* * *

어쩌다 보니 실행에 옮기기까지 아주 오랜 시간이 지났다. 암 자체도 먼 기억이 되어갔다. 하지만 생각은 사라지지 않았고, 나는 마침내 책상과 머릿속을 최대한 정돈했다. 좀 더 몰입해서 샤허를, 그리고 내 나이가 지금의 절반이었을 때 거기서 보낸 몇 주일을 더 잘 기억하기 위해서였다.

그러기 위해 먼저 당시에 쓴 노트를 찾아야 했다. 어렵지 않았다. 우리 집 다락에 있는 작은 문을 열고 처마 밑 공간으로 들어가기만 하면 된다. 그 작고 어두운 공간은 이상하게 춥다. 거기 보관된 크리스마스 장식과 낡은 올리베티 타자기 옆에 옛 노트들을 넣은 종이 상자가 있다. 노트는 아주 많다! 대부분은 끝까지 쓰지 않고, 채운 쪽보다 빈 쪽이 더 많은 상태로 버려졌다. 생각이 새로운 방향으로 들어서거나 새로운 모험이 시작되면 새 노트가 필요하다. 어쨌건 그게 내 방식이다.

　　노트 속에 층층이 보관된 내 인생을 뒤졌다. 어떤 것은 스프링 노트라서 무릎 위에 잘 펼쳐졌고, 어떤 것은 뒷주머니에 들어갈 만큼 작았다. 어쨌건 대체로 두께가 얇아서 유연했다. 화려한 것은 하나도 없었다. 멋진 색깔도 장치도 없다. 내가 찾는 노트는 유난히 두껍고 직장에서 쓸 법한 모양이었다. 한동안 외국에 있을 테니 새 노트를 구하기 어려울지 모른다고 생각했던 게 기억난다. 노트는 금방 찾았다. 검은 표지에 종잇장 모서리가 파란색인 튼튼한 알리치 노트. 알아보기는 쉬웠다. 여행 중에 그 표지에 티베트 '탱화', 즉 불교 그림이 실린 엽서를 붙였기 때문이다. 엽서를 다시 보니 가판대에서 그림의 의미도 모르고 그저 이국적 분위기가 좋아서 샀던 일도 희미하게 떠올랐다.

　　옛 노트를 찾고 나서 상자를 닫고 어둠 속에 돌려놓은 뒤, 처마 밑을 나와 작은 문을 잠갔다. 내 손에는 직접 쓴 메모들이 있었고, (다른 상자에서 나온) 당시의 일행이 찍은 인상적인 흑백 사진들—거리 풍경, 사람들—도 있었다.

　　이제 그것들은 모퉁이가 말리고 가장자리가 더럽혀진 채 책상에 놓여 있다. 디지털 시대가 오기 전의 진짜 물건들이었다. 세상에 물질적으로 존재하는 낡은 사물들. 암실에서 손으로 현상한 사진. 앞에 그림엽서를 붙이고 손으로 써넣은 노트. 박물관 전시품 같지만 동시에 옛 친구 같았다. 그리고 실제로도 그랬다. 사진과 노트가 무엇이던가? 미래의 자신, 다음 주 또는 반평생 뒤의 자신에게 내미는 손 아닌가. 지금의 나는 그 노트를 쓰던 당시의 내가 상상하던 미래의 모습과 전혀 다르지만, 그 시절에는 알 수 없었다.

엽서에는 파란 머리와 긴 귓불을 한 석가모니가 승복을 입고 양식화된 연꽃에 앉아 있다. 불에 휩싸인 악마들 위에 떠 있는 듯하다. 차분하면서도 풍성한 청색과 주황색에 둘러싸인 그는 깨달음, 한없는 자비를 상징한다. 부처가 깃든 표지를 열자 특정한 냄새가 희미하게 풍겼다. 종이 냄새는 당연하고 볼펜 잉크 냄새도 나는 것 같았지만 더불어 어떤 풀의 향, 그러니까 탁한 아로마 향도 있었다. 그래, 칭하이靑海 호수에서 딴 들꽃 몇 송이를 노트 갈피에 넣었었지. 그 꽃들의 유령이 살짝만 건드려도 바스러질 듯 거기 있었다.

* * *

글을 구성하는 데 몇 주가 걸렸다. 나는 그 일에 몰두해서 현재의 일상 속에 당시의 '느낌'을 계속 간직하며, 작가들이 흔히 그러듯 두 세계에 동시에 살았다. 노트는 별로 도움이 되지 않았다. 손 글씨로 적은 진지한 메모일 뿐이었지만 그 혼란스러웠던 젊은 시절에 내가 할 수 있는 최선이었다. 나는 스물일곱 살의 젊은 여자로 작가가 되고 싶었고, 작가의 인생이 어떤 것이건 그런 삶을 찾으려 했다.

젊은 시절의 자신을 만나면 무언가를 느껴야 할까? 향수 같은 것을? 하지만 그러지 않았다. 암에 걸렸다는 말을 들으면 무언가를 느껴야 할까? 무엇을? 왜?

글을 쓸 때는 늦겨울이었다. 창밖으로 오후 하늘이 어두워지고 있었다. 많은 질문이 떠올랐고 나는 아직 답할 수 없다.

나는 인터넷과 거기 있는 '정보'라는 것—뉘앙스 없이 기억을 파괴하는, 실제 벌어진 일만을 담은 덩어리들—을 피했다. 거기 꿈속의 개는 없었다.

깨달음, 한없는 자비. 지금 엘레나는 어디 있을까.

3장

바람의 말馬

우리가 묵는 객실의 문은 경첩에서 떨어져 있어서 절반 정도 열면 콘크리트 바닥에 긁혔다. 완전히 열려면 힘을 주어 밀어야 했다. 우리는 방을 드나들면서 그 긁히는 소리에 익숙해졌다.

호텔은 최근에 마을의 중국 방면 언저리, 경찰서 맞은편에 마지못해 지은 건물이었다. 호텔은 수많은 자전거, 소형 트랙터, 군경을 태운 관용 지프차가 오가는 비포장 중심도로 앞에 있었다. 그 도시에서 외국인이 묵을 수 있는 유일한 숙소였지만 그래도 직원은 투숙을 거부하고 싶어 했다. 직원은 우리 또래인 20대 중반의 여자로, 로비의 미닫이 유리문 안쪽에 자신만의 작은 구역을 가지고 있었다.

우리가 간청하자 여자는 결국 숙박 카드를 주어 거기 이름, 여권 사항 등을 쓰게 했다. 우리는 2층의 허름한 객실을 배정받았다. 복도 중간 위치고 건물 뒤쪽이었다. 여자가 열쇠 꾸러미를 들고 우리를 인솔했다. 언제나 그런 식이었다. 마을이나 주변 언덕을 배회하고 돌아올 때마다 우리는 항상 그 여자와 열쇠 꾸러미를 불러야 했다. 그녀는 미소로 응답한 적이 없다. 어쨌건 우리에게는 그랬다. 그녀는 바지와 블라우스, 낡은 구두 차림의 작은 몸집으로 우중충한 복도를 앞서 걸었다.

문은 언제나 잘 열리지 않았다. 숀은 키가 180센티미터가 넘었는데, 그가 문을 밀면서 여자 쪽으로 장난스럽게 몸을 기울여도 그녀는 웃지 않았다.

그녀를 따라 들어간 방은 청소는 되어 있었지만 페인트칠을 한 지는 좀 된 상태였다. 아무 장식 없는 푸르스름한 벽, 좁은 침대 두 개와 말총인지 밀짚인지로 만든 매트리스, 세면대와 양철 대야, 흔들거리는 테이블이 하나 있었다. 천장에 매달린 전구. 교수대에 걸린 듯한 커튼. 쾌적하다고 할 수는 없었지만 우리는 피곤하고 불결하고 오갈 데 없었던 터라 아무 데라도 쉴 곳이 생겨서 기뻤다. 어쨌건 창문은 컸다. 긴 직사각형 창밖으로 뒷마당이 내다보였는데, 회색 자갈이 깔리고 끝 쪽에 보일러실과 야외 화장실이 있었다. 벽돌 담 너머 펼쳐진 땅 몇 미터 아래에는 쪼그라든 강이 있었다.

그 강은 황하의 지류였는데, 마을이 언덕 지대에 자리해서 해발고도가 2,700미터가량 되었기 때문에 봄에는 눈 녹은 물이 흘렀을 것이다. 하지만 그때는 6월 초라 눈이 없고 언덕은 푸르렀다. 마을 위쪽에서는 양과 야크 무리가 풀을 뜯었다. 아침이면 창밖으로 안개가 걷히면서 가장 가까운 봉우리에 있는 돌무덤과 그 곁에서 바람에 나부끼는 오색 경번[1]들이 보였다.

경번. 이걸 보려고 참 먼 길을 왔구나, 하고 생각했던 게 기억난다. 장대에 매단 그 천 조각들을.

* * *

우리는 버스를 타고 샤허에 갔다. 런던을 떠나고 3주가량 뒤였

---

1 prayer flags, 經幡. 티베트 불교에서 쓰는 깃발로 모두 다섯 가지 색깔이 있다. 가로로 거는 것을 '룽다'라 하고 세로로 거는 것을 '타르초'라 하는데, 이 중 룽다는 '바람의 말'이라는 뜻이다.

다. 나는 내 생일이 있는 5월 중순을 라왈핀디²에서 보냈고, 거기서 육중한 구형 버스로 카라코람 고속도로를 달려 길기트에 이르렀다. 거기서 며칠을 보내고 이어 다시 버스로 훈자를 지나 쿤자랍 고개³를 넘는 힘겨운 여정을 거쳤다. 지금 이 이름들은 나에게 경이롭고 이국적인 느낌을 안겨준다. 나아가 높은 고도, 거친 설산, 파란 하늘, 놀랍도록 차가운 공기에 대한 감각으로 더욱 강렬해진다.

물이 흐르는 험준하고 아름다운 어느 계곡과 황량한 산비탈에 흩어져 보석처럼 반짝이던 집들이 생각난다. 고도 4,200미터의 국경 초소에서 신원 조회를 기다리며 강변의 차가운 돌에 앉아 두통을 달랜 일, 이후 오랜 시간을 하산해서 카슈가르⁴에 닿은 일도 기억난다. 그곳 사람들은 대개 위구르인이었다. 여자들은 공공장소에서 갈색 베일로 얼굴 전체를 가렸다. 모스크 앞에는 곡예사도 있고, 가판대에서는 접시에 요거트를 담아 팔았다. 요거트는 차갑고 진했다.

우리는 카슈가르에서 만난 미국인들에게서 티베트가 국경을 잠갔다는 말을 들었다. 티베트뿐 아니라 중국 여러 도시에 시위와 진압, 파업과 분규가 일었다. 중국 당국이 라싸⁵의 외국인들을 추방하고 있으며 신규 입국은 금지 중이라고.

딜레마에 빠졌다. 파키스탄으로 돌아가서 훈자나 길기트 같은 데 머무르며 상황이 누그러들 때까지 기다려야 하나? 아니면 밀고 들어가서 어떻게 되는지 봐야 하나. 우리는 밀고 들어가기로 했고, 타클라마칸 사막의 거뭇거뭇한 자갈길을 사흘에 걸쳐 건넜다. 버스

---

2 파키스탄 북동부의 도시.
3 파키스탄과 중국 국경에 있는 고개. 세계에서 가장 높은 국경이다.
4 신장 위구르 자치구의 도시.
5 티베트 자치구의 중심 도시.

창밖에는 폐가들이 있고, 누가 모아놓은 건지 알 수 없고 아무도 수거하지 않은 검은 모래주머니가 잔뜩 쌓여 있었다. 황량한 오아시스 도시마다 똑같은 소식이 돌았다. '티베트 국경 폐쇄.' '외국인 입국 금지.' 우리는 거얼무 시의 버스 터미널에서 한 무리에 합류했다. 터미널 벽에 영어로 된 안내문이 걸려 있었다. "외국인의 자치구 여행을 금지합니다. 라싸는 현재 계엄령이 시행 중입니다."

'시행한다execute'는 말이 불길하게 느껴졌다. 그 말에 처형한다는 뜻도 있기 때문이다. 그래도 우리는 작은 나무문 안쪽으로 요구 사항을 전달했다. 티켓 판매원이 문을 탕 닫았다.

벽에 낙서 같은 메시지들이 있고 그중에는 영어도 있었다. "라싸에 가려면 여기 말고 남쪽의 트럭 정거장으로 가보세요." "샘, 우리는 동쪽으로 간다. J&T." 남쪽의 트럭 정거장에 갔지만 서양인을 태워줄 기사는 없었고 그들로서는 당연한 일이었다. 다른 사람이 우리 때문에 문제를 겪는 일은 원하지 않았기에 우리는 물러났다. 우리가 트럭 정거장을 떠날 때 밤색 승복 차림으로 뒤집힌 상자에 앉아 있던 티베트 승려 한 명이 희미한 미소를 보냈다.

그리고 우리는 이제 샤허에 왔다. 손이 샤허는 인종적, 문화적으로 티베트에 속하니 여기로 오자고 했다. 라브랑 사원이라는 유서 깊은 대형 티베트 불교 사원을 중심으로 성장한 현이다. 이곳이 위치한 암도 지역은 공식적으로는 '티베트 자치구' 바깥이었다. 샤허는 티베트 계통이지만 현실적으로는 중국에 있다.

우리는 다시 한번 덜덜거리는 버스를 타고 란저우를 떠났고, 몇 시간 동안 고갯길을 달려서 도시의 더위와 먼지를 벗어난 서늘하고 맑은 공기 속으로 들어갔다. 버스에서 내리자 그곳 역시 판잣집들에 둘러싸이고 자갈과 물웅덩이가 가득한 마당이었다. 하지만 이번에는 내가 배낭을 다시 메기도 전에 흰 머리의 노부인이 다가왔다. 두꺼운 양가죽 추바[1]를 입고 귀와 목에 구슬을 단 부인이었다. 입 안에는 금니가 반짝였다. 부인이 내 두 손을 잡고 미소 띤 얼굴로 고개를 끄덕이며 내가 짐작밖에 할 수 없는 어떤 감정을 담아 무어라 말을 했고, 나도 미소를 짓고 고개를 끄덕여 답했다.

* * *

우리 방이 뒤쪽인 게 좋았다. 호텔 앞쪽은 공사 소리, 자전거 벨 소리로 소음이 끊이지 않았다. 호텔 안도 매일 양동이 덜그럭거리는 소리와 고함 소리로 시끄러웠고, 항상 누군가가 천 찢어지는 소리로 기침을 했다. 아침마다 호텔 여자가 빗자루를 가지고 와서 담배꽁초와 해바라기 씨 껍데기를 청소했다. 때로는 다른 여자가 아기를 데리고 그녀를 찾아왔고, 그러면 둘은 빨간 니트 바지를 입은 아기와 놀았다. 하지만 여자는 대부분 혼자 일했다.

호텔 맞은편에는 담장을 두르고 금속 문을 단 경찰서가 있었다. 정문 기둥에는 불운한 남자들의 흐릿한 얼굴 사진이 붙어 있었다. 아마 수배자 전단 같았다. 그곳 언어를 말할 줄도 쓸 줄도 몰라서 우리 역시 아기와 다름없었다.

소음 중에 노래도 있었다. 매일 인부들이 호텔 마당에 와서 자갈을 체치고 잔돌을 수레에 실었다. 일 자체는 처량해 보였는데 그들은 일할 때 노래를 불렀다. 중국 노래도 있었다. 민요일 수도 있지

1 티베트고원의 전통 의상. 길고 두꺼운 겉옷을 허리띠로 여민다.

만 당시 인기 가요일 수도 있었다. 길거리나 라디오에서 자주 흘러 나오고 사람들도 흥얼거렸기 때문이다. 여자 가수가 소녀 같은 높은 목소리로 부르는 단순한 멜로디의 노래였다. 나는 그게 애틋한 느낌으로 좋아졌다. 우리는 서양 음악도 들었다. 손이 여남은 개의 카세트테이프와 소니 워크맨을 가져온 덕에 레게나 도어스[1]를 다시 들을 수 있었다. 〈The End〉는 거의 무한 반복하듯 자주 들었다.

호텔에 다른 투숙객들도 있었다. 한 명은 갈색 승복을 입고 머리를 정수리에 묶은 키 큰 승려였다. 도교 승려였을 수도 있고 일본인이었을 수도 있다. 그에게 말을 걸어보지 않은 것이 아쉽다. 창밖으로 보면 그가 아침마다 승복 차림으로 미끄러지듯 걸으며 보일러실로 향하는 모습이 보였다. 그는 매번 멈춰 서서 인부들에게 인사했고, 그러면 인부들은 당황해서 잠시 일을 멈추었다. 우리와 마주치면 허리를 깊이 굽혀 인사했다. 그는 며칠 후에 떠났다. 또 한 명은 우리 또래의 여자로 앞에서 이미 언급했다. 그녀는 숱 많은 검은 머리에 검은 눈동자였고, 두꺼운 검은색 니트 옷을 입었다. 테리어 강아지도 한 마리 키웠다. 그녀는 용케 강아지를 데리고 자기 방—우리와 같은 층의 마지막 방이고 호텔 앞쪽에 면해 있었다—을 드나들었다.

며칠 후 복도에서 마주쳤을 때 그녀의 품에서 개가 꼼지락거렸다. 그녀는 이탈리아 억양의 영어로 인사했다.

"아, 티베트 분인 줄 알았어요!" 내가 말했다.

그 말을 하길 잘한 모양이다. 그녀가 기쁜 기색으로 "왜요?" 하고 물었기 때문이다. 농담으로 던진 말을 진담으로 들은 것 같았다.

1 20세기 중후반에 활동했던 미국의 록 밴드.

그녀는 늘 그러듯이 지역 주민들처럼 옷단에 비단을 덧댄 폴리에스터 재킷을 입고 있었다. 손에 터키석 반지를 끼고 검은 머리는 동그랗게 묶거나 땋았다. 나무향이 났고 껌을 씹었다.

"아뇨, 밀라노 출신이에요."

"그런데 중국어를 잘하시네요. 그 무뚝뚝한 호텔 직원은 당신하고 말할 때만 웃던데요. 그 사람이 개를 눈감아 주나요?" 내가 물었다.

"네, 좋은 여자예요. 상황이 힘들어서 그래요."

"거기다 당연히 이탈리아어도 하실 거 아녜요?" 내가 계속 말했다.

"영어하고 티베트어도요!"

"티베트어를 해요?"

"라싸에서 2년을 지냈어요. 라싸에 가보셨나요?"

"아뇨……. 가보려고 했는데……."

"하, 그 하늘! 라싸의 하늘 같은 건 세상 어디에도 없어요. 하지만 쫓겨났죠, 하! 그래도 어쨌건 아직 여기 있어요. 중국 정부가 뭐라고 하건 암도도 티베트예요. 라싸! 사람들이 거길 파괴하는 건 사실이에요. 하지만……."

"하지만?"

"우리는 마음이 아파본 뒤에야 진정으로 행복할 수 있잖아요."

그게 엘레나와의 첫 대화였다.

그사이에 숀이 삼각대를 가지고 왔다. 이제 그는 라싸의 푸른 하늘에 대해, 무도한 파괴에 대해, 그가 다시 가보고 싶은 장소들에 대해 이야기할 사람이 생겼다. 포탈라 궁전, 사원들, 두 사람이 모두 아는 찻집들에 대해.

나중에 엘레나가 우리를 자기 방으로 초대했다. 그 방도 당연히 허름했다. 창문이 깨진 자리에 갈색 종이를 대고 있었지만 그녀는 거기 계속 머물 생각인 듯 벽에 자신이 직접 그린 그림과 인쇄한 만 달라 또는 티베트 달력을 붙이고 향을 태우는 등으로 방에 정성을 기울이고 있었다. 사향 냄새가 그녀의 몸뿐 아니라 방에도 맴돌았 다. 책이 몇 권 있고, 찻주전자가 하나 있고, 물론 개도 있었다. 강아 지 빼고 그녀의 유일한 도락은 껌 씹는 일 같았다.

엘레나가 말했다. "그리고 지금 베이징에 시위가 있어요!"

시위로 도시들이 마비되거나 폐쇄되고 있었다. 우리도 이미 듣 고 있던 이야기였다. 우리가 지나온 도시들에 파업과 시위가 있었지 만 직접 보지는 못했다. 학생들, 특히 베이징의 학생들이 시위를 했 고 티베트는 당연히 반란 분위기였다. 그래서 '라싸에 계엄령이 시 행 중'인 것이다.

다음 날 빈 방에 투숙객이 들었다. 엘레나의 방과 같은 라인이 었고, 우리 방과 그녀의 방 중간에 위치했다. 체코 남자 세 명이었 다. 덩치가 너무 커서 셋이서 그 좁은 방에 함께 묵을 수 있을까 싶 었지만, 그 덩치의 대부분은 마레크 때문이었다. 원기 왕성한 마레 크는 숀과 같은 산악인이자 자칭 사업가였다. 그가 일행의 대장 또 는 여행 가이드 노릇을 했다. 영어를 좀 하고 대담했기 때문이다. 그 는 청바지와 헐렁한 가죽 재킷을 입었다.

"우리도 영어 해요." 우리가 마레크에게 말했다. "그런데 여기 서는 별로 쓸 일이 없어요. 무슨 일이 벌어지는 건지 전혀 모르겠어 요."

나머지 두 사람 중 제네크는 사진가로 역시 숀과 공통점이 있었 다. 그는 가녀린 체구에 섬세하고 예리한 성품이었고 손짓, 미소, 찬

찬한 시선으로 우리, 그리고 엘레나와 대화했다. 손하고는 카메라와 렌즈라는 국제어를 공유했다.

"나는 탐험하고 제네크는 전시해요!" 마레크가 말했다.

세 번째 남자는 알로이스였다. 일행 중 가장 연장자로 쉰 살 정도로 보였다. 헐렁한 사파리 바지와 셔츠, 그리고 주머니가 많은 낚시꾼 조끼 같은 것을 입었는데, 놀랍게도 그가 나비를 수집하기 때문이었다.

"뭘 수집하신다고요?"

"나비요!"

"잠자리채로 잡나요? 불교 도시에서요?"

체코인들은 우리가 들었던 소문을 확인해 주었다. 그들이 샤허전에 지나온 도시들은 정말로 시위로 마비되어서 기차도 버스도 멈췄다고 했다.

"시닝이 봉쇄됐어요! 란저우, 청두도요! 정부가 무너질 거예요!" 마레크가 말했다.

다른 손님 세 명도 와서 조용히 지하층의 객실을 배정받았다. 도교 승려가 떠난 자리에 세 명의 중국인 미대생이 왔다. 모두 아주 젊었다. 남학생 두 명과 머리를 인형처럼 밖으로 튀어나오게 땋은 예쁜 여학생 한 명이었다. 남학생들은 청바지를 입고 머리를 길러서 1960년대의 서구 학생들처럼 조용한 반항기를 내보였다. 둘 중 키가 더 큰 남학생은 머리에 두건을 둘렀다. 그들은 잘 웃었고 잉크와 스케치북을 들고서 시내를 돌아다녔다.

체코 남자들은 휴가 중이라고 했다.

"중국으로 휴가를 오신 거예요?"

"우리는 체코인이니까요. 우리가 갈 데는 중국하고 러시아뿐인데 **러시아는 정말 싫거든요!**"

* * *

우리는 호텔 밖으로 외출을 시도했다. 시내 동쪽 끝에는 호텔과 경찰서, 중국 사업장 들이 있고 서쪽 끝에는 사원과 티베트 구역이 있었으며, 그 사이를 연결하는 도로에 1킬로미터 정도 상점과 노점이 늘어선 거리가 있었다. 자전거들이 덜거덕거리며 달려갔다. 모두 '플라잉피전' 브랜드였다. 지프차와 소형 트랙터도 달렸다. 모든 가게 현관 앞에는 몇 칸짜리 나무 계단이 있었다. 노점들이 검은색의 향기로운 차와 향료, 살구, 밤, 칼, 철물을 팔았다. 어딘가 영화관도 있었을 것이다. 아름다운 영화배우들을 그린 광고판이 있었다. 도로는 강변을 따라 나 있는데, 강은 허겁지겁 대충 지은 건물들 뒤로 흐르는 하수구 정도로 취급받았다.

이 중심도로를 거의 매일 걸었다. 나갈 때마다 새로운 볼거리가 있었다. 정수리에 찰싹 붙는 흰색 뜨개 모자를 쓴 무슬림 점원이 표범 가죽을 못에 걸어놓고 팔면서 주판을 튕겼다. 제본소에는 나무줄기만큼 두꺼운 종이 롤들이 있었다.

라브랑이라고 불리는 사원에도 자주 갔다. 사원은 작은 계곡의 저지대 전체를 차지하고 있어서 그 자체로 성벽을 두른 마을 같았고, 시내에서 꽤 떨어져서 평화로웠다. 주요 건물들은 흰색으로 칠했고 녹색 기와지붕에 처마가 솟아 있었다. 사원은 애초에 이 현이 생긴 이유였을 것이다. 역사가 수백 년이기 때문이다. 승려들의 종단은 달라이 라마가 속한 겔루그파였다. 그들은 삭발을 했고, 달라이 라마 덕분에 서양에도 잘 알려진 자주색 승복에 노란 모자를 썼다. 우리는 이 승복 차림의 남자와 소년 들이 시내를 걷거나 찻집에 앉아 있는 모습을 자주 보았다. 첫날에는 여남은 명의 승려가 웃는 얼굴로 트랙터에 달린 트레일러를 타고 승복을 펄럭이며 어딘지 알 수 없는 곳으로 가는 모습을 보았다. 언덕으로 가는 건지도 몰랐다. 사원 너머에서 도로는 높은 초지로 이어졌다. 도로는 강 상류 어디선가 끊길 것 같았다. 언덕 비탈에는 유목민들이 여름 방목지에 친 천막들이 있었다.

마을에 도착한 직후, 아마 첫날 저녁이었던 것 같은데, 우리는 사원에 가서 담장 주변을 시계 방향으로 걷다가 열려 있는 문을 보고 안으로 들어갔다. 그랬더니 양편에 높은 벽이 서 있는 길이 나왔다. 주요 건물, 법당과 학사 들은 3층 높이고, 창문들에서 파란색 면 커튼이 바람에 나부꼈다. 지붕의 금빛 장식물에 지는 햇빛이 반사되었다. 그 평온함, 노간주나무인가를 태우던 향냄새가 기억난다.

우리는 어느 법당의 안뜰에 들어섰다. 닫힌 문 안쪽에서 나무 패는 소리가 들렸지만 사람은 보이지 않았다. 참새들이 짹짹거렸다. 장식단을 받친 돌출 현관 아래 호랑이 무늬를 희미하게 그린 육중한 두 쪽짜리 문이 있었다. 문 양쪽의 놋쇠 고리가 모두 카타 스카프[1]에 감싸여 있었다. 문은 아주 살짝 열려 있었다. 우리는 과감하게 마당을 지나 세월에 움푹해진 나무 계단을 오른 뒤 삐걱이는 문을 안이 들여다보일 만큼만 열었다. 그러자 눈앞에 자궁 속 같은 오묘한 다른 세상, 세월과 버터 램프 냄새가 나는 공간이 펼쳐졌다. 조

---

1 prayer scarf. 티베트 불교에서 존경과 축복을 상징하는 실크 스카프.

각을 새기고 그림을 그린 기둥들 위로 연기에 그을린 천장 그림이 있었다. 촛불 빛이 벽의 구석구석에 모셔진 금불들의 얼굴과 가부좌 튼 팔다리를, 매끈하게 닦은 놋쇠 그릇을, 탱화 속 인물들을 부드럽게 비추었다.

우리는 당연히 사원을 탐색하고, 승려들을 만나서 사진을 찍고, 예불 또는 이런저런 신비롭고 강렬한 의식을 체험하고 싶었다.

우리는 먼 곳에서 왔고, 그때 우리가 품었던 것은 미혹되었을지 언정 호의적인 호기심이었다고 생각한다. 신중하고 정중해야 했다. 어쨌건 사원이니까. 하지만 승려들이 당국의 감시 속에 살고 사원에도 스파이들이 침투해 있다는 소문을 들었다. 그들이 중국 정부와 계약을 맺었다는 이야기도 있었다. 사원을 지키려면 어느 정도 테마파크 같은 역할을 용인해서 낮 동안 그 유서 깊은 문을 열고 시끄러운 관광객을 받아야 한다고 말이다. 승려들 수가 전보다 줄었다. 보이는 게 다가 아니다. 누구에게 이런 말을 들었더라? 그 전해에 라싸에 있었던 숀에게? 아니, 엘레나였다.

사원은 저녁이 되어 붉게 물든 구름이 언덕 위를 지나가고 지붕들이 빛날 때가 가장 좋았다. 숀과 내가 가면—그의 어깨에는 삼각대가 있었다—, 승려들은 우리를 반기지도 내쫓지도 않았다. 라마승들은 많은 걸 참고 살았지만, 우리가 경내에서 만난 승려들이 거의 어김없이 미소를 짓고 고개를 끄덕이는 걸 보면 서양인들을 보는 게 불쾌한 것 같지는 않았다. 어쨌건 겉으로는 그렇게 보였다. 하지만 우리 역시 탱화를 보겠다고 이리저리 법당들을 기웃거리는 관광객이었다. 그 그림들은 우리에게는 낯설고 깊은 심리 상태의 현현이었다.

사원 주변의 푸른 언덕 기슭에는 포장된 오솔길이 있었다. 지역 주민들과 순례자들이 사원을 일주하는 길이었다. 길은 빛나는 흰색 탑들 앞에서 끝났다. 티베트인은 이런 탑을 '초르텐'이라고 부른다. 탑은 육중한 건축물로, 핸드벨을 받침대 위에 엎어놓은 듯한 모양이다. 높이는 4~5미터 정도 되고 밝게 빛나는 하얀색이다. 탑에서 가는 밧줄 여러 개가 텐트 고정용 밧줄처럼 뻗어 나오고, 밧줄마다 작은 종들이 매달려서 바람에 짤그랑거린다. 누런 몸통의 떠돌이 개들이 거기 모여서 친절한 노부인들이 가져다준 음식 찌꺼기를 먹었다.

이곳은 여름 끝 무렵에 사람들이 모여서 산책을 하는 티베트식 '파세자타'[1]의 공간이었다. 공덕을 쌓는 파세자타. 사람들은 초르텐의 받침돌에 경건하게 이마를 대고 길게 늘어선 마니차prayer wheels를 향해 나아간다. 가족 단위로 많이 왔다. 어떤 이들은 복식으로 보아 언덕의 유목민이 분명했다. 그들은 추바를 풀어 허리에 감았고, 여자들은 줄무늬 앞치마를 둘렀다. 강한 햇빛과 똥 연기 속에 산 세월 탓에 눈에는 주름이 가득했고, 미소 지을 때면 금빛이 보였다. 펠트로 만든 페도라 모자가 인기였고 이따금 선글라스도 있었다. 순례자들은 길 먼지를 뒤집어쓰고 지팡이와 꾸러미를 든 채 거기 왔다.

마니차는 붉은색과 금색 글씨로 경전을 새긴 원통이고—수십 개가 있었던 것 같은데, 분명히 어떤 길한 숫자였을 것이다—, 기름을 바른 축 위에서 특정한 소리로 삐걱대며 돌아갔다. 손잡이는 수많은 손길에 닳아 있었다. 모두가 자신의 방식으로 그것을 돌린다. 원기 왕성한 젊은 목동들은 빠르게 지나가면서 댄스 파트너를 돌리듯이 휙휙 돌린다. 인생의 끝이 가까운 백발노인들은 느릿느릿 움직

---

1 이탈리아어로 '산책'이라는 뜻.

이고, 때로는 지팡이를 한 손에 모아 쥐고 다른 손을 마니차로 뻗는다. 이번 생에서 공덕을 쌓아 다음 환생 때 도움을 받기 위해서다.

어느 날 저녁 우리는 바라[1] 소리를 들었다. 한 승려가 법당 지붕 장식물들 틈에 서서 바라를 쳤다. 그러자 라마승들이 무거운 모직 장삼을 입고 노란 모자를 어깨에 두른 채 근처 요사채에서 나와 법당으로 이동했다. 우리는 비켜서서 최대한 눈에 띄지 않으려고 했다. 승려들은 넓은 문지방에 모여 신발을 벗으며 염불을 시작했다.

1 놋쇠로 만든, 심벌즈 비슷한 타악기. 불교 의식에서 많이 쓴다.

문에 희미한 호랑이 무늬가 새겨진 법당이었다. 승려들이 안에 들어간 뒤 우리는 조용히 문지방에 앉아서 승려들이 어두운 법당 안에서 방석에 가부좌를 틀고 앉는 모습을 보았다. 지각생 두 명이 승복을 출렁이며 뛰어들어 염불에 합류했다. 나직하게 웅웅거리던 염불소리가 그때부터 갑자기 벌떼가 말을 하기 시작한 것처럼 나직하고 거칠지만 또렷한 형태를 띠기 시작했다.

무거운 장삼을 두르고 노란 모자를 가슴 앞에 부채처럼 든 어느 노승이 승려들 사이를 왔다 갔다 했는데, 그 모습이 옛날 학교 교사와도 비슷했다. 그가 염불을 이끄는 듯했다. 승려들 대열 사이를 오갈 때 그의 장삼 자락이 바닥에 펄럭였다.

문 앞에는 손과 나 말고 다른 속인들도 몇 명 있었다. 티베트 복장의 한 부부는 경건하게 오체투지를 하고는 계속 엎드린 채로 예불을 지켜보았다. 트레이닝복을 입은 여섯 살가량의 어린 소년도 있었고 놀랍게도 군복 입은 젊은 군인도 있었다. 그의 어깨에 붙은 별이 박자에 맞추어 앞뒤로 흔들리는 모습이 눈꼬리에 걸렸다. 나는 사람들 발길에 닳은 나무의 결에 시선을 집중했다.

리드미컬하게 이어지던 염불이 어느 순간 다른 느낌의 소리로 넘어가자 갑자기 나뭇결이 내 의식 속에 튀어 들어왔고, 나는 내가 그사이 몰아지경에 들어갔다는 것을 깨달았다. 시간이 얼마나 지났는지 모르지만 승려 몇 명이 다채로운 구경꾼들을 스치고 법당을 나서더니 잠시 후 마실 것, 아마도 우유일 듯한 액체가 담긴 주전자를 가지고 돌아왔다. 승려들이 승복 어딘가에서 그릇을 꺼냈고, 거기 음료를 따르자 모두 마셨다. 그걸로 모두 끝났다. 승려들은 저녁 햇빛 속으로 나와서 신발을 신고 사라졌다.

연결의 순간들도 있었다. 어느 날 저녁 사원 옆을 걷는데 여남은 살의 사미승이 다정한 태도로 나를 불렀다. 그는 계단에 앉아 공부거리가 담긴 석판을 들여다보고 있었다. 이런 행운이! 석판에 영어 알파벳이 적혀 있는데, 세상에, 여기 영어 원어민이 나타난 것이다. 그는 손짓으로 나를 불러서 알파벳 이름을 읊다가 'W'에서 막혔다. 그는 'W'를 가리키며 답답하다는 몸짓을 해보였다. 나는 옆에 앉아서 승복 차림의 까까머리 소년들이 웃으며 지켜보는 가운데 내 노트에 정성들여 그 글자를 썼다. 그리고 소년에게 펜을 건네며 "더블유"라고 말했다. "더벨유." 소년이 대답했다. 우리는 잠시 즐거운 수업을 했다. 그 뒤로 나는 소년과 친구들을 몇 번 더 보았다. "더벨유!" 그때마다 그들은 길 건너편에서 손을 흔들며 소리쳤다.

* * *

우리는 낮 동안 여기저기 돌아다니며 구경했고, 숀의 경우는 사진을 찍었다. 먼지 낀 시내도 다니고 주변 언덕도 다녔다. 때로는 같이. 때로는 따로.

하늘에 아득한 고도감이 느껴졌고 공기 중에는 어떤 느낌이 감돌았다. 겉으로 보이는 이국적 풍경과 명상적인 차분함 속에도 긴장과 위기감이 뚜렷했다. 소문이 난무하는 게 분명했다. 이곳은 티베트계 도시고 티베트 본토에는 계엄령이 내려졌으니까. 동쪽 도시들에는 파업과 시위가 타올랐다.

하지만 우리의 작은 궤도는 거리와 뒷골목, 탑이 있는 무슬림 구역, 라브랑 사원, 주변 언덕들이었다. 때로는 체코인들을 만나 동행했다. 미대생들도 보았고―그들은 늘 함께였다―, 그러면 그들에게 손을 흔들었다.

나는 말들이 시내 전신주에 묶인 채 발굽을 기울이고 주인이 스페이스 인베이더[1] 게임을 마치거나 아이스크림을 다 먹을 때까지 기다리는 모습을 좋아했다. 가게에서 물건을 살펴보는 여자들의 뒷모습도 좋아했다. 여자들은 긴 치마를 입고 111개 가닥으로 잘게 땋은 머리를[2] 터키석으로 만든 수평 밴드로 마무리했다. 나는 그들을 보며 미소를 지었다. 그런데 그들의 삶에 대해서는 무엇을 배웠는가? 오체투지하는 티베트 순례자들, 주판을 능숙하게 팅기는 노점 점원, 한가할 때 두 손에 턱을 괴고 앉아 있는 아이스크림 노점 여자에 대해? 아무것도 없었다.

시내에는 개가 많고, 골목 흙더미를 헤집는 털 난 돼지도 많았다. 어느 날은 중심도로변의 한 오르막 공터에서 머리에 뿔이 나고 코에 대나무 코뚜레를 한 검은 야크 대여섯 마리도 보았다. 옆에 쌓인 자루에는 그들의 똥을 말린 덩어리들이 들어 있었다. 나는 미대생들처럼 그림을 그릴 줄 알면 좋겠다는 생각을 자주 했다. 그러면 동물다운 끈기를 보이며 되새김질하는 야크를 그렸을 것이다.

엘레나는 그 웅웅거리는 복도에서 고함치듯 우리를 부르는 게 습관이 되었다. 주로 그녀가 자신만의 소식통으로 새 소식을 들었을 때 그랬다. 엘레나의 삶은 우리에게 수수께끼였지만, 그녀는 거의 항상 테리어 개와 함께 자기 방에 있었다. 그녀가 외치면 우리는 갔다. 파업이 전국에 확산되고 있었다. 무언가 무너질 것이다. 체코인

---

1 1978년 일본 회사가 만든 아케이드 슈팅 게임.
2 티베트 여인들은 길게 기른 머리를 100~160개 정도 가닥으로 땋는다.

들은 기뻐했다.

* * *

어느 날 호텔에서 미대생들이 나에게 신경 쓰이는 질문을 했다. 우리는 호텔 밖에서도 그들과 교류하지 않았다. 아니, 사실 그들이 우리와 거리를 두었다. 우리는 승려들에게 그러듯이 그들에게도 조심해야 했다. 그들도 조심해야 했다. 하지만 서로 호기심이 있었을 것이다. 한번 내가 혼자 있을 때 여학생이 호텔 복도에서 중국 억양의 신중하고 정중한 영어로 물었다. "혹시 직장인이신가요? 학생이신가요?"

대답할 수 없었다. 가능한 것이 그 두 가지뿐인가? 자갈을 체치는 인부들, 호텔 여자, 시닝과 청두에서 파업 중인 철도 기관사들─그들은 직장인이었다. 'W'를 공부하는 사미승, 내 앞에 서 있는 젊은이들, 베이징의 광장에서 항의 농성 중이라는 사람들. 그들은 학생이었다.

하지만 우리는 뭐지? 호텔 여자가 무뚝뚝한 것도 당연했다. 그녀는 자기보다 훨씬 키가 큰 단정치 못한 외국인들, 말은 한 마디도 못 하면서 자꾸 나갔다 들어와서 문을 열어달라고 하는 사람들을 참아야 했다. 이 사람들의 정체는 무엇인가? 아니면 사원 경내 못지않게 찻집에도 많은 승려들─그들은 누구인가?

학생들은 모두 희고 매끈한 피부에 수줍지만 관심이 많은 눈빛이었다.

"직장인이야, 학생이야?" 내가 나중에 손에게 물었다.

그는 청바지와 티셔츠 차림으로 침대에 누워 왼팔로 눈을 가리고 작은 스피커로 버닝 스피어의 레게를 들으며 말했다. "들판의 백합이라고 해."

한번은 승려들이 고된 육체노동을 하는 모습도 보았다. 그들은 사원에서 언덕 초지로 올라가는 길 옆에 있었다. 처음에는 무언가 쾅쾅 두드리는 소리가 들렸다. 모퉁이를 돌아보니 승려 여남은 명이 무거운 돌을 들었다가 발밑으로 던지고 있었다. 새 건물을 짓는 데 쓸 흙을 다지는 일이었다. 삽과 곡괭이를 들고 일하는 승려들도 있었다. 모두 삭발머리였고, 중노동을 하면서도 자주색에서 진홍색에 이르는 승복을 입고 있었다. 나는 그들의 팔을 보고서야 그들이 비구승이 아니라 비구니라는 것을 깨달았다. 이 젊은 여성들은 무엇을 짓는 걸까? 비구니 사찰?

남자 작업반장 두 명이 일을 감독했고 훤칠한 생김의 중년 비구니가 젊은 비구니들을 꾸짖었다. 일을 멈추고 나에게 미소를 보낸 것이 꾸지람의 이유였는데, 나는 그들이 그렇게 잠깐 숨을 돌려서 기뻐했다고 생각한다. 햇빛이 밝았고 승복에 그림자가 드리웠다. 신발과 옷단은 흙 범벅이었다. 그때 적갈색 담장에서 나지막한 문이 열리더니 비구니 한 명이 허리를 굽히고 재를 버리러 나왔다. 강아지 세 마리가 발치에서 까불었다.

건축 현장은 또 있었다. 어느 날 우리는 사원 경내에서 그때까지 못 봤던 구역을 발견했다. 대형 강당 앞의 뜰이었다. 무슨 일이 벌어지고 있었다. 관용차 같은 흰색 차량 두 대와 작은 트럭 한 대가 주차되어 있고, 인부들이 흙, 모르타르, 나무, 대팻밥 더미들 사이를 움직였다. 강당 문은 활짝 열려 있었고, 그 안으로 보이는 것은 촛불

빛 비치는 조각상들이 아니라 사다리인지 비계인지에 달아놓은 지나치게 밝은 아크등이었다. 여기도 공사를 하는 건가? 그때 처음으로 누군가 우리에게 나가라고 손짓을 했다. 승려였는지 인부였는지는 기억나지 않는다.

"사원 벽에 붙은 벽보들에 뭐라고 적힌 건가요?" 나중에 내가 엘레나에게 물었다. 이제 엘레나에게 물어보는 것은 습관이 되었다.

그녀는 껌을 굴렸다.

"정부가 사원의 안전 관리를 맡았어요. 거기 화재가 났거든요."

전기로 인한 화재, 우연이 아닐 수도 있었다. 정부가 수리와 안전 관리를 이유로 끼어들게 하는 구실.

* * *

그 시절 우리는 시내에서 두세 번 나직한 귓속말을 들었다. 붐비는 찻집이나 뒷골목처럼 엿듣는 이가 없어 보이는 곳에서였다. 긴장한 젊은이들이 영어로 짧게 말했다. "지금 무슨 일이 벌어지는지 혹시 아세요?" 또는 "영어 하세요? BBC 들을 수 있나요?" 하지만 우리는 라디오도 없고 단파 수신기도 없었다. 우리는 라싸의 파업 또는 시위에 대해, 1,300킬로미터 밖 베이징의 학생 시위에 대해 그들보다 아는 게 더 없었다. 우리는 신중한 말 몇 마디 또는 고개를 젓는 동작으로 그 진지한 사람들을 실망시켜야 했고, 그러면 그들은 조용히 떠났다.

서양인들과는 길에서 서로 손을 흔들거나 국숫집에서 만나기도 했다. 손은 자주 카메라를 들고 나가서 사람들에게 포즈를 부탁했다. 그런데 엘레나는 한 번도 본 적이 없다. 그녀가 낮 동안 어디에 가서 무엇을 보는지 우리는 몰랐다. 어쨌건 그녀는 시내에 아는 사람들이 있다고 했다. 라싸에서 쫓겨나기 전에 그녀는 외국어 교습을 하며 버텼다. 어쩌면 그녀가 여기서 몇몇 학생을 만났는지도 모른다. 우리는 엘레나가 뭘 먹는 모습도 보지 못했다. 그녀가 무일푼일지도 모른다는 생각을 우리가 했었던가?

어느 날 아침 비가 쏟아졌다. 비는 흔했다. 그 계곡에는 짧은 뇌우가 잦았다. 우리는 방에서 비가 자갈 마당을 때리고 웅덩이에 차오르는 모습을 보았다. 나는 엘레나에게서 빌린 책을 베껴 쓰고 있었다. 1대 달라이 라마가 남긴 경전 선집으로 최근에 영어로 번역된 것이었다. 보리심菩提心을 키우는 가르침들이었다.

고통을 겪는 존재들을 떠올려라. 그들의 고통을 풀어줄 결심을 하라. 그들이 고통에서 풀려나기를 소망하라.
아름다운 사랑의 마음으로 명상하라. 행복을 느끼지 못하는 존재들을 떠올려라. 그들에게 기쁨을 줄 결심을 하라. 그들이 행복하기를 소망하라.

비가 누그러들자 우리는 엘레나의 방에 갔다. "국숫집 갈 건데 같이 갈래요? 우리가 살게요." 하지만 그녀는 국숫집 생각이 재밌다는 듯 미소만 지었다. "아니면 사원에 가요. 거기 찻집이⋯⋯."

"아, 찻집을 좋아하는군요!"

"⋯⋯초르텐 옆에 있어요. 동그란 씨앗이 든 달콤한 차를 마시고, 마니차를 돌리는 사람들도 볼 수 있어요."

"알아요." 엘레나가 말했다. "나중에 거기서 한 번 만나요. 나는 먼저 가볼 데가 있어요. 친구들이 먹을 걸 줄 거예요. 시내에 친구들이 있어요."

그녀는 일어나서 검은 재킷 차림으로 창밖을 내다보았다. "제가 만날 친구는 여잔데 감옥에서 막 나왔어요. 전단을 만들었거든요."

그러더니 비슷한 이야기를 하듯 말을 이었다. "비가 그치면 크고 노란 꽃들이 피어요. 사람들이 좋아해요."

* * *

우리는 미대생들에게 그들의 삶과 예술에 대해 물어보려고 했다. 그들은 수줍고 늘 미소를 지었다. 어쩌면 우리와 함께 있는 것이 조심스러울 수도 있었다. 서양인과 어울리는 모습은 문제가 될 수도 있으니까. 어쩌면 우리 자체가 위협적일 수도 있었다. 특히 남자들은 그들보다 체격이 훨씬 컸다. 숀은 키가 크고 금발이었고 마레크는 우락부락했다. 하지만 어느 날 우중충한 호텔 복도에서 모두와 마주쳤을 때 우리는 밀담을 시도했다.

우리는 그들에게 소문으로 떠도는 학생 시위에 대해, 머나먼 베이징의 상황에 대해 물어보려고 했다. 하지만 이 학생들은 워낙 조심스러웠다. 긴 머리에 붉은 두건을 두른 남학생이 대표로 말했고 엘레나가 최선을 다해 통역했다.

"'우리는 혁명가가 아니에요. 어느 정도의 개혁이면 충분해요'라고 해요." 남학생이 잠시 멈추었다가 다시 말했다.

"'인생은 계속 숨을 들이마시지만 내뱉을 수는 없는 것과 같아요'라고 하네요."

"'우리는 예술로 아름다움을 찾고 있어요. 꽃을 찾고 있어요.'"

"'우리는 아름다움으로 정부에 대항해요. 싸움이나 정치가 아니라.'"

"이해되세요?" 엘레나가 마레크를 똑바로 바라보았다.

마레크는 콧방귀를 뀌었다.

남학생이 스케치북을 보여주었다. 붉은 잉크의 굵은 선 몇 개로 거리 풍경을 그린 것이었다. 당나귀를 끌고 가는 추바 입은 여자, 당나귀에게 매어놓은 땔감 실은 수레. 안장 가방을 어깨에 둘러멘 유목민. 나도 길에서 자주 본, 꽃을 피운 키 작은 라일락 나무. 이 중국 학생들은 티베트 도시로 스케치 여행을 왔다. 티베트의 이국적 풍취를 찾아온 건지도 모르지만 그건 우리도 마찬가지 아니었나?

기억해 보니 엘레나는 식사 초대를 단 한 번 수락했다. 그녀와 나는 향냄새 나는 국숫집에 갔다. 국숫집 주인은 온통 검은 옷―검은 재킷, 검은 쫄바지, 검은 양말과 슬리퍼까지―을 입은 구부정한 노파로 삐걱대는 가구를 잡아가며 가게 안을 움직였다. 6월인데도 그 집은 언제나 겨울처럼 퀴퀴했다. 향냄새와 담배 연기가 풍기고 벽의 틈새로 빛줄기가 뻗어 나왔으며, 냄비와 주전자에서 김이 끓어올랐다. 푸짐한 국수 한 그릇이 아주 저렴했다. 우리는 국수를 들이키는 인부들 옆에 앉았다. 테이블에 공용 젓가락을 담아둔 단지가 있었다.

"봉쇄가 안 풀리면 어떻게 할 거예요? 라싸 말이에요."

"기다릴 거예요. 시내에 친구들이 있으니까요."

"여기서 학생들을 가르칠 수 있나요?"

"아뇨, 작은 출판사의 번역 일을 좀 해요. 영어를 이탈리아어로 옮기는 거요. 당신은요?"

"기차를 타고 천천히 유럽으로 돌아갈 것 같아요."

그것은 생각하고 싶지 않은 일이었다. 그러니까 미래 말이다. 직장인 또는 학생? 나는 학업을 마쳤다. 직장 생활은 끌리지 않았다.

우리는 식사를 마치고 노파보다 좀 더 건강한 점원에게 돈을 지불한 뒤 함께 길을 걸으며 칼과 담배를 파는 노점들, 야매 이빨 치료사, 눈먼 음악가를 지나쳤다.

자전거들이 딸랑거리며 지나갔다. 버스 터미널 근처에서 손과 마레크, 제네크를 만났다. 붐비는 길에서도 헝클어진 금발과 갈색 머리의 이 덩치 큰 남자들은 눈에 확 띄었다.

알로이스는 잠자리채를 들고 언덕에 갔다고 했다.

손이 웃었다. "같이 이발소에 가는 중이에요. 제네크가 같이 가서 자기 삭발하는 걸 봐달래요."

자기 이름이 나오자 제네크가 웃었다.

"왜요?"

"용기를 달라는 걸지도요."

"아뇨, 왜 삭발을 하려고 하느냐고요?"

"스님처럼 보이고 싶대요."

제네크가 손으로 머리를 문질렀다. 손목에 염주가 걸려 있었다. "불교 물건이에요!" 그가 말했다.

* * *

어느 날 우리는 천변 오르막길을 따라 시내 밖으로 나갔다. 개천은 마을에서 사랑받지 못하는 강의 지류였다. 고도 2,700미터 도시에서 오르막길을 걷는 일은 힘들었다. 처음부터 그랬다. 공사 트랙터 행렬이 마침내 끝나자 길은 노변 돌무덤들을 지나서 끝없이 물결치는 언덕들 한가운데의 어느 고지대 초원으로 이어졌다. 그곳에는 중국군이 파괴했다고 알려진 진흙 벽 암자들이 있었다. 사방에 여름 꽃이 만발했고 어느새 시내가 아득히 멀어 보였다. 언덕 위에는 벌들이 잉잉대고 종달새가 파란 정적 속에 재재거렸다. 그리고 나비가 있었다! 내가 보자마자 갈망하게 된 검은 나비들. 알로이스가 잠자리채를 들고 근처에 있을 것 같았다.

멀리 있는 높은 언덕들에 오색 경번들이 걸려 있었다. 낮은 언덕의 먼 기슭에는 양과 소들이 배회했다. 우리는 풀밭에 가만히 앉아 있는 두 여자를 만났다. 한 명은 눈가에 주름이 가득한 나이고 한 명은 젊었다. 그들은 미소 띤 얼굴로 옷 속에서 갈색 빵을 꺼내 자르더니 우리에게 건넸다. 우리는 그들 곁에 앉아서 고개를 끄덕이며 오해와 웃음을 나누었다. 빵은 돌처럼 딱딱하고 아무런 맛도 없었다. 여자들에게서 향냄새와 동물 냄새가 났다. 귀에 작은 깃발을 꽂은 애완 송아지가 그들 손에 주둥이를 얹고 있었다. 잠시 후 그들은 노래했다. 맑은 공기에 실려 멀리까지 날아가는 순수한 영혼의 소리였다.

그날 밤 엘레나가 예의 그 외침으로 불러서 가보니, 검은 재킷과 바지 차림으로 침대 위에서 가부좌를 틀고 있었다. 무릎에 강아지가 있고 주변에는 신문이 흩어져 있었다. 그녀가 들은 소식을 전해 주었다. 파업이 이제 전국으로 퍼졌다고. 베이징은 완전히 봉쇄

되었고, 외국인은 아무도 출국할 수 없다고. 추방 명령을 받은 대사관 직원들만 예외였다.

"왜요?"

"목격을 막는 거죠!"

"뭘 목격해요, 엘레나?"

"대학을 폭파하는 거요."

말도 안 돼, 나는 생각했지만 아무 말도 하지 않았다.

엘레나가 말을 이었다. "그 미대생들요, 그 친구들이 티베트 사람들하고 친해지고 있어요. 베이징 학생 시위 때문에 티베트인이 그들에게 친절을 베풀어요. 착한 학생들이에요. 티베트인을 좋아해요."

그러더니 가볍게 어깻짓을 하며 자신이 미행당하고 있다고 말했는데, 놀란 기색도 분노한 기색도 없었다.

* * *

유랑 오페라단이 호텔에 와서 단 하루를 묵었는데 그곳의 분위기가 완전히 바뀌었다. 웅웅 울리는 콘크리트 건물은 그들의 목소리와 잘 어울렸다. 지하실에서 현악기 소리가 울렸고, 우리 문밖에서 어떤 여자가 짧은 소절을 노래하자 누군가가 테너 음성으로 답했다. 노래할 수 있는데 왜 말을 하는가? 그들은 하루 종일 노래로 대화했다. 인기 가요도 오페라처럼 불렀다. 그러더니 그들은 곧 떠났고, 호텔은 다시 양동이 쩔그렁거리는 소리와 침 뱉는 소리로 돌아갔다.

그들이 떠난 직후의 어느 날, 슌과 내가 사원에서 돌아오던 저녁나절이었다. 사원에서 슌은 어느 승려가 모래인지 밀가루인지로 바닥에 불교 도안을 그리는 모습을 사진으로 찍었다. 승려가 고개를 들자 손이 허락을 구하는 손짓을 했는데 승려는 아무런 반응 없이 하던 일로 돌아갔다.

호텔로 돌아오는 길에 축구하는 아이들을 만나 잠시 함께 놀았고 모두가 즐거워했다. 어느새 땅거미가 내렸다. 그곳은 복닥거리는 주거지였다. 골목길 주변의 가정집들은 길가에 바로 문이 나 있었다. 갑자기 어느 집 문이 열리더니 중년 남자가 밖을 내다보았다. 그는 길에 아무도 없는지 살피더니 우리를 불렀다. 우리가 오는 걸 보았나? 그는 서양식 셔츠와 바지를 입은 수수한 차림새였고 위협하는 기미는 없었다. 다급해 보일 뿐이었다. 우리에게 무언가 보여주고 싶어 했다. 이 사람은 티베트인인가, 중국인인가? 불교도인가, 무슬림인가? 노동자인가, 학자인가? 알 수 없었지만 어쨌건 상관없었다.

우리는 얼른 나무문 안으로 들어가서 작은 마당을 지나 천장이 낮은 방으로 들어갔다. 그의 아내로 보이는 여자가 깍지 낀 손을 가슴에 대고 서 있었다. 급하게 방 안을 둘러보니 서랍장 위의 붉은색과 노란색 퀼트, 의자 두 개, 사이드 테이블의 보온병, 산봉우리 사이의 청록빛 호수 사진, 그리고 휴대용 흑백 TV가 있었다. TV는 켜져 있었다. 화질이 엉망이었다. 남자가 보여주려고 한 게 이것이었다.

그가 화면을 가리키며 나직하게 외쳤다. "베이징! 베이징!"

지지직거리는 회색 화면에 탱크가 보였다. 탱크가 계속 밀려들고 있었다.

그러다 잠시 후 우리는 다시 빈 골목으로 나왔다.

* * *

바람의 말

그날 저녁, 아니면 그 다음날 저녁에 엘레나가 우리를 방으로 불렀다. 그녀는 우리가 오는 소리—호텔 여자가 열쇠를 들고 오는 소리, 문이 복도 바닥에 긁히는 소리—를 기다리고, 그런 뒤에도 여자가 내려갈 때까지 얼마간 더 기다린 뒤에 우리를 부른 것 같았다. 그녀는 침대에 가부좌로 앉아 있었고, 책 몇 권과 작은 분필 상자가 옆에 있었다. 창가에서 향이 타올랐다.

"안녕!" 내가 소리쳤다가 멈추었다. 엘레나의 표정이 심상치 않았다. "무슨 일이죠?"

"베이징에서 학생 4천 명이 죽었어요."

긴 침묵이 흐른 뒤 그녀가 다시 말했다.

"며칠 전에요. 나는 오늘에야 들었어요. 베이징을 탈출한 사람들이 오고 있어요. 유혈 사태 때문에 베이징을 떠날 수 없었대요."

숀은 좁은 방 안을 서성거리며 욕을 퍼붓다가 자리에 앉았다.

"미대생들도 아니요?" 숀이 물었다.

"네. 티베트인들이 학생들을 받아주고 있어요. 티베트인들에게 위험한 일이죠. 경찰이 학생 지도부를 찾고 있거든요. 그들이 지도부는 아니지만……." 그러더니 엘레나는 거의 웃음을 터뜨릴 듯한 기색이었다. "이렇게 사태를 막을 수 있다고 생각하나 봐요!"

"혹시 라디오 있나요? 단파 라디오는요?" 나중에 마레크가 물었다. 이번에도 우리는 없다고 대답해야 했다. 우리에게 있는 것은 워크맨과 레게 테이프와 도어스뿐이었다. 〈Break on Through(To the Other Side)〉[1]

곧 미대생들은 시닝이나 청두, 또는 어딘가에 있는 그들의 출신

---

1 도어스의 노래로 '(반대편으로) 돌파하라'는 뜻.

지로 조용히 돌아갔다. 그들 셋은 세상을 사랑하고 서로를 사랑했다. 상상력과 용기로 꽃을 그려서 정부에 대항했다. "학생들은 심장이 죽었다고 말했어요." 엘레나가 말했다.

그런 뒤. "엘레나, 개는 어디 있어요?"

"좋은 사람들에게 주었어요. 잘 돌봐줄 거예요."

* * *

삶은 계속되었다. 마을에 축제가 열렸다. 엘레나가 그렇게 말했고, 아니나 다를까 며칠 뒤에 축제를 선포하려고 티베트 기수 스무남은 명이 높은 모자와 반짝이는 부츠, 흰 셔츠, 빨간 허리띠를 하고 시내에 들어왔다. 말굽이 일으킨 먼지 뒤로 자전거 탄 경찰들이 따라왔다.

하지가 가까웠다. 축제 당일에 사람들은 말을 타거나 걷거나 자전거를 타고 강 상류 2~3킬로미터 지점의 넓고 푸른 계곡으로 갔다. 날카롭고 거친 작은 언덕들에 둘러싸인 계곡이었다. 빙하 권곡들에는 아직 눈이 남아 있었다. 높은 목초지의 유목민들이 내려와서 방풍벽을 세웠다. 모퉁이에 파란색 반장[2] 무늬가 있는 흰색 천막이었다. 그들은 불을 피우고 돌 위에 거대한 솥단지를 올려 요리를 했다. 수많은 말이 꼬리가 묶이고 고삐에 방울을 단 채 밧줄로 여기저기 땅에 묶여 있었다. 사방에서 말 이야기를 했다. 그 정도는 우리도 알았다. 사람들은 말에게 다가갈 때 '추추' 하고 말했다.

---

2 eternal knots, 盤長. 시작도 끝도 없는 매듭 문양으로 윤회 등을 상징한다.

　　노부인들이 솥단지와 노간주나무 불을 돌보았다. 나무 연기와 말 냄새가 가득했다. 사격장이 있어서 화약 냄새도 났고 언덕에서는 총소리가 울렸다. 쨍그랑거리는 음악이 연주되었다. 남자들은 가장 아끼는 승마화를 신었고, 여자들도 좋은 옷을 입고 머리를 땋고 큼직한 귀걸이와 구슬을 달았다. 누군가 트레일러에서 당구대를 꺼냈다. 줄다리기도 벌어졌다. 언덕에서 내려와 이렇게 모였으니 그들도 시위와 계엄령과 진압과 살상 이야기를 들었을 것이다. 모두 알고 있었을 것이다.

　　축제를 관장하는 활불活佛은 노란 옷을 입고 반장 무늬 천막 안의 연단에 있었다. 활불 양옆에 두 명의 고위 성직자가 있었다. 소녀들이 린포체[1]에게 카타 스카프를 바치고 싶어 했다. 우리는 무슨 일이 벌어지는지 보려고 가까이 다가갔다. 이름이 불리자 한 소녀가 앞으로 나왔다. 소녀는 스카프를 싼 종이를 풀고 세 번 절한 뒤 스카프를 앞에 내밀고 노래를 시작했다. 사람들은 조용해졌고, 소녀는 사격장 총소리를 뚫고 노래했지만 결국 긴장을 이기지 못하고 우물쭈물하다가 겁먹은 얼굴로 린포체에게 달려가 스카프를 내밀었다. 그런 뒤 린포체와 수행단은 자동차를 타고 급히 떠났다. 그 후에도 어떤 소녀들은 스카프 바칠 때를 기다렸지만 들떠 있던 표정은 실망으로 변했다.

나는 엘레나를 찾아 두리번거렸다. 린포체는 왜 서둘러 떠난 걸까? 저 사람이 정말 린포체이기는 한가? 그보다도 이 일을 주관하는 고위 성직자들은 누구인가? 하지만 엘레나는 보이지 않았다. 사실 그녀는 축제 내내 보이지 않았다. 아마 우리 질문에 대답하는 것보다 더 중요한 일이 시내에 있었을 것이다.

* * *

며칠 후 저녁이었다. 체코인들이 방에서 좁은 침대들을 붙여서 소파처럼 만들었다. 맥주를 사오고 허약한 스피커에 워크맨을 연결했다. 엘레나, 숀, 나, 체코인 세 명이 모였지만 공통의 언어가 없었다. 그래도 우리에게는 도어스가 있었다. 우리는 ⟨Take It As It Comes⟩와 ⟨The End⟩를 들었다.

1 티베트 불교의 고승에 대한 경칭.

바람의 말   57

알로이스는 애벌레 몇 마리를 잡아왔다. 그것들은 살아서 창턱에 놓인 샬레 접시에 담긴 나뭇잎을 먹고 있었다. 엘레나가 이탈리아인답지 않다고 생각했던 건 내 잘못이었다. 금욕적 생활, 티베트인 같은 태도, 검은 옷에도 불구하고 그녀는 마레크가 있으면 특정한 표정으로 격분한 감정을 표현했다. 나비 수집에 대해서는 이렇게 말했다. "그는 나비를 죽여요! 그건 **나쁜** 일이에요. 티베트인들이 **싫어할** 거예요!"

"저 사람은 나비를 어떻게 하려는 거예요?" 엘레나가 마레크에게 물었다.

"교환할 거예요. 자기 도시에 기증도 할 거예요. 알로이스는 과수원을 해요."

"사과를 키워요. 버섯도요." 알로이스가 수염 속에서 불쑥 말했다.

엘레나는 살짝 물러앉아 껌으로 풍선을 불며 알로이스를 살펴보았다. 풍선이 커지자 혀로 터뜨렸다.

"티베트인들을 좋아하시나 봐요?"

"네."

그 순간은 지나갔다. "이제 맥주를 마십시다!" 마레크가 그답게 다정한 태도로 말했다.

우리는 맥주를 마셨다. 엘레나는 담배도 받아 피웠다. 머리를 삭발해서 두상 구조가 보이는 제네크가 어디선가 얻은 노간주나무 가지에 불을 붙여서 연기를 피우자 방은 자욱해졌다. 꽤 어두워서 촛불을 켰고 그림자들이 춤을 추었다. 우리는 얼룩덜룩한 벽으로 둘러싸인 방 안에서 저마다 다양한 언어로 짧은 회합을 나눈 뒤, 각자의 침대로 물러갔다.

＊　＊　＊

문소리. 자물쇠에 열쇠가 돌아가는 소리, 그런 뒤 문이 부서지듯
열렸다. 아니, 부서지려고 했지만 언제나처럼 바닥에 긁히며 우리가
잠에서 벌떡 깨서 일어날 짧은 시간을 주었다. 불이 켜지자 강한 빛
속에 호텔 여자의 겁먹은 얼굴이 보였다. 경찰관 세 명이 여자를 방
으로 밀어 넣었다. 어깨에 별이 달리고 옆구리에 총을 찬 경찰들. 숀
과 나는 티셔츠와 속옷 차림이었다. 경찰이 방에 가득했다. 그들 중
대장은 입에 담배를 물고 코트 견장을 어깨에 늘어뜨린 모습으로
보아 영화를 너무 많이 본 것 같았다. 여자는 공포에 질려 문 앞에
서 있었다.

경찰들이 중국어로 소리쳤다. 그들보다 머리 하나가 더 크고 체
격도 훨씬 큰 숀이 맞고함을 쳤다. "꺼져! 당장 꺼져!"

"서류! 여권!" 그들이 말했다.

"그냥 나가요!"

그들은 음란한 몸짓으로 우리가 동침하는지를 물었다.

"꺼지라고!" 숀이 소리쳤다.

그들은 잠시 더 소리치더니 여기 가만히 있으라고 신호한 뒤 문
을 닫고 나갔다.

복도가 시끄러웠다. 그들은 계속 소리치고 문을 두드렸다. 그리
고 마침내 떠났다. 그저 외국인들에게 겁을 주는 것이었다. 우리가
선을 넘었음을 통보하는 것. 얼마 후 우리는 다시 잠이 들었다.

아침에 보니 보라색 종이쪽지가 문 밑으로 들어와 있었다. 쪽지
에는 볼펜으로 산과 이상한 나무, 거대하고 우둘투둘한 해를 그린

그림과 "잘 있어요!"라는 말이 있었다.

우리는 복도를 달려갔다. 엘레나의 방문이 활짝 열려 있고, 호텔 여자가 이미 청소를 하고 있었다. 우리가 들어가도 여자는 쳐다보지 않았다. 침대 매트리스에는 속바지 두 장과 색연필 몇 자루, 엘레나가 번역하던 책―오컬트 종교 관련 내용―에서 떨어져 나온 종잇장들이 있었다. 나는 그 물건들을 주웠다.

벽에 새로운 얼룩이 있었다. 차를 뿌린 것 같았다. 방은 어떻게 해서인지 더 밝아 보였다. 호텔 여자는 우리를 등진 채 검은 머리카락과 개털, 해바라기 씨 껍데기를 쓸었다. 나는 여자에게 가벼운 터치나 손짓으로 무언가 말하고 싶었다. 하지만 여자는 경찰이 총을 들고 찾아온 일로 겁에 질려 있었다. "좋은 여자예요. 상황이 힘들어서 그래요." 엘레나는 말했다.

우리도 눈치를 채고 그곳을 떠났다. 게다가 더 이상 파업도 없었다. 떠나기 전에 나는 사원 옆의 언덕을 올라 오색 경번들이 깃대에서 나부끼는 낮은 언덕 마루에 섰다. 그리고 매고 있던 노란색 실크 스카프를 벗어서 그 깃발들 사이에 묶었다. 무엇을 위해? 베이징의 학생들을 위해. 이 모든 엉망진창을 위해. 고통받는 세상을 위해. 그 스카프는 거기 얼마나 더 매달려 있다가 너덜너덜해진 채로 사라졌을까?

풀밭에 네모난 흰색 종잇조각들이 굴렀고 발치에 들꽃들이 피어 있었다. 어디서 온 건지 알 수 없었고 주변에는 아무도 없었다. 나는 날아가는 종이를 한 장 잡았다. 흰 바탕에 붉은색으로 작은 그림이 그려져 있었다. 날개 달린 말이 공중으로 일어서는 모습이었다. 나는 그림을 간직하기로 했다. 실크 스카프를 주고 바람의 말을 가져가는 것은 공정한 거래 같았으므로.

* * *

해발 3천 미터가 넘는 고원에 끝이 보이지 않을 만큼 크고 얕은 소금 호수가 있다. 칭하이 호수인데 중국어, 티베트어, 몽골어 등 여러 언어로 전부 '푸른 호수' 또는 '청록색 호수'라는 뜻이다.

우리는 시닝에서 버스로 백 킬로미터를 달려 거기 갔다. 낮고 푸른 언덕에 둘러싸인 호수는 크고 잔잔해서 산들바람에 살랑거렸고, 저녁 빛 속에 수평선 위로 분홍색 신기루가 아른거렸다. 한 차례 강한 북풍이 불자 호수변에 작은 파도가 일었다. 몽골에서 건너온 바람이었다.

사방은 온통 낮은 언덕이었다. 구겨진 듯 울퉁불퉁한 땅이 끝간 데 없어 보였다. 먼 산꼭대기에는 아직도 눈이 남아 있었다. 이곳도 가축을 키우는 땅이었다. 언덕 구석구석에 자리한 유목민들의 유르트 천막에서 연기가 피어올랐다. 양과 야크 들이 기슭에 흰색과 갈색 점을 찍었다. 때로는 목동이 가축들에게 명령하는 외침 소리가 우리 귀에까지 올라왔다.

호수변에 헤이마헤라는 마을이 있었다. 비포장도로변의 평지붕 판잣집 몇 채와 가게, 전신주가 전부였다. 작은 호스텔 겸 트럭 정거장이 있어서 우리는 거기 방을 잡았다. 비가 많이 내리는 지역이었다. 깊은 물웅덩이들에 구름이 비쳤다. 대형 트럭들이 지나가고 도로변에서는 여자들이 호수에서 잡은 잉어를 지나가는 트럭들 앞에 내밀었다. 경찰차나 관용차가 보이면 그들은 생선을 뒤로 감추고 시치미를 뗐다.

샤허 현을 떠난 것은 좋았다. 마을과 호수 사이에 짧은 길이 있었다. 호수변의 듬성듬성한 풀밭에서 종달새가 노래하며 날았고 소금 결정 덮인 돌멩이들 틈에 들꽃이 자랐다. 꽃향기가 코를 지지는 듯 강렬했다.

호수변에는 거친 노간주나무 목재를 흰 털실로 묶어 만든 초르텐 여섯 개가 나란히 서 있었다. 우리가 도착한 날 저녁에 승려 한 명이 명상을 하러 호수변에 내려왔다. 그는 먼저 돌무덤 앞에서 보리를 태워 제물을 바치더니 땅바닥에 가부좌로 앉아서 무릎에 경전을 놓고 염불하듯 그것을 읽었다. 책은 길쭉하고 얇았다. 그는 인간 두개골로 만든 그릇을 갖고 있었다.

여기서 엘레나를 다시 만났다. 전혀 예상하지 못했던 일이었는데 내가 호스텔로 돌아가니 안뜰에서 웃는 얼굴로 다가오는 손 곁에 엘레나가 있었다. 우리는 만나자마자 환성을 질렀다. 그녀를 걱정했기 때문이다. 하지만 엘레나는 "별일 아니었어요." 했다. 경찰이 고함치며 그냥 당장 버스를 타고 떠나라 명령했다고.

"그래서 여기 왔어요!"

호스텔의 불빛 흐리고 지저분한 객실에서 나는 엘레나에게 내가 소중히 수합해 온 색연필과 종잇장 들을 주었다. 그녀는 고마워했지만 속옷을 보고는 미소를 지었다. 감청색의 투박한 속옷. "아, 이거 정말 아쉬웠어요!"

언덕에서 거기로 맑은 강이 하나 흘렀다. 호수로 흘러드는 많은 강 중의 하나였다. 강은 도로의 내륙 쪽에서 강둑 사이 깊은 수로를 구불구불 흐르다 이 호수에 이르렀다. 샛노란 할미새들이 강둑에서 새침을 떨었고 비오리가 헤엄쳤다.

엘레나와 나는 강변을 걸었다. 서늘해지는 하늘의 희미한 연자줏빛이 느리게 흐르는 물에 비쳤다. 숀은 카메라를 들고 밝은 빛 속으로 떠났다. 하늘에는 고지대 특유의 광활함과, 아직 아무도 눈치채지 못해도 이미 여름이 끝났음을 전하는 서늘함이 있었다. 서쪽에 무지개가 살짝 걸려 있었다. 눈 덮인 봉우리들.

"이제 어떻게 할 거예요?" 엘레나가 물었다. 보는 이 없는 평화로운 언덕 지대에 있으니 내밀한 이야기를 나눌 분위기가 된 것 같았다. 나는 엘레나에게 성급했던 결혼 생활을 피해서 긴 여행, 이 이상한 모험을 떠났다고 말했다. 이제 돌아가면 실망과 분노, 재정적 어려움에 부딪혀야 했다. 남편을 만나서 결별에 동의를 구해야 했다. 이대로 갈 수는 없다는 것, 그것만큼은 내게 분명했다.

"그러면 행복해질 거예요." 엘레나가 내 곁을 걸으면서 간결하게 말했다. 그러기를 바랐다. 나도 남편도 행복하지 않았기 때문이다.

"엘레나는 어때요?" 내가 물었다.

"저는 아마 인도로 갈 것 같아요. 하지만 제 집은 라싸예요."

"이탈리아가 아니라요?"

"네, 이탈리아에서 저는 거의 죽은 사람이었어요."

나는 순간 그녀를 돌아보았고, 그녀는 안타까움과 즐거움이 섞인 어두운 눈빛으로 웃었다.

"무슨 뜻인가요?"

"헤로인이요! 놀라셨군요! 네, 헤로인요. 밀라노에서 저는 죽은 거나 다름없었어요."

우리는 며칠 더 머물며 언덕들을 거닐었다. 그런 뒤 떠났다. 마지막 날 밤 폭풍이 불어서 언덕과 호수에 천둥 번개가 쳤다. 엘레나는 우리에게 '행운의 상자'를 선물했다. 아니스 씨앗 한 개, 티베트식 줄무늬 리본 한두 뼘, 눌러 말린 꽃 두 송이, 향 하나가 들어 있었다.

우리는 시닝으로 돌아갔다가 거기서 귀국길에 올랐다.

* * *

그해 늦겨울 또는 다음 해 초, 내가 전남편과 헤어지고 에든버러의 셋집에 살 때 부모님 주소를 경유해서 엽서가 하나 왔다.

그때는 부모님을 생각하지 않았다. 이제 나는 세상 모든 부모의 마음을 헤아릴 나이다. 국가가 살해한 학생들, 헤로인에 희생된 이들, 방랑을 떠나 집에 돌아오지 않는 이들의 부모들의 마음을.

엽서는 당시 체코슬로바키아라고 불리던 나라에서 왔다. 그때 거기에선 학생 시위에 노동자가 결합해서 총파업이 벌어지고 대규모 운동이 펼쳐졌다. 50만 명이 바츨라프 광장을 메웠다. 우리는 TV로 그 모습을 보았다. 그리고 얼마 후 40년 공산 정권이 무너졌다.

엽서는 제네크가 보낸 것이었다. 엽서는 그의 엉뚱한 사진 중 하나였다. 팔에 정교한 종이 날개를 붙인 남자가 도로 경계석 위에 서서 날아오르려는 자세를 취하고 있었다. 그리고 아래쪽에 그가 쓴 말. "우리는 나는 법을 배우고 있어요!"

숀은 영화 카메라맨이 되어서 이따금 멀고 힘든 장소에 가서 일했다. 그에겐 이제 가족이 있었다. 엘레나는 두 번 다시 보지 못했지만 아직도 가끔 그녀가 생각난다. 특히 내가 무력감을 느낄 때, 티베트 탄압 뉴스가 들릴 때, 또는 세계 어딘가에서 또 다른 잔혹 행위가 벌어질 때 그렇다. 최근에 소신공양[1]의 물결이 샤허 현의 라브랑 사원에까지 퍼졌다. 인터넷에는 사람이 사원 벽 앞에서 불길에 타오르는 사진들이 있다. 시위하는 승려들, 거리로 출동한 군인들의 사진도.

"우리는 마음이 아파본 뒤에야 진정으로 행복할 수 있잖아요." 우리와 처음 만났을 때 엘레나는 그런 말을 했었다. **행복을 느끼지 못하는 존재들을 떠올려라. 그들에게 기쁨을 줄 결심을 하라. 그들이 행복하기를 소망하라.** 어쩌면 이러한 태도는 티베트 불교 학생도, 회복하는 마약 중독자도, 죽은 듯한 삶을 힘써 떨치고 기쁨을 향해 환생한 사람도 취할 수 있는, 잘 고안된 영적 자세인지도 모른다.

그리고 갓 스무 살이었던 미대생들. 그들의 이름을 묻지 않은 것, 스케치를 한 점 받거나 사지 않은 것이 후회된다. 그들도 자주 생각났기 때문이다. 그들은 아름다움으로 정부에 대항한다고 말했다. "이해되세요?" 엘레나가 마레크에게 물었었지. 그는 지금 분명 바츨라프 광장을 메운 50만 명 중 하나일 것이다. 그의 외침이 떠올랐다. **"정부가 무너질 거예요!"**

이해되는가?

---

1 자기 몸을 태워 부처 앞에 바치는 행위를 뜻하는 불교 용어.

4장

수리

산 능선 위 공중에 떠 있는 무언가가 내 눈길을 사로잡았는데, 차창 밖으로 하늘을 힐끔거리며 운전하고 싶지는 않아서 다음번 통과 장소[1]에 들어가서 시동을 껐다.

여름이고 7월의 긴 석양이다. 내가 달리는 도로는 거친 계곡을 가로지르고 있다. 이 구간에 가옥은 없고 좁은 도로와 토탄 빛 물을 담은 작은 호수들뿐이다. 왼쪽의 가파른 비탈은 바위와 히스풀이 능선까지 올라가고, 그 능선은 북쪽으로 2.5킬로미터가량 뻗어 있다. 오른쪽 언덕은 약간 낮다. 이제 멈춰서 보니 협곡 전체가 매혹적으로 황량한 풍경이다.

차에서 내려 산들바람 속에 하늘을 본다. 그냥 말똥가리에 불과한지도 모른다. 그런 말이 있지 않은가? '독수리인지 말똥가리인지 헷갈리면 말똥가리'라고. 수리과 새의 98퍼센트는 말똥가리다. 하지만 새가 당당하게 하늘을 점령하고 있는 모습이 예사롭지가 않다. 헐벗은 언덕 마루 위에 뜬 검은 선.

잠시 후 또 한 마리가 다가오고, 두 마리는 저녁 하늘에 검게 도드라진다. 둘은 짝인 게 분명하지만 서로 알은체를 하지는 않는다.

이제 나는 망원경으로 첫 번째 새를 포착한다. 직선으로 뻗은 긴 날개, 날개 끝에 튀어나온 깃털은 거의 대못처럼 길쭉하고 뾰족

1 좁은 시골 도로에서 차량 한 대가 비켜줄 수 있도록 노변에 만든 공간.

하다. 색이 있는 곳은 뒤통수 또는 목덜미뿐으로 그 밝은 색이 저녁 빛 속에 이따금 번쩍 타오른다. 하지만 그건 유심히 봐야 보인다. 나는 망원경을 내리고 짝을 이룬 두 마리를 한꺼번에 본다. 녀석들을 도드라지게 하는 것은 공기를 대하는 태도다. 공기는 그들의 자원, 그들의 생득권, 그들의 무한한 소유물이다.

이제 한 마리가 떨어져 나가서 능선 너머 언덕 반대편으로 내려간다. 남은 수리는 도로가 있는 이쪽, 내가 차에 기대 서 있는 계곡 아래쪽으로 내려온다. 그리고 떠난 짝을 언덕 반대편의 평형추로 삼은 듯 언덕 이편의 공중에 매달려 있다.

낮게 내려오니 녀석의 모습이 하늘을 바탕으로 선명하게 도드라지지 않고, 언덕 비탈의 히스와 고사리에 섞여버린다. 녀석이 몸을 뒤집어서 금갈색 뒷면을 살짝 보이기 전까지는 눈으로 쫓기가 힘들다. 그리고 내가 차에서 내려서부터 지금까지 녀석은 날개를 한 번도 파닥이지 않았다.

여기 도로변은 땅이 축축하고 황새풀이 몸을 떤다. 다른 차는 없다. 이 풍경 위에서 수리는 얼음 위를 미끄러지는 아이스하키의 퍽처럼 공기 위를 스르르 움직인다.

나는 잠시 수리를 잃어버렸다가 다시 찾는다. 아까보다 거리가 가까워져서 머리 바로 위를 지나갈 것만 같다. 망원경으로 녀석을 추적하려고 하는데 녀석은 제법 낮게 내려오더니 도로를 가로질러 반대편 언덕 기슭으로 미끄러져 간다. 육상으로는 1킬로미터 정도 거리지만 그 길을 걷는다면 발목이 뒤틀릴 것이다. 이제 녀석은 빙글 돌아서 몸 위쪽의 색깔—금색보다는 금갈색에 가까운—을 보여준다. 그러더니 어딘가에서 불어오는 상승 기류를 타고 다시 공중으로 스르르 올라간다. 투명 에스컬레이터를 탄 것 같다. 그러다 속도를 늦추기로 마음먹은 듯 날개를 강하고 빠르게 네 번 휘젓고는 다시 공기에 몸을 맡긴다.

몇 주 후에 나는 글라이더 파일럿인 지인에게 공기의 느낌이 어떤지 묻는다. 공기의 결이 정말로 다양한가요? 그걸 느낄 수 있나요? "그럼요!" 그녀가 말한다. 글라이더를 타고서도요? "물론이죠. 운전할 때 도로 표면만큼 다양하고 갑자기 변하기도 해요. 몸으로 느껴져요. 글라이더도 느끼죠. 글라이더는 엔진 같은 추진체가 없으니까……."

그러더니 내가 거들지 않았는데도 말을 잇는다. "가끔 독수리처럼 큰 새들은 어떤 느낌일까 궁금해요. 개들은 우리보다 공기를 훨씬 많이 느끼고 훨씬 예민해요. 상승 기류를 느끼면서 공중을 빙글빙글 돌잖아요. 그건 호수에서 수영하면서 온기와 서늘함을 번갈아 느끼는 것 같을 거예요."

나는 지금도 차에 기대 서 있고, 여태까지 그 첫 번째 수리를 망원경 속 시야에서 놓치지 않았다. 녀석은 계속 바위와 검은 히스 기슭을 떠돌았다. 하지만 이제는 아까 미처 못 본 것이 보인다. 언덕 중턱의 겨자색 골함석 헛간이다. 헛간 주변의 허물어진 철조망에 '위험: 접근 금지'라고 적혀 있다. 수리는 그 위를 지나갔지만 헛간은 잠시 의문을 안겨준다. 낡은 헛간이 뭐가 위험하다는 것인가? 이러건 저러건 저기 대체 누가 들어간다는 건가? 그 순간, 내 관심의 결이 그렇게—자동차가 매끄러운 아스팔트를 떠나 자갈길에 들어설 때처럼—바뀌는 사이 나는 수리를 놓친다. 녀석은 사라졌다. 녀석의 짝도 이미 사라졌다. 나는 다시 길을 가는 수밖에 없다.

5장

퀴나하크에서

세계 지도를 가져다가(지구본이 더 좋다) 위도 60도선을 찾고 서쪽으로 이동해 보라. 셰틀랜드 제도[1]에서 시작하면 바로 북대서양 상공을 날 수 있다. 그린란드 페어웰 곶의 끄트머리 몇 킬로미터를 스쳐가고, 캐나다의 래브라도에 이어 허드슨 만이 나타날 것이다. 계속 간다. 60도선은 캐나다 매니토바 주, 서스캐처원 주, 앨버타 주, 브리티시컬럼비아 주의 북쪽 국경을 이룬다. 계속 서쪽으로 가면 알래스카 주가 나온다. 계속 더 가다가 마침내 베링해에 이르면 거기서 멈춘다. 바다를 건너면 러시아고 이제 긴 귀향길이 시작된다.

이 선은 알래스카의 마지막 150킬로미터 지역에서 쿠스코큄-유콘 삼각주를 지난다. 지도를 보면 도로는 없고 녹색 물길과 얼음 녹은 웅덩이들만 보일 것이다. 퀴나하크 마을은 바로 이 해안, 60도선 바로 아래쪽에 자리하고 있다. 카네크토크 강이 베링해로 쏟아지는 곳이다. 여름에는 그렇다. 겨울에는 강이 얼고 눈이 높이 쌓인다.

마을 주민은 7백 명 가량이고 대부분 유피크Yupik족이다. 이들의 강인 카네크토크 강은 유명한 연어 회귀천이다. 카네크토크는 '새로운 강물 길'이라는 뜻이다. 이 물기 넘치는 세계에서 강들은 쉽게 경로를 바꾼다.

여름에 땅이 녹으면 거기 가는 방법은 비행기뿐이다. 해안 마을

---

1 영국 최북단의 군도.

마다 간이 비행장이 있다. 앵커리지에서 쿠스코큄 강변 지역의 중심지 베슬까지 가는 비행기가 있다. 베슬에서는 6인승 비행기가 굿뉴스 만, 플래티넘, 슬리트 뮤트, 파일럿 스테이션, 러시안 미션, 콩이가나크, 퀴나하크, 이크를 오간다. 공항 대기실을 장식한 항공사진들을 보면 마을들은 거의 비슷비슷하게 생겼다. 사진마다 강이 구불구불 흐르고, 보트들이 흙둑 위로 끌어 올려져 있으며, 툰드라 지대의 흙길가에 작은 집들이 흩어져 있다.

나는 7월 말에 베슬에 도착했다. 공항은 붐비는 지방 버스 터미널 같은 분위기였다. 대기실에는 대부분 유피크인이었다. 두꺼운 트레이닝 바지에 후드티를 입은 검은 머리 사람들이 조용조용한 말투로 서로 만나고 인사하고 했다. 어린 아이들은 바닥에서 뛰어놀고 10대들은 벤치에서 잤다. 이런 비행기를 조종하는 '부시 파일럿'[1]들은 대부분 음흉한 인상의 젊은 백인으로 작업복을 입고 있다. 비행기가 출발 준비를 갖추면 파일럿이 문 앞에 나타나서 목적지를 소리쳐 말한 뒤 승객들을 이끌고 활주로를 걸어간다. 때로는 파일럿이 벤치에서 잠자는 10대를 깨우기도 한다. "이봐, 이크에 갈 거야?"

베슬에서 나는 불안과 시차에 시달렸으며 비행기를 놓칠까 겁이 났다. '콩이가나크'를 '퀴나하크'로 잘못 듣고 거기 가게 되는 건 아닌지 걱정했다. 퀴나하크는 'Quinhagak'라고 쓰지만 '퀴나하크'라고 발음하는데, 나중에 나는 최선을 다해서 발음해도 꾸지람을 들었다. "백인 같은 발음이에요." 베슬에서 나는 또 '날씨 대기weather hold'라는 말도 배웠다. 삼각주에 안개가 끼면 비행기가 못 뜨고 오전 몇 시간 동안 해안에서 구름이 밀려들기 때문이다. 마침내 안개가 걷히자

---

1 북미 관목지대, 알래스카 등 오지를 비행하는 조종사.

비행이 재개되고 파일럿이 문 앞에 나타나서 '퀴나하크!' 하고 외쳤다. 세 사람이 파일럿과 함께 걸어가서 소형 비행기에 올라탔다.

"새로 온 학교 선생님이신가요?" 승객 한 명이 나에게 물었다. 부드러운 말투의 유피크 여자로 쇼핑백을 들고 있었다. "아니에요? 학교 선생님이 새로 온다고 해서요."

또 한 명은 백인 남자였다. 전기 기사로 신설 학교에서 일을 조금 하고 낚시는 많이 할 거라고 했다.

파일럿은 헐렁하게 묶은 붉은 머리에 볼펜을 찔러넣은 여자였다. 그녀는 준비가 되자 자리에 앉은 채로 몸을 반쯤 돌렸다.

"전부 퀴나하크로 가시는 거 맞죠? 확인하는 거예요! 좋아요. 뒤쪽에 긴급 물품이 있어요."

비행기는 부르르 시동을 걸고 활주로를 달려 이륙했고 우리는 금세 진녹색, 녹두색, 누른 빛, 구릿빛이 어우러진 들판 위로 솟아올랐다. 드문드문 보이는 보라색은 분홍바늘꽃이었다. 덜덜거리는 날개 아래로 좁은 강과 버드나무들이 자란 자갈 강둑, 얼음 녹은 웅덩이, 실개천 들이 보였다. 상공 2백 미터는 진흙 제방을 지나간 말코손바닥사슴 떼의 발굽자국까지 보이는 높이였다. 하얀 점 두 개는 고니였다. 우리는 회색 이끼 벌판 위를 날았다. 비행기가 기울어 창가에 지평선이 떠오르자 나는 평생 가장 평평하고 사람 없는 풍경을 보았다.

삼각주는 육지라기보다 땅이 드문드문 드러난 수역에 가까워 보였다. 아니면 물이 너무 많이 들어와서 물에 떠버린 땅. 이쪽이기도 하고 저쪽이기도 했다. 심장이 덜컹하도록 차가운 바람이 문을 뚫고 내 팔꿈치에 닿았다. 비행기 전체가 덜덜 떠는 것 같았다. 나는 날개 너머로 땅을 내려다보면서 거기 동물들이 있기를 바랐다. 순록이나 늑대 같은.

40분 후 바다가 가까워지자 앞쪽에 빛이 밝아지고 전신주, 통신탑, 풍력 발전기 들과 함께 마을이 나타났다. 비행기는 금세 하강을 시작해서 홀연히 나타난 간이 비행장의 자갈 덮인 활주로를 덜컹덜컹 달렸다.

프로펠러 소리가 잦아들자 파일럿이 뛰어내려서 객실 문을 열었다. 나는 경미한 멀미 속에 자갈길로 내려섰다. 오후 한복판이고 조용했다. 사람도 없고 시설이라고는 헛간 같은 건물 한 채와 '퀴나하크—해발 10미터'라고 적힌 안내판뿐이었다. 하늘 전체에서 빛이 쏟아져 내렸다. 에너지 가득한 눈부신 빛이.

* * *

이 일이 있기 전에 한동안, 사실 여러 해 동안 나는 기회가 될 때마다 영국 동해안의 박물관들을 헤매고 다니며 이누이트 관련 물품을 보았다. 휘트비, 던디, 애버딘, 피터헤드, 스트롬니스—19세기에 포경선들이 북쪽 얼음 바다로 출항한 항구 도시들—에 갈 일이 생기면 지역 박물관을 둘러보았다. 포경선 선원들은 좋은 쪽으로건 나쁜 쪽으로건 이누이트인들과 꽤 자주 접촉했고, 물물교환한 신기한 물건들을 가지고 돌아왔다. 물건들만이 아니었다. 살아 있는 북극곰도 한 마리 이상 남쪽 땅으로 데려왔고, 심지어 이누이트인들도 설득 또는 납치해서 데려왔다. 스트롬니스에는 스노고글, 물범 모양 부적이 있다. 애버딘에는 날렵한 물범 가죽 카약이 있다. 재료들에

재치와 지식이 가득하고, 모든 재료가 당연히 천연이다. 내가 그 물건들을 좋아하는 건 그것이 비인간 세계와 맺은 강력한 관계를 보여주기 때문이다.

그런데 애버딘대학 박물관에서 만난 젊은 큐레이터 제니 다운스가 한 걸음 더 나아갔다. 그녀는 내게 북극권 또는 아북극권 물품에 관심이 있다면 고고학자 릭 네크트를 만나보라고, 그는 알래스카의 유피크 현장에서 일하고 있다고 일러주었다.

나는 이전까지 '유피크'라는 이름을 들어본 적이 없었다. '이누이트'라는 이름은 알고 '이누피아크'도 들어보았지만 '유피크'는 처음이었다. 모두 북극 인근 지역의 원주민들이다.

네, 릭을 만나보세요. 제니가 말했다.

약간 소개팅 비슷했다. 대학 로비에서 만났을 때 네크트 박사를 못 알아볼 수는 없었다. 그는 알래스카인 자체였다. 예순 살의 릭은 풍채가 좋고 덥수룩한 턱수염이 희끗희끗했다. 옷은 헐렁한 바지와 두꺼운 체크 셔츠, 어부 조끼 차림이었다. 그가 말할 때 나는 귀를 쫑긋 세워야 했는데, 지명들이 낯설어서이기도 했지만 그가 처음에는 수줍음에 말을 웅얼거렸기 때문이기도 했다. 릭은 나에게 퀴나하크에 대해, 그 마을과 강에 대해, 그곳의 특이한 고고학 발굴 현장에 대해 이야기해 주었다. 현장 이름은 누날라크Nunallaq다. (하지만 현지 발음은 이와 일치하지 않아서 나는 역시 꾸지람을 들었다. 'll'은 웨일스어의 'll'[흘] 또는 스코틀랜드어의 'ch'[흐] 발음과 비슷하고, 'q'는 암탉이 흡족할 때 내는 소리와 비슷하다.) 누날라크는 '오래된 마을'이라는 뜻으로, 현대화된 마을에서 해변을 따라 몇 킬로미터 올라간 툰드라 지대 가장자리에 있다.

릭은 내게 사진을 보여주었다. 해변은 직선으로 1.5미터가량 뻗은 검은 모래밭이다. 바다를 마주하고 툰드라 지대가 겨우 2~3미터 높이로 솟아 있다. 해수면의 빠른 상승으로 툰드라가 빠르게 부식되고 있다. 매일매일 흙덩이와 초목이 모래밭으로 떨어져 내려와 바다에 휩쓸려 나간다. 그리고 영구동토층이 녹아서 땅 자체가 버티지를 못하고 점점 바다에 굴복하려고 한다.

이 툰드라 벽을 바다가 할퀴어서 묻혀 있던 마을이 드러났다. 퀴나하크 사람들은 전부터 해변의 이 지점에 오면 흙에서 여러 가지 물건이 나온다는 것을 알고 있었다. 작살머리, 장신구, 살대, 봉돌, 창, 동물 모형, 심지어 의식 때 쓰는—그리고 의식이 끝난 뒤에 일부러 부순—무용 가면도 있다. 전부 능숙한 손이 순록 뿔, 나무, 돌, 바다코끼리 상아, 짚풀로 만든 것이다. 언 땅은 수 세대 동안 이 물건들을 크리스마스 케이크의 장식처럼 간직했지만 이제 그것들이 해변에 떨어져 내려서 영원히 휩쓸려 갈 준비를 하고 있었다.

사람들은 그 물건들이 무엇인지 알았다. 유피크 물건. 그들의 조상이 바깥 세계와 접촉하기 전, 유럽인들이 오기 전, 기독교 선교사들이 강을 타고 올라오기 전에 쓰던 도구와 장식물이었다. 누날라크 마을 현장은 겨우 5백 년 되었지만, 유피크인이 수렵채집으로 자급자족하던 시절, 아무 문제 없이 살아가던 시절을 담고 있다.

너무 많은 것이 사라지고 있어서 마을 어르신들과 지도자들 사이에 진지한 대화가 일어났다. 어떤 이들은 죽은 자들과 그들의 물건에 관여하기를 딱 잘라 거절했다. 어떤 이들은 간청했다. 후세대를 위한 거예요. 지금 젊은이들은 유피크 문화에 대해, 우리 유산에 대해 아무것도 몰라요. 늦기 전에 고고학자들을 불러야 해요. 우리를 도와줄 고고학자를 알아요.

릭은 스코틀랜드에 오기 전에 알래스카에서 30년을 살았다. 그는 코디아크 소재 알루티크박물관의 창립 관장, 우널래스카 소재 알류션박물관의 창립 관장을 지냈다. 지금은 스코틀랜드 애버딘에서 가르치고 있었다. 내가 릭을 만났을 때 발굴은 다섯 번째 시즌이었고, 발굴된 것들은 모두 애버딘에 소장되었다. 진흙까지 모든 것이 비행기에 실려 지구 반 바퀴를 날아갔다.

대학 복도 끝에 있는 방에서 릭은 냉장 보관함과 서랍을 열어서, 레이브릿—남자들이 입술이나 볼에 구멍을 뚫고 단 큼직한 장신구—들과 수많은 '인형'—납작한 막대기에 선 세 개로 얼굴을 그려 즐거움에서 고통까지 온갖 감정을 표현한—을 보여주었다.

릭이 말했다. "가끔은 막대기를 닦아서 뒤집어 보았다가 우와! 얼굴이 나타나서 깜짝 놀라죠. 숲에 숨어 있던 사람처럼 몰래 나타나는 거예요."

하지만 삼각주에 숲은 없다. 바닷물에 휩쓸려 오거나 내륙에서 강물에 실려 내려온 표류목뿐이다. 그리고 금속도 없다. 이 새로운 유적지는 겨우 5백 년밖에 안 됐지만 수렵채집 문화를 담은 구석기 시대의 유물을 품고 있었다.

그는 발굴 작업을 통해 사라졌던 전통 기술이 되살아났고, 지역 주민들이 발굴 물품에 관심이 지대해서 복제품을 만들고 있으며, 상아 조각 같은 옛 기술을 복원하고 있다고 말했다. 그게 핵심이었다. 상상 이상으로 풍부한 유물을 발견해 냈지만 발굴 작업은 보물 사냥이 아니었다. 그것은 식민주의와 열렬한 선교에 희생된 문화 전체를 재건하는 일이었다.

발굴 작업을 할 수 있는 기간은 땅이 녹고 곤충이 바글거리는 한여름의 몇 주일뿐이었다. 지금의 지원금으로는 앞으로 몇 년은 발굴을 계속할 수 있었다. 현재는 유물들을 여기 애버딘에 가져와서 세척, 보존, 목록화하고 있었다. 일부는 박사과정 학생들이 연구하고 있다.

하지만 발굴이 끝나면 대규모 반환이 이루어질 것이다. 수천 점의 유물이 법적, 도덕적 귀속지인 유피크의 땅으로 돌아갈 것이다. 당연한 일이다. 하지만 그 전에 그것들을 모아둘 박물관이나 보관소 같은 장소가 필요했는데 그것은 간단한 일이 아니었다. 퀴나하크는 유피크 마을이고, 그곳에는 박물관으로 쓸 만한 건물이 없었다.

나는 다른 사진들도 보았다. 비에 젖은 발굴팀원들이다. 백인도 있고 유피크인도 있는데, 모두가 웃는 얼굴로 흙 묻은 손으로 발굴품을 내밀고 있다. 모두 자원봉사자고 대부분 '베링 해변의 고고학 탐험'을 위해 찾아온 학생이었다. 그들은 돈을 저축하고 열두 명에서 열다섯 명 정도로 한 팀을 만들어 그곳으로 갔다. 사진 뒤쪽에는 바다가 반짝이기도 하고 멀리, 아주 멀리 툰드라 지대가 보이기도 한다.

그날 밤 나는 다시 기차를 타고 집에 돌아왔다. 유피크 유물들이 머리에 가득 찼다. 발굴이 손상된 문화를 되살리고 있다고 릭이 말했다. 회복력과 자신감을 키워주고 있다고.

나는 집에서 세계 지도를 꺼내서 위도 60도선을 따라 서쪽으로 가보았다. 그리고 이메일을 보냈다. 제가 가도 될까요? 학생들처럼 돈을 낸다면? 어쩌면 이름을 처음 들어본 그곳에 대해, 베링 해변의 이 고고학 탐험지에 대해 글을 쓸 수도 있지 않을까요?

강렬한 햇빛. 시차에 찌든 눈에 손차양을 치니 활주로를 달려오는 낡은 회색 미니버스가 보였다. 우리 셋은 곧 그 버스를 탔다. 미니버스 기사는 대런이었다. 대런의 영어는 미국식이지만 정확하지 않고 약간 느렸다. 그가 말했다. 맞아요, 저는 여기 죽 살았고 계속 살 거예요.

"이곳은 평화로워요. 필요한 건 다 있어요."

왼쪽의 버스 차창으로 먼 산들이 보였다. 오른쪽으로는 망가진 트럭이 앞에 서 있는 낡은 창고가 지나갔다. 대런은 싱크홀들을 피해갔고, 곧 기둥 다리에 올라선 삼각 지붕 가옥들이 나타났다. 마을의 모든 것이 25년 이상 되지 않은 것 같았다. 초라하고 어수선하지만 낡은 느낌은 없었다.

"이 마을은 언제부터 있었나요, 대런 씨?"

"글쎄요." 대런이 말했다. "우리는 조상님들에 대해 잘 몰라요. 하지만 어르신들 말씀으로는 수천 년 전부터 여기 살았대요. 다른 데 갈 이유가 있나요?"

잠시 후 그가 말을 이었다. "제가 어렸을 때 한 어르신이 그렇게 말했어요. 다른 데 갈 이유가 어디 있냐고요. 필요한 건 여기 다 있어요. 우리는 땅이 주는 걸 가지고 살아요. 강도 있고 연어, 송어도 있어요. 민물이 있고⋯⋯. 하지만 겨울이 고약했어요."

"고약했다는 건?"

"눈이 안 왔어요. 겨우내 배나 쿼드바이크를 타고 다녔어요. 작년에도 똑같았어요. 그리고 4, 5, 6월이 되면 너무 더웠죠."

동승한 여자가 동의하며 말했다.

"그리고 툰드라에 불도 여러 번 났어요."

"네, 너무 건조해서요. 그리고 번개! 번개가 엄청 쳤어요. 번개 때문에 툰드라에 불이 났어요."

"흔한 일이 아닌가 봐요?" 내가 물었다.

"흔하지 않아요. 연기가 갈수록 고약해졌어요."

커브를 한 번 도니 회색 자갈길이 나타났다. 노변에는 전선을 앞뒤로 매단 채 기울어진 전신주들이 서 있었다. 맞은편에서 쿼드바이크 운전자들이 검은 머리를 바람에 휘날리며 달려왔다. 도로변에는 기둥 다리에 올라선 오두막들이 있었고, 우리는 중간에 멈춰서 승객 한 명을 내려주었다. 툰드라 지대 저편에서 수줍은 미소와 쇼핑백 하나만 가지고 날아온 여자였다. 여자의 집은 비바람에 시달린 오두막 중 하나로, 입구까지 계단이 있었다. 모든 오두막의 표면이 벗겨지고 유리가 깨져 있던 터라 겨울이 여기서 발휘하는 힘을 알 수 있었다. 눈부신 햇빛이 없다면 아주 우울한 풍경이었을 것이다.

아직 공사가 끝나지 않은 학교 건물 앞에서 전기 기사가 내려 작별 인사를 했다.

"고고학 팀에 오신 거예요? 빨간 건물로 데려다줄게요." 대런이 말했다.

그는 겉을 금속으로 덮은 격납고 앞에 버스를 세웠다. 그 건물도 오두막들처럼 나무로 된 기둥 다리 위에 올라서 있었다. 현관까지는 경사로와 계단이 있었다. 건물은 정말로 갈색이 깃든 붉은색이었고, 예외라면 벽 높은 곳에 붙은 검은 간판뿐이었다. 간판에는 '카니르투크 사, 알래스카 퀴나하크 지부'라는 이름이 있고, 작살 두 개가 동그라미를 X자 모양으로 가로지르는 로고가 있었다. 작살이 가른 사분면마다 각기 다른 동물—물범, 연어, 순록, 곰—이 있었다.

거대하고 창문 없는 붉은색 창고.

"여기예요?" 내가 말했다.

"네, 안에 들어가시면 돼요."

나는 길을 건너다가 멈추어 섰다. 쿼드바이크 한 대가 일가족을 태우고 달려갔기 때문이다. 어머니, 몇 명의 아이들, 할머니까지. 할머니는 바이크 뒤에 달린 트레일러에서 선베드 비슷한 의자에 기대 누워 있었다. 보라색 바람막이 점퍼와 보라색 뜨개 모자 차림이었고 선글라스를 썼다. 모두가 플라스틱 대야 같은 걸 들고 있었고 그 뒤를 개가 헐떡이며 뛰어왔다. 여름은 베리를 따는 시기라고 릭이 말했다. 그래서 대야를 가지고 가는 것이었다. 바이크 운전자가 손을 흔들었고 나도 손을 흔들었다.

* * *

나는 곧 대런이 나를 내려준 이 '빨간 건물'이 원래 슈퍼마켓이었으며, 지금은 인근에 더 큰 슈퍼마켓이 새로 지어졌다는 걸 알게 되었다. 마을에 슈퍼마켓이 있을 것을 내가 예상했는지 어쨌는지 모르겠지만 나는 아무것도 예상하지 않으려고 했다. 빨간 건물은 이제 마을 회관이 되었지만, 발굴 작업을 하는 한여름이면 퀴나하크 사람들은 마을 회의를 거쳐 고고학자들이 이곳을 베이스캠프, 식당, 회합장, 연구실로 쓸 수 있게 해준다. 건물 내부는 흰색이었고, 창문이 없어서 전등이 항시 켜져 있었다. 안에 들어가면 바깥의 하늘, 햇빛,

툰드라를 거의 잊을 수 있었다.

방 안에는 비닐을 씌운 긴 테이블이 두 개 있었다. 평평한 표면은 충전 중인 노트북 컴퓨터들이 남김없이 차지하고 있었다. 와이파이와 페이스북이 있었다. 바닥에는 뼈와 막대기를 건조하는 쟁반들이 놓여 있었다.

슈퍼마켓, 와이파이. 릭이 '알래스카 황야'라는 말에 담은 익살이 들리는 것 같았다. 기쁘게도 요리사까지 있었다. 차분하면서도 유쾌한 셰릴은 스토브와 조리대, 대형 냉장고 두 대가 있는 영토를 지배했다. 그녀는 스물네 명의 발굴팀원과 나 같은 군식구들이 먹을 아침과 저녁 식사를 만들었다. 우리는 아침마다 셰릴이 우리는 모르는 마을 바깥의 재료 공급처와 통화하는 소리를 들었다.

내가 오후에 도착한 터라 발굴팀이 돌아오려면 아직 몇 시간이 더 걸리기에, 셰릴이 나를 맞아서 숙소를 안내해 주었다. 빨간 건물에서 길을 건너면 회색 퀸셋 오두막—반원형 지붕의 군용 막사—들이 있었다. 오두막 안에 방과 복도가 꾸며져 있고, 방에는 각목으로 만든 2층 침대들이 있었다. 숙소는 발굴지의 흙으로 더러웠고 위생 시설은 미흡했다. 마을은 이제 상하수도를 설치하는 중이었다. 하지만 퀸셋 오두막은 발굴팀이 첫 두 시즌에 사용한 텐트에 비하면 대궐이라고 릭은 말했다. 마을 외곽에 있던 텐트촌에는 벌레가 들끓고 곰도 출몰했다고.

여기도 전등이 하루 종일 켜져 있었다. 하지만 오두막 복도에 놓인 손수레에 늑대 털가죽이 드리워져 있었다. 털가죽은 두껍고 연한 꿀빛이었다. 나는 셰릴이 나가자마자 거기 손을 넣어보았다. 손에 온기가 밀려들었다. 그것을 들어 냄새를 맡아보았다. 그대로 남아 있는 늑대 주둥이가 뾰족 튀어나온 마스크 같았다. 그걸 얼굴에 쓰고 늑대 눈으로 세상을 내다볼 수도 있었다. 그것은 유혹적이었다. 황야에 왔다는 신호.

발굴팀은 한여름의 긴 낮을 이용해서 늦게까지 일한다. 7시가 지나서야 노란색의 낡은 스테이션왜건 한 대와 쿼드바이크 두 대가 팀원들을 데리고 왔다. 스물네 명의 흙투성이 젊은이가 계단을 올라 빨간 건물 안에 들어오자 재잘거리는 소리와 흙이 따라 들어오고, 흙과 나무가 든 양동이와 그날의 발굴물들도 같이 왔다. 강아지가 신이 나서 팀원들 틈을 뛰어다녔지만 옛 뼈를 씹을까 걱정한 팀원들이 쫓아냈다.

나는 애버딘의 첫 겨울 이후 릭을 몇 번 더 만났고, 이제 여기 그의 본래 영토에서 다시 만났다. 그의 아내 멜리아도 있었다. 멜리아도 애버딘의 한 박물관 큐레이터였는데 지금은 휴가를 내서 릭의 발굴을 돕고 있었다. 누날라크에서 얼마나 많은 물건이 나올지, 얼마나 많은 목록 작성과 보존 작업이 필요할지 예상한 사람은 아무도 없었다. 나는 멜리아를 만나서 기뻤다. 남편보다 몇 살 어린 그녀는 훌륭한 박물학자였다. 그녀도 릭 못지않은 알래스카인으로, 릭을 만났을 때는 생선 통조림 공장에서 일하고 있었지만 두 사람이 모두 고고학에 애정이 있다는 걸 알게 되었다고 했다. 내가 퀴나하크로 오기로 결심했을 때 나를 품어준 사람이 멜리아였다. 그녀는 작고 분주한 유형으로 황야 생활을 즐거워했다.

멜리아는 망원경이 있었고, 내가 도착한 날 저녁에 나에게 같이 마을을 산책하고 강가에 가서 새들을 보자고 했다. 나는 처음에는 유피크인이 아닌 외지인 두 명이 마을을 돌아다녀도 좋을까 걱정했지만, 주민들은 모두 발굴팀이 마을에 있다는 것을 알았다. 사람들은 미소를 보냈고 수많은 개들도 모두 다정해 보였다.

우리는 자갈길 몇 곳을 걸었다. 오두막들 사이에 헛간, 고장 난 설상차, 표류목 들이 있고 이따금 쓰레기와 고래 뼈가 있었다. 공터들에는 물웅덩이와 쓰레기, 풀밭과 야생화가 섞여 있었다. 산책을 하면서 멜리아는 집들이 '기둥 다리'라는 허약한 구조를 쓰는 이유와 쓰레기가 많은 이유를 설명해 주었다. 영구동토 때문이었다. 여기서는 아무것도 묻을 수 없다. 새로 놓은 하수관도 지면에 띄워서 설치하고 방한을 위해 단열 처리를 해야 했다. 따뜻한 구조물이 땅과 접촉하면 땅이 녹아서 융기하고, 그러면 구조물이 무너진다고.

쓰레기가 많은 건, 물건들이 갈 곳이 없어서였다. '매립'이 불가능하기 때문이다. 고장 난 설상차, 기름통, 폐바이크, 위성 안테나 모두가 원래 자리에 남아 있다. 오직 눈만이 그걸 묻을 수 있다.

속셔츠 바람의 남자가 현관 앞에 앉아 담배를 피웠다. 우리가 지나가자 남자가 망원경을 가리키며 소리쳤다. "새 좋아해요? 난 새를 죽여요. 사냥꾼이거든요. 하지만 내 인생에서 최고가 뭔지 알아요? 내 손주들입니다."

* * *

다음날 아침, 일요일을 뺀 매일 아침에 그러듯이 팀원들은 더러운 작업복과 도시락을 챙겨 가지고 노란 픽업트럭에 탔다. 릭이 운전대를 잡고 마을에 하나뿐인 자갈 깔린 도로를 달렸다. 도로는 마을을 벗어나서 해변을 몇 킬로미터 달리면 사라졌다. 트럭은 풍력발전기 세 대와 통신탑 밑을 지났다. 멀찌감치 쇠부엉이가 사냥하고, 머리 위에서 아비새가 새끼들에게 줄 물고기를 물고 직진하는 모습이 자주 보였다.

마을 쓰레기가 갈 데가 없다는 말은 완전한 진실은 아니었다. 마을 외곽에 철망 울타리를 치고 가운데 불구덩이를 판 쓰레기장이 있었다. 가느다란 연기가 땅 위로 끊이지 않고 퍼졌다. 철망에는 언제나 까마귀들이 경비원처럼 앉아 있었다. 우리는 거기에 차를 세우고 현장으로 갔다.

물론 쓰레기장은 발굴팀의 농담 소재였다. 우리가 5백 년 후에 다시 오면 흙 속에서 이 멋진 물건들을 발굴하게 될 거라고. 우와! 20세기 냉장고야! 자전거 바퀴야! 하지만 공허한 농담이다. 해안선이 부식되는 속도를 보면 쓰레기장은 거기서 5백 년은 고사하고 50년도 버티지 못할 것이다. 조만간 베링해가 망가진 소방차와 깨진 차 유리를 어루만질 것이다.

하지만 그것이 발굴팀의 통근길이었다. 그들은 차에서 쏟아져 나와 풀숲을 헤치고 해변까지 4~5백 미터를 걸어간다. 질척한 발밑에는 순록이끼와 새먼베리가 자라고, 8센티미터짜리 전나무처럼 생기고 허브 향이 나는 '래브라도 티'도 자랐다.

릭은 첫날 나에게 잠시 현장을 안내해 주었다. 지금 발굴하는 것은 툰드라 가장자리에 있는 반지하 거주지 또는 그것의 잔해였다. 이미 많은 것이 물에 휩쓸려 사라지고 없었다. 육지 쪽으로는 통나무를 간 산책로 비슷한 진입로가 있었던 것 같고, 낮은 지붕이 있었던 듯한 중앙 통로에서 모두 반지하인 거주지 또는 작업장으로 연결되었다. 누날라크는 겨울철 거주지였을 것이다. 다른 계절에는 낚시와 사냥을 위해 야영 생활을 했기 때문이다. 방 또는 집을 연결한 반지하의 통로.

"스카라 브레이[1]하고 비슷한 건가요?" 내가 물었다.

"네, 스카라 브레이하고 비슷해요. 아니면 싸구려 모텔하고도 요!"

하지만 여기는 스카라 브레이와 달리 건축 재료로 쓸 돌이 없었다. 이곳 사람들은 툰드라 숲에서 잘라온 뗏장으로 벽을 짓고 표류목으로 기둥을 세웠다. 뗏장으로 쌓아올린 집들은 오래전에 무너져서 이제는 뭉쳐진 흙덩이들뿐이었다.

릭은 나를 유쾌한 프랑스계 캐나다인 베로니크 포르브에게 인계했다. 그녀는 현장 부감독 중 한 명으로 나에게 할 일과 지시 사항을 전달해 주었다. 나는 큰 텐트에서 모종삽, 쓰레받기, 양동이, 그리고 무릎을 댈 패드를 가져와서 뗏장 벽 앞에 자리 잡았다. 벌레 때문에 얼굴 절반을 스카프로 가린 베로니크는 뗏장 벽을 제거해서 지하에 있다고 여겨지는 단단한 바닥을 드러내고자 했다.

"그 바닥을 찾으려면 이 벽을 거기까지 허물어야 돼요."

"허물어요?" 내가 물었다.

"네, 허물어요."

나는 처음에는 조심스럽게 꼬물거렸지만 여기서는 너무 조심할 필요가 없었다. 베로니크가 돌아와서 내가 얼마나 했는지 보더니 웃음을 터뜨리고 낭랑하게 말했다. "그냥 팍팍 긁어요. 허물어버려요." 우리가 허물지 않으면 곧 바다가 허물 것이다.

---

1 Skara Brae. 스코틀랜드 오크니제도의 신석기시대 석조 거주지 유적으로, 뛰어난 보존
.상태 때문에 '스코틀랜드의 폼페이'라고 불림.

그래서 우리는 모두 진흙밭에 엎드려 일했다. 먹파리가 너무 기승이면 대형 선풍기를 발전기에 연결해서 바람을 날렸다.

그날의 주요 발굴물은 나무를 굽혀 만든 사발로 거의 완전한 형태였다. 조심조심 캐어보니 그냥 집어들어도 좋을 것처럼 보였지만 사발의 밑바닥이 아직 50센티미터 깊이 안에 얼어붙어 있어서 떨어지지 않았다. 그래서 우선 사진을 찍고 햇빛에 얼음이 녹도록 한두 시간 방치해 두었다.

발굴 초기에는 땅속 10센티미터만 파도 얼음이었다. 지금은 50센티미터를 내려가야 한다. 발굴이 시작된 게 겨우 6년 전이지만 그때는 모두가 추위를 막기 위해 온몸을 꽁꽁 싸매야 했다. 보온병을 가져오고 내복을 입었다고 했다. 하지만 내가 가져간 방한용품들은 쓰이지 않고 그대로 집에 돌아왔다. "겨우 5년 만에 발굴지가 남쪽으로 8백 킬로미터는 내려간 것 같아요." 릭이 말했다.

풍경은 놀라웠다. 나는 조용히 거기 앉아 풍경을 바라보며 그 광막함을 받아들이고만 싶었다. 점심때면 사람들이 식사 텐트에서 배를 채우는 동안 나는 현장 근방의 해변을 거닐고, 툰드라에서 새롭게 떨어져 나온 흙더미에 앉아 있었다. 모래는 축축한 암회색이지만 바다는 물러가고 없었다. 대신 그 자리에는 고요하고 반짝이는 영토가 펼쳐져 있었다. 은색 갯벌이 거의 수평선까지, 그리고 남북 방향으로도 수 킬로미터나 뻗어 있었고, 갯벌의 얕은 물웅덩이들에 하늘이 비쳤다. 하늘에는 온갖 구름과 온갖 계절이 다 펼쳐졌고, 구름 사이로 생전 처음 보는 아련한 옥빛이 빛났다.

나는 이곳이 조용할 줄은 미처 몰랐다. 여기 오기 전에 나는 이곳도 스코틀랜드 북서부 해변처럼 파도가 바위에 요란하게 부딪힐 거라고 생각했다. 이런 은빛과 고요함은 생각하지 못했다. 멀리 앞쪽에 환영이 일었다. 흔들리며 떠도는 형체들. 작은 물새들 한 무리가 갯벌 위를 낮게 날다가 다시 내려왔다. 망원경으로 보니 수평선의 구불구불한 모습이 파도 같기도 했다.

바다, 그리고 육지. 남쪽 저 멀리 모래톱 하나가 바다로 길게 튀어나가 있었다. 연갈색 섞인 녹색 물감을 붓으로 몇 번 칠한 듯한 모습이었다. 더 멀리 산맥이 있었지만 안개에 가려 희미했다. 하지만 모래톱에서 무언가 내 눈길을 끌었다. 그리고 그게 눈에 띈 이상 외면할 수가 없었다. 분명히 살아 있는 생명체 같았기 때문이다.

돌도 나무도 없는 곳에서 그 형체는 네모지고 검고 두드러진 모양으로 앉아 있었다.

나는 흙더미 위에 서서 망원경을 조준했다. 그래도 그 동물은 보일락 말락 했다. 얼마나 멀리 있는 건지 가늠이 되지 않았다. 나는 이제 그 동물에 시선을 고정하고 그것이 움직여서 정체를 드러낼 순간을 기다렸다. 베리 철이었기 때문에 베리 따는 여자일 수도 있었다. 어쩌면 곰일지도 몰랐다. 혼자서 그쪽으로 가면 위험하다고 했다. 현장에는 만약을 대비해서 총이 있었다. 나는 멀리 있는 그 동물이 곰이기를 바랐다. 확실히 덩치가 커 보였다. 툰드라에서 베리를 먹는 곰이라면 짜릿하지 않은가! 계속 지켜보다 보니 어느새 눈이 아팠다. 그렇게 한참이 지난 어느 순간 여자인지 곰인지 모를 그것이 검은 날개를 쫙 펴고 하늘로 날아갔다. 갈까마귀였다! 갈까마귀가 대단한 풍경이 되다니. 나는 혼자 웃었다. 확실히 이곳의 규모에 적응해야 했다. 이 특이한 빛을 너른 마음으로 고려해야 했다. 어쨌건 이 고정된 것 없는 장소에서 시간이 얼마나 유동적인지를 알게 되었다. 형태가 변화하고 곰이 새가 될 수 있다. 바다는 사라지고 강물은 경로를 바꿀 수 있다. 과거가 땅에서 쏟아져 나와 현재가 될 수 있다.

* * *

팀원들은 다시 현장에서 일하고 있었다. 넘쳐나는 진흙 속에 잔잔하고 유쾌한 대화가 오갔다. 릭은 현장 외곽 길을 걸어 발굴물 천막으로 가고 있었다. 그리고 내 곁을 지나가면서 자신이 발굴물로 기록할 것을 보여주었다. 그의 진흙 묻은 손과 비슷한 길이의 날렵한 나무창으로, 새 뼈로 만든 촉이 달려 있었다.

나의 역할은 유동적이라서 내 마음 내키는 대로 발굴을 할 수도 있고, 하지 않을 수도 있었다. 오전에 작업을 나갈 수도 있고, 빨간 건물에서 일을 도울 수도 있고―주로 테이블 닦는 일―, 쿼드바이크들을 피해서 마을을 산책할 수도 있었다. 사람들은 손을 흔들거나 짧은 인사를 건넸다. 그 이상도 이하도 없었다. 나는 기둥 다리 위의 오두막들과 그 안의 생활이 자주 궁금했다. 그 집의 주인들은 수렵인이 분명했다. 물범 가죽들이 건조를 기다리며 옥외 화장실 벽에 걸려 있었고, 들다람쥐 말린 사체들이 줄에 양말처럼 죽 걸려 있었다.

슈퍼마켓에 다니는 수렵채집인. 나는 거기에도 가서 미국산 물건이 가득한 매대들을 흥미롭게 구경했다. 과자, 피자, 시든 양배추 몇 개. 그 덜덜거리는 비행기로 툰드라까지 날아온 코코넛도 있었다. 하지만 술은 없었다. 퀴나하크는 술 청정 구역이다. 우리는 술을 가져오지 말라는 주의를 받았다. "알래스카 시골 지역에서 음주는 곰, 찬물, 추위를 합한 것보다 더 많은 사상을 일으켰습니다. 그래서 우리는 알코올에 관해서는 무관용 방침을 취합니다. 이 방침을 위반하는 사람은 다음 비행기로 돌아가야 합니다."

도착하고 얼마 지나지 않아 아직 시차에 시달리던 어느 날 저녁, 내가 퀀셋 오두막의 바깥 계단에 앉아 있는데 사이렌 소리가 요란하게 울렸다. 놀라서 자리에서 일어나 주변을 둘러보았다. 공습은 아니었다. 앰뷸런스도 아니었다. 앰뷸런스가 어디로 가겠는가? 사이렌에 이어 웬 남자 목소리가 메가폰을 타고 울렸다. "귀가하세요! 이제 그만 놀아요!"

검은 옷차림의 안전 담당관이 쿼드바이크를 타고 마을의 몇 개 안 되는 도로를 순찰하고 있었다. "얼른 귀가하세요!"

아이들은 밤 10시면 통행금지다. 하지만 아직 빛이 남아 있고 여름은 너무나 짧다. 어스름 빛 속에 아직 밖에서 놀 수 있는데 누가 집에 가고 싶겠는가? 예전에는 그럴 수 있었는데.

하지만 내일은 아이들이 학교 가는 날이고 밤에는 곰이 돌아다닌다. 연초에 곰 한 마리가 마을에 자꾸 들어와서 사람들이 쏘아죽이지 않았던가? 그래서 밤이 되면 안전 담당관이 돌아다니며 잠자리에 들라고 재촉한다.

* * *

얼마 후 워런 존스가 비행기를 타고 돌아왔다. 라스베이거스에 다녀왔다고 했다. 워런은 슈퍼마켓, 철물점, 주유소를 소유한 마을 법인의 회장이었다. 땅도 소유했다. 마을 사람들은 대부분 법인의 주주고 그래서 땅의 주인이었다.

원하는 게 있으면 워런 존스에게 부탁하면 된다고 했다. 40대인 그는 다른 유피크인들보다 덩치가 크고, 등에 회사 로고가 박힌 검은 점퍼를 자주 입었다. 그가 약간 퉁명스러워 보이는 것은, 알코올 없는 원활한 공동체를 유지하는 게 얼마나 힘든 일인지 그보다 더 잘 아는 사람이 없었기 때문이다. 그래서 그는 1년에 한 번 라스베이거스에 가서 스트레스를 풀었다.

워런은 발굴을 적극 지지하는 사람들 중 한 명으로 발굴의 필요성을 강력히 주장했고, 승인이 떨어지자 릭을 불렀다. 그들은 긴밀히 협력해서 민감한 사항과 정치적인 문제들을 해결했는데, 그 규모는 애초에 그들이 예상했던 것보다 훨씬 컸다.

어느 날 아침, 다른 사람들이 모두 현장으로 떠나고 뒤에 남아 있던 내가 어슬렁어슬렁 2층에 올라갔더니 워런이 서류와 청구서가 쌓인 책상 앞에 앉아 있었다. 2층에는 창문이 있었고 사각의 창밖으로 고요한 툰드라가 내다보였다.

나는 스스로를 작가라고 소개하고 가능하면 유피크 생활에 대해 배우고 싶다고 했지만, 나 자신도 그 말이 공허하게 느껴졌다. 유피크 생활은 주변에 가득 펼쳐져 있었다. 강과 땅, 허름한 오두막, 끝없는 쿼드바이크, 새와 베리, 그리고 불그죽죽한 쿠스푸크[1]를 입고 휴대폰으로 통화—"하지만 **가족**이잖아. **가족**을 모른 척하면 안 돼."—하던 위엄 있는 노부인.

워런은 창밖을 내다보았다. 전에도 이런 말을 들었나? 물론 그랬을 것이다. 유럽인들은 긴 세월 동안 이곳을 식민지로 삼고 이들

---

1 엉덩이 또는 무릎까지 내려오는 알래스카 원주민의 옷.

의 '야만적 삶'을 질타하더니 갑자기 간곡한 자세가 되어 이들이 수렵채집인으로서 자연과 맺은 관계에 감탄을 바치고 있었다.

"우리가 이글루에 안 산다고 말해 주세요."

"네, 그럴게요."

"라스베이거스 사람들은 그랬어요. '어? 이글루에 안 산다고?'"

"그렇게 말할게요. 겨울이 온화했다고 들었는데요."

"어떤 겨울 말인가요? 작년에는 강 얼음이 두 번만 치면 깨졌어요. 우리는 아무 데도 못 갔죠."

워런은 발굴 작업에 대해 말했다. "우리가 어르신들께 탄원을 했어요. 젊은 세대를 위한 거라고요. 아이들이 우리 문화를 어떻게 알겠어요. 우리는 아무것도 없었어요. 제가 자랄 때 우리한테는 교회뿐이었고 우리 문화에 대해서는 아무것도 몰랐어요."

"발굴이 효과가 있나요?"

그러자 워런의 말투가 누그러들었다.

"결정적이었죠. 작년에는 전통 춤 잔치를 했어요. 발굴 작업으로 촉발된 거죠. 그거 아셨나요? 거기서 조상들의 무용 가면들이 발굴되고 있어요. 선교사들은 우리 춤이 악마 숭배라고 했죠! 우리를 세뇌했어요! 백 년 동안 마을에는 전통 의례였던 춤 잔치가 없었어요. 한 교사가 어르신들의 기억을 모으고 다른 마을의 사례를 조합해서 춤을 재구성했고 젊은이들이 공연을 했죠."

그는 반항적으로 말했다. "처음 북소리가 울릴 때 목덜미의 털이 쭈뼛 일어섰어요. '이걸 되찾았어!' 하는 생각이었죠. 저는 요새 사냥꾼들에게 순록 앞가슴 털을 버리지 말라고 해요. 그걸로 여자들이 춤 잔치에서 쓰는 부채를 만들거든요. 백 년 만에 처음으로 그게 다시 필요해졌어요."

"아, 좋은 일이네요." 내가 말했다.

"교회가 그걸 중단시켰었어요. 악마 숭배라고!"

"이제 마을의 운명이 달라졌다고 생각하시나요?"

워런은 고개를 끄덕였다.

"발굴 작업과 상관이 있나요?"

"다른 마을들이 지켜보고 있어요. 우리가 그들에게 방법을 알려 줄 수 있어요. 다른 곳에도 발굴 현장이 많아요……."

"이 일이 이렇게 중요해질 거라고 상상하셨나요?"

그러자 그는 눈을 크게 뜨고 천천히 고개를 저었다.

그가 말했다. "시즌이 끝나면 '결산 전시회'를 해요. 처음에는 마흔 명이 왔는데 작년에는 여든 명이 왔어요. 이번에는 TV 기자도 오고 〈내셔널 지오그래픽〉에서도 올 겁니다. 발굴이 시작된 뒤로 마을 아이들이 다시 사냥과 조각을 하고 있어요. 발굴 현장에서 일하면서 고고학도 배우고 우리 전통도 배우죠. 대학 진학률도 높아지고 있어요. 이게 우연일까요? 저는 아니라고 생각합니다."

* * *

마을 너머 북쪽, 동쪽, 남쪽에는 언제나 매혹적인 툰드라 지대가 있었다. 육풍이 불면 연약한 여름 향기가 실려 왔고, 수 킬로미터에 뻗은 내륙의 풀들이 몸을 떨었다. 나는 내가 가져온 망원경으로 육지를 훑어볼 수 있었다. 슈퍼마켓 뒤쪽의 나무 깔판 더미가 훌륭한 전망대가 되었다. 작은 새 떼가 높은 소리를 내며 머리 위를 지나 먼 물길들로 사라졌다. 하지만 무작정 가볼 수는 없다. 숨어 있는 늪과 물웅덩이에 빠질 수 있다. 모두가 그렇게 말했다. 그리고 물론, 곰도 있다고. 올해 아주 많다고.

어느 날 현장 인근 모래밭에 새로 찍힌 발자국이 있었다. 혹시 사람들이 작업 중일 때 곰이 여길 지나간 건가? "아뇨, 그러면 냄새가 났을 거예요." 멜리아가 말했다. "곰은 악취가 심해요. 밤에 왔을 거예요."

나는 현장에서 맡은 채망 작업을 즐기게 되었다. 땅속 50센티미터 깊이에서 작업하다 보면 바깥세상을 잊기가 쉽다. 냄새만 안 나면 곰이 지나가도 모를 수 있다. 하지만 채망 작업은 높은 데서 한다. 철망으로 만든 채망은 현장 가장자리의 폐기물 더미 위에 허리 높이 테이블처럼 설치되어 있었다. 채망을 빠져나간 흙이 그 더미를 이루었다.

흙더미가 커지면서 채망도 계속 높아져서 이제는 2~2.5미터 높이가 되었다. 현장에서는 모종삽으로 캐낸 젖은 흙을 양동이에 담아 흙더미 위로 가져가서 채망에 쏟고 다시 모종삽으로 돌아가는 일을 반복한다. 혹시라도 작은 물품을 놓칠까 봐서다. 실제로 그런 실수는 일어났다. 호박석 구슬, 작은 조각상, 웃거나 찡그린 얼굴을 그린 납작한 막대기 들이 채망에서 발견되었다. 많은 물건에 얼굴이 그려져 있었다. 어떤 물건들은 우리 세상을 바라보는 영혼을 보여준다고 릭은 말했다. 그들은 우리 세상을 별로 마음에 들어하지 않는 것 같다고.

이 일을 할 때는 바다 쪽을 볼 수도 있고, 내륙 쪽을 볼 수도 있다. 새도 볼 수 있다. 이따금 쇠부엉이가 불안한 날갯짓으로 풀밭 위를 낮게 날았다. 때로는 개구리매들이 먹이를 사냥했다. 그렇게 하염없이 육지나 바다를 볼 수도 있지만 거기서 사교를 나눌 수도 있었다. 양동이 두 개 정도 분량을 거르다 보면 모종삽으로 철망을 긁으며 옆자리 동료와 대화를 꽤 많이 할 수 있었다.

그렇게 해서 나는 마이크 스미스를 만났다. 그는 퀴나하크에서 나고 자란 갓 스물의 호감 가는 젊은이였다. 원주민 의회에서 일했지만 시간이 나면 쿼드바이크를 타고 현장에 왔다. 유피크인다운 둥근 얼굴에 검은 머리였고, 염소수염이 살짝 나고 웃을 때면 벌어진 앞니가 보였다. 그는 선글라스와 비니를 자주 착용했다. 주민들 중에는 조심스러워 보이는 사람들도 있지만, 마이크는 여름마다 퀴나하크에 외지인이 몰려오는 일을 계절성 이벤트처럼 즐거워했다.

나는 여기 온 직후에 그와 채망 작업을 함께하면서 그 땅에 대해 이야기했다. 동쪽에는 툰드라가 갈색과 녹색의 다양한 색조를 보이며 5~60킬로미터 뻗어 있고, 그 너머로는 산이 빙 두르고 있었다. 그리고 온갖 구름을 담은 드넓은 하늘. 마이크가 말했다. "올해는 황새풀이 많아요. 우리 속설에 따르면 황새풀이 많으면 곰이 다녀요. 이유는 모르지만 그냥 그렇대요. 그리고 사실이에요. 올해 곰이 많아졌어요. 그리고 황새풀 씨가 바람에 날릴 때면 새먼베리가 익어요. 굳이 찾아다닐 필요도 없어요."

"멋진 풍경이에요……." 내가 말했다.

그가 웃었다. "땅 전체가 제 냉장고예요!"

"사냥도 하나요?"

"그럼요."

나는 마이크에게 현장 이야기를 해달라고 했다.

옛날의 그 마을은 사라져 땅에 묻혔지만 이야기는 남아 있었다. 버려진 마을 이야기가 5백 년 동안 전해져 내려왔는데 누구도 그 위치를 몰랐다.

그는 모종삽을 손에 든 채 잠시 멈추었다. "어릴 때 들은 이야기는 이래요. 어떤 여자가 강 상류에서 마을 밖으로 나왔다가 납치당했대요. 다른 마을 여자였는데, 이 마을 남자들이 납치해서 노예로 쓰려고 데려왔어요. 그런데 여자가 여기 있을 때 사람들 말을 엿들었어요. 이 마을 남자들이 여자의 고향 마을을 공격하려고 계획한다는 걸요. 그래서 여자가 탈출해서 툰드라를 지나고 강들을 건너 자기 마을에 갔어요. 며칠 걸렸을 거예요. 이틀 걸렸을 수도 있고 나흘 걸렸을 수도 있어요. 어쨌건 마을에 가서 자신이 들은 이야기를 해주었어요. 그러자 고향 마을 남자들이 먼저 여기를 공격하기로 했어요. 사냥꾼과 전사 들이 모여서 여기로 내려왔어요. 카약을 타고 조수에 맞춰서요. 여기 조수가 얼마나 빠른지 아실 거예요. 그 사람들이 마을을 기습했고……."

그는 멈추었다. "네, 그런 이야기가 전해졌는데 이 유적지가 발견된 거예요."

그는 다시 멈추었다. "그때는 '화살 전쟁' 시절이었어요. 불화살을 쏴서 마을에 불을 놓고, 연기에 숨이 막혀서 나오는 사람들을 죽였어요."

우리는 계속 진흙을 벗겨냈다.

"나는 전쟁은 이해 안 되지만 이 발굴은 **흥미로워요**." 마이크가 말했다.

각자 맡은 양동이를 비우자 나는 다시 산을 바라보았다. 그곳은 빛이 항상 바뀌어서 협곡과 빙하 권곡[1]들이 그림자에 잠기고 먼 산봉우리들이 도드라졌다. '화살 전쟁'은 5백 년 전 소빙하기의 일이었다. 유럽에도 기근과 결핍이 일상이었다. 이곳은 정말로 궁핍했을 것이다.

마이크가 내 눈길을 좇았다.

"거기는 늑대들이 살아요!" 그가 미소를 지었다.

* * *

강가로 가는 길들 중에 곰을 겁내지 않고 혼자 다닐 수 있는 길이 하나 있어서 나는 그 길을 자주 찾았다. 하구 근처였고, 길가에는 오래돼 보이는 집 네댓 채가 있었다. 마지막 집은 골함석 지붕에 깃발 같은 삼색 줄무늬가 그려져 있었다. 나는 그게 툰드라 깃발이라고 생각했다. 툰드라의 색인 적갈색, 진갈색, 녹두색이었기 때문이다. 길은 그 집 앞에서 뚝 끊기고 손 글씨로 '위험'이라고 쓴 경고판이 앞을 가로막았다. 거기서부터는 길이 없었기 때문이다. 그리고 2미터 아래쪽에 물살 센 강이 흘러갔다.

공기가 고요하고 벌레들이 괴롭히지만 않으면 경고판에 편안히 기대서 강을 내려다볼 수 있었다. 밀물 때면 도시의 도로만큼 넓어지는 강 건너편에는 버드나무가 자라고, 그 너머에는 드넓은 하늘 아래 툰드라가 시야 끝까지 펼쳐져 있었다. 강변은 때로 고요했지만 연어 철이 시작되고 있어서 방수 작업복을 입은 젊은이들이 금속 모터보트를 타고 물 위를 달렸다. 나를 보면 그들은 말없이 다정하

---

1 빙하의 침식작용으로 산중턱에 둥글게 팬 지형.

게 손을 흔들었다.

낮에는 장시간 작업을 했지만 저녁 시간은 자유였고 하늘은 늦게까지 밝았다. 어느 날 저녁 식사 후 멜리아는 나와 함께 경고판 앞까지 가서 내가 처음 보는 새들의 이름을 알려주었다. 썰물 때 갯벌을 쑤시고 다니는 노랑발도요도 있고, 휘파람새도 있었다. 갈대 밑의 도요새, 무리 지은 쇠오리 같은 익숙한 새도 있었다. 이따금 쇠황조롱이가 강바닥에 박힌 가지에 앉아 있었다.

마지막 집의 주인이 호기심을 느끼고 우리에게 다가왔다. 티셔츠와 트레이닝복을 입은 검은 머리 여자로 담배를 피우고 있었다. 그녀는 물에 휩쓸려 나간 도로를 가만히 바라보고 말했다. "이제 우리 집도 곧 이사해야 해요. 침식 속도가 너무 빨라요. 나는 아침마다 커피를 들고 실내복 차림으로 여기 나오는데 볼 때마다 더 많이 침식되어 있어요. 다음 보름날 밀물 때면 지금 우리가 서 있는 자리도 다 물에 잠길 거예요."

"다 버리고 떠나시는 건가요?"

"네, 여기 있는 집들 다요. 이사하기 싫어요. 나는 여기 전망이 좋아요. 여기서는 물고기도 잡고 물범도 잡을 수 있어요. 기러기도 잡아서 먹을 수 있고요……."

"어디로 가실 건가요?"

"저기 앞쪽 교차로 부근으로요……." 그녀는 도로 끝에 서 있는 문 닫은 통조림 공장 근처를 가리켰다. "저기는 전망이 별로예요."

* * *

저녁이면 마을 사람들이 종종 그날의 발굴물을 보려고 빨간 건물로 왔다. 그들은 수줍어서 얼른 들어오지 못했다. 건물도 그들의 것이고 발굴물, 발굴지, 이야기 모두 그들의 것인데도.

그리고 언제나 방문객에게 보여줄 새로운 발굴물이 있었다. 사실 릭은 매일 저녁 식사 후에 '오늘의 유물'이라는 소소한 인기 행사를 열었다. 그날 최고의 발굴물을 모두가 돌려보며 감탄하는 시간이었다. 무엇이 '최고'인지를 두고 즐거운 투표가 벌어지고 그것을 발굴한 사람이 축하를 받았다. 때로 그것은 물범 모양 봉돌이기도 했고, 매머드 상아를 깎아 만든 펜던트이기도 했고, 풀잎을 엮은 바구니이기도 했다. 모두 5백 년 동안 동결 보존되었던 것이었다.

나는 저녁나절 마을의 분위기가 좋아졌다. 저녁이면 태양이 붉은 빛을 뿌리며 교회 너머로 사라질 때까지 어스름한 빛이 오래도록 이어졌다. 쿼드바이크 소리가 끊이지 않았지만 아이들이 깔깔거리며 노는 소리, 농구하는 소리도 들려왔다. 강과 수많은 작은 개천, 흙탕물 가득한 후미마다 낡은 목제 생선 건조대가 물고기를 기다렸고 어부들이 배를 손질했다. 한번은 툰드라에서 돌아오는 젊은 부부를 만났다. 남자가 든 대야에 베리가 가득했고 여자는 품에 강아지를 안고 있었다.

"많이 따셨네요! 그걸로 뭘 하실 건가요?" 멜리아가 물었다.

여자가 수줍게 말했다. "'아쿠타크'를 만들 거예요. 에스키모 아이스크림요. 기름하고 섞어서요……."

"물범 기름요?"

여자가 인상을 썼다. "아뇨, 가게에서 사는 기름요."

여자가 말했다. "예전에 사람들이 뗏장 집에 살던 시절에는 순

록 기름하고 섞었어요. 두 분께도 조금 가져다드릴게요."

* * *

　7월은 곧 8월이 되었다. 어느 날 오후 점박이 날개를 한 잠자리 수십 마리가 현장 주변의 진흙밭에서 일제히 부화했다. 조수가 멀리 빠져나가면서 물웅덩이와 거기 비친 그림자들만 남았다. 수평선에는 환영이 아른거렸다. 젊은이가 운전하는 쿼드바이크를 타고 풍만한 체격의 여자 어르신이 왔다. 어르신이 릭과 대화하는 소리가 간간히 들렸다. 유피크인들의 이름에 대한 이야기였다. 그 이름들에는 의미가 있지만 대학에 가는 아이들은 이름을 바꾸어야 한다고 어르신이 말했다. 나는 아직 유피크 이름을 들어본 적이 없었다.

　어르신은 현장의 발굴물을 보면서 가족마다 고유의 문양이 있다고 말했다. "우리 조상들은 얼굴에 문신을 했어."

릭은 이곳이 모계사회라고 했다. 허락받아야 할 일이 있을 때, 최종 결정권은 여자들에게 있다고. 발굴도 마찬가지였다. 여자 어르신들이 마침내 허락을 했다.

"그런 분들을 어떻게 찾았나요?" 내가 물었다.

"쉬워요. 사람들이 데려다줘요."

그날 오후는 기온이 20도가 넘게 치솟았다. 전에는 8월에 땅이 해빙된 뒤에야 작업을 시작할 수 있었지만 이제는 해빙이 7월에 일어났다.

베리 철이 끝나면서 연어 철이 시작되었고 갑자기 온 마을이 물고기 이야기를 했다. 채망 작업을 하면서 내다보면 바다에 배가 열 척 정도 떠 있었고 특히 밀물 때 그랬다. 그들은 알을 낳으러 상류로 가는 연어를 그물로 잡았다. 시장에 내다 팔기 위한 '상업형 고기잡이'였다. 하지만 '스포츠 낚시'도 있었다. 미국 남부 사람들이 여기 와서 지역 업체들과 함께 강 상류에서 캠핑을 하며 시간과 돈을 썼다. 그리고 '자급자족형 낚시'도 있었다. 식구들이 겨울 동안 먹을 고기를 잡는 것이었다. 물고기는 얼리거나 말리거나 훈연한다. 큰 연어는 길이가 어른 팔만 하다.

한 어부가 연어 열여섯 마리를 선물로 가져왔다. 어떻게 하지? 요리사 셰릴은 연어를 양동이에 담아서 슈퍼마켓 냉장고에 보관을 부탁했다. 그녀는 '자급자족형 저녁'을 계획하고 있었다. 아쿠타크도 있었다. 강아지를 안고 가던 젊은 부부가 준 것인지도 몰랐다. 겉모습은 별로 구미가 당기지 않았다. 기름과 베리를 으깨서 섞고 푸른 수영풀을 살짝 얹은 것이었다(이름 자체가 '혼합물'이라는 뜻이다). 그런데 중독될 수도 있을 만큼 맛있었다. 고지방에 고설탕이라서 개썰매를 타고 멀고 추운 길에 나설 때 적합했다.

수요일에는 그 주의 『델타 디스커버리』지가 배달됐다. '알래스카 최대의 원주민 신문'이라는 문구를 단 그 신문은 삼각주 전체의 소식을 전하고 논조가 편안했다. 1면에는 툰드라에 나간 어린 소녀 두 명의 사진이 있었다. 제목은 '이쿠라리아를루!' 베리 따기! 안쪽에는 '야외 불 피우기 금지'라는 소식이 있었다. 툰드라가 건조하고 인화성이 높아서 모닥불 등이 금지된 것이다. 워런이 지나가다가 내 어깨 너머로 기사를 가리키며 말했다. "전에는 그런 일이 없었어요."

'앰뷸런스 추적'이라는 경쾌한 칼럼은 비행장이 있는 악명 높은 도시 베슬에서 일주일 동안 앰뷸런스가 출동한 건수를 기록했다.

술에 취해 보행을 못하는 사람이 있다는 신고를 받고 의료진 출동. 도착해 보니 그 사람은 땅바닥에 앉아 있었다. 구조대 는 그 사람의 상태를 점검하고 병원으로 이송했다.
자살 시도를 한 사람.
머리에서 피가 난 사람.
자전거 사고.
연합오순절교회 앞에서 의식을 잃은 사람.

* * *

발굴 현장에 특히 관심이 많은 어르신 한 분이 있었다. 존 스미스라는 이름으로, 마이크 스미스의 할아버지였다. 나이는 68~70세 정도고 작은 체구에 젊어 보였다. 대부분의 남자들처럼 두꺼운 체크무늬의 긴 소매 셔츠와 청바지를 자주 입었다. 희끗희끗한 머리는 뒤로 넘겼다. 그는 광대뼈가 높았고 여자들에게 은근한 눈길을 자주 던졌다. 젊은 시절에는 꽤 바람둥이였을 것 같았다. 그는 조니 캐시[1]를 좋아했다.

그는 저녁에 자주 들러서 그날의 발굴물을 구경했다. 특히 바다코끼리 상아로 된 물건을 좋아했다. 그 자신이 조각가였기 때문이다.

사람들은 존을 반겼다. 그가 유피크어를 알고 이야기도 많이 알았기 때문이다. 그의 말은 느리고 한 마디 한 마디가 신중했는데, 유피크인이 원래 그런 것 같았다. 먼저 생각하고 말은 천천히. 그는 말하면서 손을 많이 썼고 가끔 흉내도 냈다. 손으로 새 모양을 만들기도 했다.

어느 날은 바다코끼리 상아로 만든 귀걸이 한 짝이 화제였다. 가로세로 1센티미터 정도의 네모나고 납작한 판에 부엉이 눈 모양의 더 작은 원형 펜던트 두 개가 달려 있었다. 사각형 판에는 동심원이 겹겹이 새겨져 있었다. 릭에 따르면 그것은 '모든 것을 보는 눈'을 상징하는 흔한 디자인이었다.

존은 귀걸이를 집어 들고 이리저리 살펴보았다.

"얼마나 오래된 겁니까?" 그가 물었다.

"5백 년이요."

"어떻게 만들었나요? 금속도 없이 어떻게 이렇게 완벽한 원형을 만들죠?" 그는 우리를 둘러보며 감탄 어린 목소리로 말했다. "그들은 **어떤** 사람들이었나요?"

1 20세기 후반 미국에서 활동한 컨트리음악 가수.

"그야 어르신 같은 분들이었죠!"

우리는 존이 사라진 문화에 대해 감탄하고 안타까워하는 소리를 자주 들었다.

"이제 에스키모는 없어요. 모두 사라졌어요." 그는 말했다.

존은 강물에 떠 있던 물범 가죽 카약들을 기억했다. "이제 다 사라졌어요."

개 썰매도 마찬가지다.

"이제 모두가 모터 달린 배와 설상차를 타고 다녀요. 너무 시끄러워요!"

"개 썰매 타실 줄 아나요?" 우리가 물었다.

"네, 알아요." 그가 고개를 끄덕이고 잠시 멈추었다. "개는 일곱 마리가 필요해요. 똑똑한 놈들로요. 녀석들은 집을 잘 찾아와요."

그는 달리는 개의 발동작을 두 손으로 아주 비슷하게 흉내 냈다.

"냄새로 길을 찾아요."

그러고는 썰매 개들에게 고래 기름을 한 덩이씩 던져주는 시늉을 했다.

존이 어떤 이야기나 일화를 전하거나 기억을 떠올릴 때면 귀를 쫑긋 세워야 했다. 그의 목소리가 워낙 나직했고, 나는 그 일이 정말 그 사람이나 그의 할아버지 또는 다른 누군가에게 일어난 일인가 하는 의문이 자주 들었다. 사실 여부가 중요한지 어쩐지도 모르겠다. 그것은 그냥 듣고 배우는 이야기들이었다. 예를 들어 개 썰매로 집에 돌아오다가 사나운 눈보라에 휘말린 사람은 누구였나? 그는 먼 길을 뚫고 왔는데 개들이 사나운 눈보라 속에서 갑자기 멈춰 서서 움직이지 않았다. 무슨 짓을 해도 개들은 꿈쩍하지 않았다. 그래서 그는 땅을 파고 들어가 눈보라가 지나가거나 날이 밝을 때까지 기다렸다. 그러다 날이 개고 보니, 개들이 움직이지 않은 이유는 이미 집에 도착했기 때문이라는 사실을 알아챘다. 집이 바로 거기였다.

릭은 존보다 겨우 몇 살 어렸다.

"허 참." 릭이 한탄하듯 말했다. "존이 개 썰매를 타고 다닐 때 나는 소파에 앉아 TV나 봤죠."

존은 며칠에 한 번씩 꼬박꼬박 왔고, 발굴물을 볼 만큼 보고 나면 조용히 나갔지만 필요할 때면 그림도 그렸다. 유피크 발굴 현장에서 귀걸이나 펜던트를 발굴한 학생들이 그곳에서의 시간을 기념하는 데는 현지 조각가가 만들어준 복제품이 최고였기 때문이다. 법적으로 바다코끼리 상아 조각은 원주민 조각가에게만 허용되었는데, 그 사람이 파란 체크 셔츠와 청바지를 입고 느긋한 미소를 지은 채 바로 옆에 있었다.

"상아는 손으로 작업해야 돼요. 비누 같아요. 삼촌에게 배웠어요. 삼촌이 일하는 걸 보면서 사포질을 해드렸죠. 삼촌의 이야기도 들었어요. 아주 조용한 장소여야 하죠." 그가 웃었다. "애들은 접근 금지예요!"

강가에 있는 그의 집에 작은 공방이 있었다.

"존, 이것 좀 만들어주실 수 있나요?" 여학생들이 부탁했다.

그는 관심을 즐기며 그들이 내민 물건을 살펴보고 만져본 뒤 고개를 삐딱하게 기울였다. "할 수 있을 것 같네."

그는 적절한 가격을 요구했다. 그가 사나흘 후에 다시 오면 모두가 완성품을 보려고 모였다. 작은 물범 모양 펜던트, 동심원을 새긴 귀걸이. 5백 년 동안 땅속에 누워 있던 디자인이 다시 살아나서 사람들의 온기로 따뜻해졌다.

어느 날은 내가 그에게 멍청한 질문을 했다. "존, 그 바다코끼리 상아는 어디서 구하나요?"

"바다코끼리한테서 구하죠!"

"하하, 재미있네요."

"놈들은 봄에 여기 와요. 3월에. 얼음 위로."

"바다코끼리를 보고 싶어요."

"한번은 한 놈이 강을 거슬러 여기까지 왔어요. 후퍼 만으로 질러가려고요. 학교 선생님은 22구경 매그넘을 딱 한 발 쐈어요. 우리가 작살로 잡아서 봄 캠프에 온 노부부에게 가져갔죠."

교사가 바다코끼리를 쐈다니 나는 어리둥절했다.

"네." 존이 전등 불빛 아래서 말했다. "작살로 잡았어요. 우리는 **기억**해야 돼요. 비행기가 못 떠서 식품 공급이 중단되면 알아서 먹고살 방법을 **기억**하고 있어야 돼요."

존의 아내는 상류 어딘가 특별히 마음에 둔 장소로 베리를 따러 갈 거라고 했다.

"저희도 같이 갈까요? 저는 베리 따기 좋아해요." 멜리아가 물었다.

존은 고개를 젓고 천천히 대답했다. "아내는 툰드라에 혼자 가는 걸 좋아해요."

"곰이 나오면 어떻게 해요?" 내가 물었다.

그는 나를 보고 미소를 지었다. "말을 걸죠."

"뭐라고요?"

"'내가 여기 있어, 나야, 콴타Quan-tah.' 하고요. 우리가 존재감을 보여주면 곰은 우리를 건드리지 않아요."

그 무렵 주목할 만한 발굴물이 있었다. 손상 없는 '울루ᵘˡᵘ'였다. 울루는 손잡이 아래쪽에 날이 달린 여성용 칼이다. 칼날은 푸르스름한 돌이었는데 아직도 예리했다. 손잡이는 12센티미터 정도 길이라서 손에 쏙 들어왔다. 그걸 발견한 사람도 여자였는데 마침 이런 칼에 대한 전문가였다.

"보시면 알겠지만 손잡이에 물범 모양을 새겼어요." 사람들이 그것을 돌려볼 때 테리사가 말했다. 손잡이는 물범처럼 통통했고, 앞에서 보면 물범 얼굴이 우리에게 서글픈 표정을 던졌다. 여자가 그녀의 울루, 그녀의 칼로 무엇을 할지 잘 안다는 듯이.

그 후 빨간 건물에 온 존 스미스도 그 울루를 살펴보면서 무언가 안다는 듯 슬픈 표정을 지었다. 하지만 그는 곧 우리가 놓쳤던 것을 발견했다. "그래요, 물범이 맞네요. 하지만 오른쪽이 물범이라면 왼쪽은 무엇일까요? 흰고래예요! 눈도 있고 숨구멍도 있죠, 보여요?"

그는 다시 조용히 말했다. "우리는 잊으면 안 돼요. 아이들에게 말해야 돼요. 기억해야 돼요! 만약 비행기가 못 떠서……."

사나흘 동안 이어지던 이상 고온이 사라지자 바람에 이미 가을 기운이 묻어 왔다. 이어 차가운 아침 해무가 왔다. 비행기가 뜨지 못했다. 곧 현장을 정리해야 했다. 사람들이 현장으로 떠났을 때 나는 다른 네 명과 함께 빨간 건물에 남았는데, 대화 주제가 언어로 흘러 갔다. 우리는 창문 없는 방에 앉아 영어로 대화했다. 존 스미스도 있고 〈내셔널 지오그래픽〉의 의뢰로 거기 온 사미족 출신 사진가 에리카 라르센도 있었다. 알류션 열도 출신 고고학자 스벤 하칸손도 있었다. 그는 릭의 오랜 동료이고 미국 원주민이었다. 대화 주제는 원

주민들이 모국어—기억의 언어, 물질의 언어, 땅과 손노동의 언어
—쓰는 것을 방해받거나 심지어 금지당한 사례들이었다. 부모들이
자신의 '더러운 언어'를 부끄러워하게 되고, 아이들은 기숙학교에서
아침마다 "영어는 나의 언어"라고 외치며 하루를 시작한 일.

에리카는 노르웨이에서 사미어 강의를 수강한 적이 있었다. 신
기하게도 분노가 큰 사람일수록 배움이 느리더라고 그녀는 말했다.

이후 안개가 걷히자 비행장에 흰올빼미가 나타났다는 소식이
왔다. 파일럿 한 명이 착륙할 때 보았다고 했다. 멜리아가 같이 가보
자고 했다.

자갈 깔린 활주로 옆에 대기실과 사무실로 이루어진 작은 건물
이 있었다. 사무실에는 비행기 이착륙을 기록하고, 비행기가 늦을
경우 전화 연락을 하는 젊은 여직원이 있었다. "흰올빼미 보셨나요?"
멜리아가 물었다. "파일럿이 착륙하면서 봤다던데요?"

여자가 수줍게 웃었다. "네, 제 올빼미예요."

"네? 당신 올빼미라고요?"

"네, 우리가 여기서 키웠어요. 남편과 제가 강 상류에서 잡았죠.
그때는 새끼였는데 우리가 키웠어요. 아이들이 정말 좋아했어요. 그
리고 며칠 전에 놓아줬어요. 핸드폰에 사진이 있어요……."

여자는 팔에 길고 두꺼운 장갑을 낀 남자와 그 위에 앉아 있는
회색 올빼미 새끼의 사진을 보여주고, 올빼미 새끼가 뛰어다니고 지
붕 아래 숨고 하는 모습을 두세 살 어린아이 두 명이 쪼그리고 앉아
보면서 깔깔거리는 비디오도 보여주었다.

멜리아가 속삭였다. "이건 흰올빼미가 아니라 미국수리부엉이
예요. 겁을 잔뜩 먹었네요."

"뭘 먹이셨나요?"

"쥐요. 덫으로 잡아서 주었어요. 물고기도 주고요."

"이제 풀어주셨다고요?"

"네."

"옛 주인을 알아보나요?"

여자가 웃었다. "아뇨."

활주로 가장자리에 버스에서 떼어낸 것 같은 2인용 의자가 있기에 우리는 거기 앉아서 땅과 산과 하늘을 바라보았다. 산 위에는 눈이 딱 한 곳에 남아 반짝거렸다. 풀숲에는 도둑갈매기 두 마리가 앉아 있었다. 올빼미는 없었다. 하늘에 검은 점 하나가 나타나서 비행기가 들어오는 건가 싶었는데, 다시 보니 벌써 남쪽으로 떠나는 기러기 무리였다.

빨간 건물로 돌아와 보니 대학원생 두 명이 쟁반에 놓인 새 뼈들을 핀셋으로 정리하고 있었다. 바늘이나 송곳 같은 작은 연장을 만들기 위해 기러기나 두루미 뼈를 잘라낸 것들이었다.

이런 뼈들, 그리고 '물범/고래 울루'를 보면 누날라크에서 여자들은 노출된 장소에서 일을 한 것 같았다. 발굴된 장신구로 보면 그들은 지위가 높은 여자들이었다. 여성 지도자. 순록 이빨이 박힌 여자 허리띠도 나왔다. 존이 말했다. "우리 이모님한테 이런 허리띠가 있었어요! 이모님 무기였죠. 이모님이 허리띠를 풀면 도망가야 했어요!"

나는 사람들이 동물, 새, 땅에 대해 그렇게 망설임 없이 말하는 게 좋았다. 그들은 '정보'를 주는 게 아니라 사건, 일화를 말했다. 주제를 정면이 아니라 옆으로 접근하는 것 같았다. 어느 날 아침 내가 슈퍼마켓 근처에서 산을 바라보는데 어떤 남자가 다가왔다. 나는 그의 성은 모르고 이름이 조지인 것만 알았다. 조지는 60대고, 진지하고 매력적인 얼굴이었다. 내가 그를 아는 것은 그가 빨간 건물과 우리의 숙소를 돌보는 조용한 청소부였기 때문이다.

그는 손에 대걸레를 들고 있었다.

"뭘 보시나요?" 그가 물었다.

"산이요."

"어렸을 때 식구들하고 저기 자주 갔어요." 그가 먼 언덕들 틈의 어느 골짜기를 가리켰다. "4월에서 5월까지 들다람쥐를 사냥했어요. 들다람쥐 아세요? 그걸로 파카 단을 댔어요. 산에 들다람쥐가 많았죠."

"또 어떤 것들이 있었나요?"

"금광이 있었어요. 우리 아버지도 광부들에게 물을 길어다줬죠. 한 시간에 50센트 받고요."

"순록은요?"

"천지였죠. 한번은 마을로 내려온 녀석도 있었는데 사람들이 뺑 둘러싸서 잡았어요."

그렇게 잠시 가벼운 대화를 나눈 뒤 그가 말했다. "이제 샤워실을 청소해야겠어요."

나는 사람들이 '알아차린다'는 걸 알아차렸다. 조지는 내가 바라보는 걸 알아챘다. 그들은 황새풀이 자라고 시드는 것, 올빼미들이 날아오는 것, 그리고 곰이 돌아다니는 것을 알아챘다. 마을 전체가 계속 스스로 대화를 해서 집단적으로 지식을 유지하는 것 같았다. 어느 날 아침에는 학교에 가는 어린 소년이 하늘을 가리키며 "오리다!"하고 말했다. 정말로 오리 두 마리가 하늘을 높이 날고 있었다.

그들은 당연히 우리, 그러니까 멜리아와 내가 망원경을 들고 마을을 돌아다니는 것도 알아차렸다.

마을과 현장 중간에 위치한 어느 해변에 거대한 바다 포유류의 유해가 있었다. 죽은 지 이미 오래돼서 검은 모래에 묻힌 커다란 견갑골과 두꺼운 피부가 전부였다. 거기 가보지는 않았다. 사람들이 위험하다고 했다. 사실 그 해변은 적막함과 쏟아지는 빛, 그리고 썰물 때면 바다가 얕은 물웅덩이들만 남기고 수평선까지 사라져 버리는 모습이 무언가 불안했다.

하지만 때로는 쿼드바이크가 생겼고 멜리아가 운전했다.

어느 날 내가 마이크에게 물었다. "저기 해변의 죽은 동물이 뭔지 알아요? 개천 근처에요. 바다코끼리인가요?"

나는 그게 바다코끼리이기를 바랐다.

"아뇨, 턱수염바다물범이에요."

문제는, 마이크가 무슨 답을 하든 내가 그게 뭔지 모르리라는 걸 이미 알고 있었다는 것이다. "무슨 동물요? 모르는 동물이네요. 전혀 몰랐어요."

아북극 지대의 여름이 빠르게 지나가고 있었다. 마을은 베리 따기와 고기잡이로 바빴다. 학교는 방학이지만 하늘에는 매일 점점 더 많은 기러기가 날아갔다. 곧 결산 전시회가 열리고, 현장은 겨울을 나기 위해 포장을 덮고 흙을 채워넣을 것이다.

그러던 중 생일 파티에 초대를 받았다. 멜리아, 나, 사진가 에리카, 그리고 에리카의 조수 밸이 손님이었다.

그날 저녁 우리 넷은 헛간과 훈연장, 자전거, 쓰레기 들을 지나 어느 집으로 갔다. 선물로는 열여섯 마리 연어 중 두 마리를 가지고 갔다.

집들 사이에서 흘러나오는 검은 물 위에 널빤지로 만든 간이 다리가 놓여 있었다. 어서 얼음이 얼고 세상이 눈에 덮이기를 바라는 마음을 이해할 수 있었다.

파티의 주인인 세라가 현관 앞 나무 계단에서 우리를 기다렸다. 세라는 40대였다. 여동생 미스티도 함께 우리를 맞았다. 그들도 다른 마을 사람들처럼 가게에서 산 평범한 트레이닝 바지, 후드, 티셔츠 차림이었다. 내가 이 두 여자를 아는 것은 전날 현장에서 만났기 때문이다. 내가 발굴물 텐트에서 그들에게 직접 설명을 해주었다.

우리는 서로를 소개했다. 그런 뒤 악수를 하고 안으로 들어갔다. 우리가 이름을 말할 때 세라는 우리를 머리에서 발끝까지 살펴보더니 각자에게 몇 음절 길이의 유피크 이름을 지어주었다. 우리의 어떤 알 수 없는 특징에 근거해서 저마다의 이름을 주는 일이 즐거운 것 같았다.

나는 그 이름들—이제 우리는 본명에 더해 그 이름도 썼다—이 죽은 가족의 이름이라는 걸 알았다. 그러니까 우리는 외지인이 아니라 돌아온 가족으로서 환영받은 것이다. 세라는 침착하고 조용하고 신중했고, 그 태도는 존 스미스를 비롯한 이곳의 많은 사람들과 비슷했다.

우리는 두꺼운 겉옷과 장화가 가득한 문간을 지나 이동식 주택만 한 크기의 거주 공간으로 들어갔다. 왼쪽에는 부엌 겸 식당이 있고, 오른쪽에는 나무 스토브와 소파, 커피 테이블이 있는 거실 공간이 있었는데, 거기에서 집안 어른과 아기 들이 커다란 분홍색 생일

케이크를 나누고 있었다. 분홍색 종이 띠에 '공주님 생일'이라고 적혀 있었다. 생일의 주인공은 두 살짜리 아기였다.

집안의 선반과 서랍은 모두 일하는 가족, 그러니까 어부와 사냥꾼의 물건으로 가득했다. 현대판 누날라크를 보는 기분이었다.

식탁에는 연어알을 넣은 해물 샐러드가 있고, 새먼베리와 수영풀로 만든 아쿠타크가 있었다. 아쿠타크는 신선하고 맛이 좋았다. 예쁜 컵에 담긴 젤리와 도넛과 차도 있었다. 음식에 대한 대화는—이 사람들은 음식 이야기를 많이 했다—어김없이 땅과 바다 이야기로 흘러갔다. 새먼베리는 베리의 여왕이지만 모두가 알 듯이 이제 새먼베리 철은 지나고 고기잡이 철이 돌아왔다.

손님들과 친척들이 왔다가 인사만 하고 떠났다. 작업복 차림의 젊은이들과 점퍼 차림의 둥글고 주름진 얼굴의 노인들. 친척들끼리는 유피크어를 썼다. 사람들이 주인공 아기를 두고 호들갑을 떨자 어느새 아기는 지쳤다.

세라 자매의 엄마인 듯한 노부인이 와서 인사하려고 일어났는데, 세라가 우리를 자신이 준 유피크 이름으로 소개했다. 떠난 가족의 기억이 노부인의 마음을 흔들어서 부인은 우리를 한 명 한 명 따뜻하게 안아주었다.

얼마 후 노인들과 아기들이 조용히 사라진 뒤 다른 여자가 왔다. 세라와 미스티의 언니였다. 이름은 그레이스였다. 세라와 비슷한 타원형 얼굴에 역시 차분했다. 그녀는 우리에게 파란색 수건에 싸온 것을 보여주고 싶어 했다. 식탁을 치우고 수건을 풀어보니 그것은 돌화살촉, 그물추, 돌망치 들이었다. 그레이스가 해변에서 주워 모은 것들이었다.

우리는 그것들을 집어 들고 날을 시험해 보았다. 그레이스는 이 따금 그것을 학교에 가지고 가서 아이들과 토론한다고 했다.

내가 물었다. "하지만 현장에 와서 발굴물을 본 적은 있으세요?"

그레이스가 얼른 고개를 저었다.

"정말로 없으세요? 꼭 와보세요. 재미있을 거예요. 미스티하고 세라는 어제 왔어요……."

그레이스는 다시 강하게 고개를 저었다. 이상했다.

이름에 대해서 그랬듯이 나는 이유를 캐묻고 싶지 않았다. 하지만 곧 그레이스가 말했다. "한번은 가면을 주워서 집에 가져온 적 있어요. 그랬더니 웃음소리가 들렸어요. 무당 같은 여자 웃음소리요. 아주 고약했어요. 그래서 원래 자리에 도로 가져다놓았어요."

이야기는 좀 더 편한 주제인 물고기와 고기잡이, 해류와 바다 동물로 흘러갔다. 미스티가 돌고래 이야기와 코디아크 근처에서 북극고래 두 마리가 솟아올라서 배 옆을 달린 이야기를 했다.

대화는 편했고 우리는 늦게까지 있었다. 창가에 머물던 어스름한 빛이 저녁이 깊어가자 붉게 변했다. 자정이 가까워져서 북쪽 지평선이 연갈색으로 물들 무렵 우리는 일어났고, 세라가 함께 나와서 계단을 내려온 뒤 널빤지 다리 건너 훈연장까지 우리를 데리고 갔다. 우리는 허리를 굽히고 훈연장 안에 들어갔다. 달콤하고 오래 묵은 나무 연기 냄새가 났다. 낮은 걸대들에 연어 살점들이 걸려 있었다. 세라가 그것을 잘라 우리에게 주었고, 우리는 쪼그려 앉아서 쫄깃쫄깃한 훈제 연어를 먹었다.

밖에 나오자 하늘이 연어 살점만큼이나 빨갰고, 개천 변에는 이제 잡아온 고기들이 차츰 널리고 있는 낡은 건어장들의 실루엣이 보였다.

"곰들이 내려와서 저기 널린 생선을 가져가지 않나요? 너무 곰을 유혹하는 것 같은데요?" 내가 물었다.

"망을 보는 사람들이 있어요."

"밤새도록요?"

"네, 지금은 우리 아들이 나가 있어요. 비행장에서 망을 봐요. 곰들은 그리로 오거든요. 아니면 강 건너편으로 내려오거나."

"곰이 나타나면 총을 쏘나요?"

세라가 부드럽게 어깨를 으쓱한다. "총을 쏴서 쫓아 보내요."

그곳은 어둠 속의 보석 같았다. 나는 창문 없는 숙소로 돌아가고 싶지 않아서 먹빛 하늘에 별들이 반짝일 때까지 계속 거기 있었다. 누군가의 집, 살림이 따뜻하게 복닥거리는 곳에 초대받았던 것이 기뻤다. 많은 것이 떠올랐다. 세라의 집은 방 두 개짜리 셋집처럼 좁았고, 나는 오래전에 돌아가신 나의 두 할머니가 생각났다. 두 분다 마거릿이라는 이름이었고(나에게도 마거릿이라는 이름이 있다) 어린 시절 나는 그분들의 집을 좋아했다.

두 집 다 작고 비좁았다.

다음 날 저녁, 마을 청년 한 명이 손에 붕대를 잔뜩 감고 빨간 건물에 나타났다.

"무슨 일이에요?"

"간판을 쳤어요."

"왜 간판을 쳐요?"

"어, 가족 문제가 있어서요." 그가 말했다.

* * *

현장에는 사진가와 기자가 많이 왔다. 라디오 기자가 비행기로 날아왔다. 그녀는 미국 본토 출신이지만 당시에는 유피크인이 대다수인 베슬에 살았다.

"베슬이 정말 소문만큼 나쁜가요?" 주변에 아무도 없을 때 내가 그녀에게 물었다.

"베슬은 별명이 많아요." 그녀가 말했다. "베스-헬, 지옥이라고도 하죠. 아시다시피 지역 중심지다 보니 문제도 많아요. 알코올 문제도 있고 지금은 헤로인 문제도 있어요. 가정 폭력, 자살 문제도 있고, 식민주의 앞잡이였던 교회도 그대로 있어요.

올해 그곳에는 아홉 건의 자살이 있었어요. 사람들은 자살도 하고 타살도 해요. 성병은 알래스카 최고 수준이고, 10대 임신도 그렇고 아주 엉망이에요. 하지만 문화와 이야기들은……."

지금 베슬의 논쟁은 주류 가게를 열까 어쩔까 하는 거예요. 여기 오는 백인들은 모두 자유지상주의자들이에요. '왜 술을 찾겠다고 내 짐을 뒤지냐?' 하고 따지죠. 하지만 저는 우리가 손님이고 유피크인들의 결정에 따라야 한다고 생각해요.

강력한 지도력이 필요한데 지금 이곳의 지배 구조는 식민주의가 강제한 것들이에요. 그것들을 그대로 답습하면서 원주민 지도자들은 이기적으로 변하고 있어요.

저와 남자친구는 아이를 가질 생각이지만 여기서는 아니에요." 그녀가 말했다.

* * *

하루나 이틀 후에 나는 채망으로 돌아가 모종삽으로 진흙을 털어냈다. 바다에는 1인 어선 10여 척이 그물로 고기를 잡고 있었다. 내륙에는 구름 한 조각이 비 뿌릴 곳을 찾는 듯 툰드라 위를 떠돌았다.

그날 흙은 무겁고 축축했다. 마이크 스미스가 양동이를 가져왔다.

"점점 흙 전문가가 되는 것 같아요."

"고고학이 원래 그렇죠!" 그가 말했다.

나는 마이크에게 어쩌다 이 일에 참여하게 됐는지 물었다. 그는 씩 웃었다. 그가 하고 싶던 이야기였다.

"열여섯 살 때 저는 삐뚤어진 10대였어요. 아무도 만나기 싫고 세상 모든 게 의미 없었죠.

그래서 혼자 해변에 갔는데 백인 네댓 명이 여기서 땅을 파고 있는 거예요. 백인들은 진짜 웃겨, 하고 생각했죠.

그런데 궁금했어요. 그래서 다시 찾아왔다가 릭을 만났어요. 그러다 나도 모르는 새 지금처럼 채망 작업을 하게 됐는데 작은 창이 하나 나왔어요. 그걸로 끝났죠. 저는 이 일에 완전히 사로잡혀서 아시다시피 여기 자주 오게 되었어요. 이건 저에게……." 그는 문장을 맺지 않았다.

"대학에 갈 생각은 없어요?"

"없어요. 저는 이 마을 사람이에요. 마을 밖에서는 별로 잘 못 살 거예요. 미국 본토로 수학여행을 갔을 때도 집 생각뿐이었어요."

"하지만 마을을 운영하려면 지식이 필요해요." 내가 말했다.

"저는 평범한 마을 청년이에요. 여기 집 한 채 갖고 고기 잡으면서 살면 돼요. 어쩌면 모피 사냥도 하고요."

채망의 흙에서 냄새가 올라왔다. 익숙하고 가정적이고 묘하게 기분 좋았다. 나는 일하면서 혹시 그게 음식 냄새라서 그런 느낌이 드는 건가 싶기도 했다. 특히 어린 시절에 많이 먹은 다진 고기와 감자 냄새였다.

"마이크, 착각인지 모르겠는데 무슨 냄새 안 나요?"

"고기 냄새요? 지금 여기가 집 바닥쯤에 있어서 그래요. 여기서 고기를 처리했거든요. 물범, 바다코끼리 고기의 가죽을 벗기는 일 같은 거요."

공기가 너무나 깨끗하고 청량해서 5백 년 전의 물범 고기 냄새까지 맡을 수 있었다.

우리는 계속 작업했다. 아래쪽에서는 현장의 일상이 돌아갔다. 주변에는 개구리매와 갈까마귀가 있었다. 수백 년 전 고기 냄새가 땅 위를 떠돈다면 당연한 일이었다. 손을 멈추고 바라보니 개구리매

한 마리가 고개를 들었다가 모래 언덕 쪽으로 돌렸다. 그러더니 날개도 거의 파닥이지 않고 사냥을 했다. 개구리매 뒤에 갈까마귀 세마리가 왔다. 그런데 그냥 따라온 게 아니라 매를 흉내 내고 심지어놀리는 것 같았다. 그들은 개구리매가 움직이는 대로 움직였다. 개구리매를 놀리는 갈까마귀 세 마리.

* * *

요리사 셰릴이 만든 '자급자족형 저녁'은 대히트였다. 그녀는 보리와 사향소 고기로 죽을 끓이고, 말코손바닥사슴 고기를 고춧가루로 양념해서 스튜를 만들었다. 생선을 좋아하는 멜리아는 야외의 가스 바비큐 그릴에서 두 종류의 연어를 구웠다.

마이크는 저녁 식사 때까지 빨간 건물에 머물렀다. 그는 우리에게 집에서 가져온 울버린 가죽을 보여주었다. 커피색 보호털이 약간단단했고 날카로운 갈고리발톱도 달려 있었다.

"산에 울버린이 있나요?"

"멀리 가야 있어요."

"모피 사냥을 하고 싶다고 하지 않았어요?"

"하지만 울버린은 아니에요. 너무 위험해요. 물리면 끝장이에요. 울버린은 곰도 죽여요!"

저녁을 먹으면서 마이크는 우리에게 계절에 따른 유피크의 식생활, 그러니까 땅과 바다와 강과 함께하는 사계절에 대해 이야기해주었다. 시간표는 빡빡하다. 우리가 있던 때는 베리 따기가 끝나가는 시기였다. 새먼베리도 블루베리도 거의 끝났다. 베리가 풍년이라

여자들은 행복했다. 이제 연어 낚시 철이었다. 마을은 절반이 비었고 강은 모터를 단 보트들로 붐볐다. 강 하구에 그물을 치면 한 시간에 예순 마리도 잡았다.

상류에서는 낚싯대를 썼다. 연어는 겨울이 오기 전에 잡아서 손질하고, 말리고, 얼리고, 훈연해 두어야 했다.

연어 철 다음에는 말코손바닥사슴 철이 오고 그다음에는 송어 철이다. 그리고 겨울이 오면 올해도 예전처럼 눈과 얼음이 풍성하기를 소망하며 기다린다. 그래야 언 강을 타고 쉽게 툰드라 지대로 가서 늑대에 쫓겨 내려오는 순록을 잡을 수 있기 때문이다. 상류에 가면 땔감도 구하고, 다른 마을들에 찾아갈 수도 있다.

겨울은 뇌조 철이기도 하다. 뇌조 수프는 물범 기름을 뿌려 먹어야 최고라서 그렇다고 마이크가 말했다. 봄 얼음 위에서는 얼음낚시로 바다코끼리와 물범을 잡을 수 있다.

칠부바지와 검은 후드티를 입고 선글라스를 낀 젊은이 마이크가 이제 물범 사냥에 대해 말했다. "저는 올해 처음으로 물범 사냥을 했어요. 형이랑 같이요. 그런데 형은 덮어놓고 총부터 쏴요." 먼저 물범을 총으로 쏜 뒤 녀석이 물속으로 달아나기 전의 아주 짧은 시간에 작살을 던져야 한다. 작살은 찌가 달려서 가라앉지 않는다. 명중했다는 건 냄새로 안다. 총탄에 지져진 물범 기름 냄새가 난다.

마이크는 말코손바닥사슴 고기와 생선을 앞에 두고 자신에게 주의를 기울이는 소규모 청중에게 이야기하는 것이 즐거운 것 같았다.

"저는 덫으로 눈신토끼도 잡아요." 그가 말했다. "물범 기름을 얹은 토끼 수프! 토끼를 요리해서 물범 기름을 섞으면…… 음, 가죽은 장갑 만드는 사람한테 줘요. 하지만 꾸물거리면 여우한테 빼앗겨요.

덫에 피 묻은 털만 남을 때가 많아요."

마이크는 바다코끼리의 살코기보다 껍질 고기가 더 좋다고, 특히 비계를 떼지 않은 껍질이 맛있다고 했다. 그는 엄지와 검지로 바다코끼리 가죽에 달린 비계가 얼마나 두꺼운지 보여주었다. 7~8센티미터다. "으음, 진짜 맛있어요."

"마이크, 유피크 식당을 차려요!" 우리가 말했다. "파리나 뉴욕에요. 대박날 거예요. 물범 기름을 얹은 바다코끼리 껍질."

"그다음에 툰드라의 웅덩이가 녹으면 여자들이 물풀을 캐요. 꽃이 피기 전에 막대기로 파내야 돼요. 그리고 새알도 줍죠. 저는 비행장에서 갈매기 알을 찾았는데 갈매기가 이제 저를 아는 것 같아요. 저를 보면 막 공격해요."

신선한 툰드라의 베리들을 얹은 아이스크림이 디저트로 나왔다. 마이크가 일착으로 받으려고 얼른 의자를 뒤로 물렸다.

"마이크, 바다코끼리 비계하고 물범 기름이 최고라면서요?" 우리가 놀렸다.

그는 웃었다. "아, 전 아이스크림이 좋아요."

* * *

현장 근처의 툰드라 지대에 멜리아가 새를 보고 싶어 하는 곳이 있어서 어느 화창한 날 우리는 거기 갔다. 멜리아가 앞서고 내가 따라갔다.

7~8백 미터도 가지 않아 툰드라 지대가 둥근 하늘 아래 우리를 감쌌다. 땅바닥의 밝은 색 베리 식물들과 이끼를 밟으며 걸었다. 쇠

부엉이 새끼 한 마리가 우리 코앞에서 느닷없이 날아올랐다. 녀석은 최대한 버티다가 날아간 것이었다. 녀석의 날갯짓 소리가 들릴 만큼 가까운 거리였다. 부모가 찾을 수 있도록 근처에 다시 자리를 잡으려는 것 같았다.

우리는 긴 풀숲에 망원경을 설치했다. 존이 말했듯이 여기는 곰에게 우리가 있다는 걸 알려주는 위치였다. 풀숲에는 난쟁이자작나무, 잎이 빨갛게 물든 새먼베리 몇 그루, 백산차가 자랐다. 고도가 10센티미터만 높아져도 식생이 달라졌다. 우리와 산 사이에는 끊임없이 변화하며 숨 쉬는 초록빛이 수 킬로미터 뻗어 있었다. 숨어 있는 연못과 물가의 습생식물이었다.

우리는 조용히 앉았고, 금세, 아마도 풍경을 바라본 지 20분 정도 지나서부터 내 눈이 적응해서 시력이 예리해지기 시작했다.

근처에는 꽃들과 알록달록한 베리들이 있었고, 조금 떨어진 곳에는 여러 풀이 띠무늬를 이룬 채 바람에 흔들렸다. 먼 데서는 땅 위에 아지랑이가 아른거렸다. 검은 빛으로 흔들리는 형체는 공중을 가르며 다니는 갈까마귀였다.

땅을 보니 멜리아가 예전에 여러 종류의 오리들과 물새를 보았던 연못이 보였다. 그녀가 보고 싶어 한 것이 이 새들이었다. 논병아리와 넓적부리 들이 새끼를 데리고 파란 물 위를 떠갔다. 이따금 아름다운 희귀조인 알류샨제비갈매기가 날아들었다. 나는 나처럼 고요의 마법을 즐기는 사람과 함께 그렇게 앉아 있는 것이 좋았다.

30분가량 지나자 내 눈은 아지랑이가 시야를 방해하기 전까지 색깔들을 전보다 더 잘 구별할 수 있었다. 구석구석이 또렷했다. 내 오른 무릎 옆의 풀대가 거미줄로 묶여 있는 것을 어떻게 못 봤을까?

연노란색 벌 한 마리가 분홍바늘꽃에 들어간 것은 그야말로 사건이었다.

고요한 명상. 멜리아는 몇 미터 떨어진 거리에 앉아서 남쪽을 향해 몸을 반쯤 돌리고 이따금 망원경을 보며 방금 본 새의 이름을 말했다. 나는 청력도 좋아졌다. 45분이 지나자 바람이 다양한 풀 속에서 내는 소리들이 구별되었다. 어느 작은 새가 근처에서 전기 지지직거리는 듯한 소리를 냈다. 연못가 갈대숲의 물결, 먼 산의 빛. 그러더니 부엉이 한 마리가 통통한 레밍을 움켜쥐고 우리 쪽으로 날아오더니 50미터 정도 떨어진 거리에 조용히 내려앉아 우리를 주시했다. 우리는 녀석이 우리 때문에 평화를 잃은 새끼에게 먹이를 가져다주기를 바랐다. 부엉이의 고양이 같은 눈이 긴 풀대들 사이로 우리를 응시했다.

우리는 툰드라를 보았지만 사람들 말대로 툰드라에도 눈目이 있다. 사람들은 말한다. "뭔가 우리를 보는 것 같아요."

툰드라에는 실종과 귀환의 이야기가 많다.

안개 속에 툰드라에 나간 두 남자 이야기를 해준 게 존이었나? 안개는 그들 머리 바로 위에 머물렀다. 그러더니 안개에 구멍이 뚫리고 그 위에서 웃음소리, 즐겁게 노는 소리가 들렸다. "날 구멍 위로 올려줘. 무슨 일인지 보고 싶어." 한 사람이 말했다. "좋아. 하지만 올라가면 나도 끌어올려 줘야 해." 다른 사람이 말했다. 그래서 첫 번째 남자가 구름 위로 올라갔지만 그 순간 구멍이 닫히면서 안개가 이동했고 첫 번째 남자는 영영 사라지고 말았다.

또 다른 남자의 이야기도 있다. 툰드라에서 실종된 후 모두가 포기했는데 여러 해가 지난 뒤 그날 입고 나간 옷차림 그대로 돌아왔다고 한다.

길을 잃은 사냥꾼에게 나타난 여자 정령 이야기도 있다. 여자는 북을 치며 춤을 추었고, 작은 언덕 위에 있었다. "여자를 따라가면 안 되는 걸 알았어. 따라가면 안 되는 걸⋯⋯."

비구름의 이야기도 있다. 어느 여자가 베리를 너무 오래 따다가 일사병에 걸렸다. "그런데 그때 작은 구름이 내 머리 위로 와서 비를 내려주었어요. 나뭇잎들에 내가 마실 빗물이 고였죠. 그 구름이 얼마나 고마웠는지!" 여자가 말했다.

한 시간 뒤에도 내 감각은 계속 선명해져 갔다. 아마 멈추지 않을 것 같았다.

아비새 한 마리가 환한 구름 아래를 날아갔다. 부리에는 가늘고 긴 물고기가 물고 있었다.

그런 뒤 멜리아가 두루미를 보고 나를 불렀다. 우리는 함께 일고여덟 마리의 캐나다두루미가 천천히 날아와서 차례로 땅에 내린 뒤 긴 다리로 풀을 헤치고 걷는 모습을 보았다.

그때쯤이면 풀들의 모습이 너무 생생해서 나는 거의 그 맛이 느껴질 정도였다. 겨우 한 시간 동안의 관찰로 이렇게 되었다면 1년, 평생, 천 년은 어떨까? 사람이, 한 집단 전체가 얼마나 자연에 조율될 수 있을 것인가?

화자들의 감각이 이렇게 예리한데 어떤 이야기가 '진실'이고 어떤 이야기가 그렇지 않은지 어떻게 알겠는가? 릭은 만약 누날라크 주민들이 여기 돌아온다면—방한 점퍼와 베리 바구니, 피어싱, 문신을 새긴 모습 그대로—자신들의 풍경을 금세 알아볼 거라고 말했다. 풍경이 그렇게 많이 달라지지 않았다고.

"그 시절 사람들은 귀갓길에 뭘 봤을까요?" 내가 물었다.

"초가집, 건어장, 개. 지금하고 그렇게 다르지 않았을 거예요."

나중에 우리가 빨간 건물에서 만난 존 스미스는 기분이 좋아 보였다.

"두루미를 봤어요!" 멜리아가 말하자 그는 웅크린 어깨로 두 팔을 뻗고 손을 가볍게 파닥여서 두루미가 하늘을 나는 동작을 흉내 냈다.

"두루미는 사람한테 다가왔다가 휙 날아가요." 그가 말했다. "두루미 춤추는 것 봤어요? 두루미가 알을 제일 먼저 낳아요."

"이곳 분들은 두루미도 먹나요?"

그는 눈을 크게 뜨고 천천히 고개를 끄덕인다. "이것저것 다 넣죠. 양념도 넣고 속도 넣어요."

그러더니 존의 손과 눈이 올빼미가 된다. "올해는 올빼미가 많아요."

* * *

생일 파티 이틀 후 나는 저녁을 먹고 빨간 건물 밖으로 산책을 나갔다. 그렇게 아름답고 차분한 저녁에 실내의 전등 빛 아래만 있을 수가 없었다.

밖에는 아이들 대여섯 명이 버려진 창고 같은 건물의 지붕에서 미끄럼을 타고 내려왔다가 다시 올라갔다. 버려진 창고 같다고 했지만 게으른 표현이다. 나는 이제 그 마을을 좀 더 잘 이해하기 시작했다. 어떤 창고에는 어구들이 있었다. 작은 것들은 연어를 훈연하는 훈연장이었다. 문간과 작은 굴뚝, 말린 표류목 더미가 있는 곳은 '마키크', 즉 사우나였다. 일주일에 두 번 정도 누가 빨간 건물에 와서 마키크에 불을 피웠다고, 두어 명 더 들어갈 자리가 있다고 말했다. 그러면 피곤하고 때 탄 학생 두세 명이 성별을 맞추어서 갔다가 빨갛고 깨끗한 얼굴이 되어 돌아왔다.

왼쪽으로 돌았더니 곧바로 세라가 쿼드바이크를 타고 나타났다. 내가 얼굴과 이름을 모두 아는 마을 사람이 있다는 게 기뻤다.

"어디 가세요?" 그녀가 물었다.

"그냥 산책하고 있어요."

"같이 타실래요?"

할리데이비슨은 아니지만 뭐 어떤가? 나는 옆의 짐칸에 올라탔고, 그녀는 개천가로 바이크를 몰았다.

썰물 지는 바다가 저무는 햇빛에 금빛으로 반짝였다. 둑에는 금속제 모터보트 여남은 대가 올라와 있고, 개천에서는 어떤 남자가 쿼드바이크로 보트를 천변으로 밀어올리고 있었다.

"제 조카사위예요." 세라가 말했다. 그녀는 잠시 남자를 지켜보다가 만족스런 표정을 짓더니 이어 바이크를 마을 방향으로 돌렸다.

"특별히 가시는 데 있나요?" 내가 물었다.

"아뇨. 집이 좀…… 그냥 나오고 싶었어요."

"네, 이해해요."

다음으로 우리는 허물어진 통조림 공장 쪽으로 갔다. "저기는 옛 묘지예요." 세라가 말했다. 나는 그 앞을 자주 산책했다. 그곳이 묘지였음을 알려주는 건 전승, 사람들의 기억뿐이었다. 우리는 통조림 공장을 지나서 해변 쪽으로 1킬로미터가량 달렸고, 모래 언덕들을 내려가서 모래밭에 올랐다. 세라는 거기서 오른쪽으로 돌아 하구로 갔다가 다시 멈추어서 아직 고기잡이 중인 배 몇 척을 바라보았다.

태양이 낮게 걸려 타올랐고 우리는 손차양을 쳤다. 바다는 액체로 된 불 같았다. 배 한 척이 이리저리 움직였다. 강으로 들어가는 물길을 찾는 거라고 세라가 말했다. "이제 찾았네요."

그녀는 다시 만족스러운 표정을 짓더니 모래밭에서 바이크를 돌리고 물었다. "어디 가고 싶으세요?"

"아무데나 좋아요. 이렇게 돌아다니니 좋네요."

우리는 오던 방향으로 해변을 달렸다. 세라는 마치 세상이 잘 돌아가고 있는지 점검하러 나온 것 같았다. 세상을 돌보러.

우리는 다시 해변을 떠나서 모래 언덕들로 갔다.

"이건 쥐보리풀이고 바구니를 만들어요. 내 동생 미스티 아시죠? 그 애가 바구니를 만들어요. 제부는 상아 조각가예요."

세라는 몇백 미터 달린 뒤 다시 바이크를 세웠다. 이건 그녀가 나에게 할 말이 있다는 뜻이었다. 때로 그녀는 '말하기 전에 생각해보는' 태도로 말을 망설였다. 상황을 파악하고 신중하게 말하는 태도. 그녀는 풍력발전기와 통신탑을 가리켰다.

"석호 옆의 울타리 보이죠? 작년 9월, 아마 9월이 맞을 거예요, 제 조카가 저 옆을 바이크로 지나다가 수상한 걸 봤어요. 그게 천천히 일어섰는데 저 울타리가 겨우 가슴 높이였대요."

"그게 뭐였나요?"

"털북숭이 남자요! 한 번은 걔네 가족이 옛 공항에 갔는데⋯⋯."

그때 세라의 휴대폰이 울렸고, 그녀는 회색 후드티에서 전화기를 꺼내서 받았다.

"돌아가야겠어요."

우리는 마을로 돌아왔다. 개들이 먼지 속을 뛰어다니고 아이들이 놀고 있었다. 북서쪽에서 태양이 불길에 감싸인 보라색 구름 너머로 몸을 감추었다.

* * *

일요일에 멜리아가 소식을 가지고 왔다. 연어 철이라서 워런네 가족이 배를 타고 강 상류에 가서 연어를 잡을 거라고, 우리도 함께 갈 수 있다고 했다. 기름 값만 보태라고 했다. 우리는 나들이를 하고 그들은 고기를 잡는다. 모두 마을 밖으로 나가는 것이다.

모두 여섯 명이었다. 멜리아와 나, 워런과 그의 10대 아들 패트릭, 아내 저넷과 쳐제 테디였다. 테디는 슈퍼마켓 매니저로 물건 주문을 책임졌다. 저넷도 테디도 작은 체구에 검은 머리로 조용하고 일솜씨가 좋았다. 그들은 검은 머리를 뒤로 묶고 카고 바지와 후드 티에 야구 모자를 썼다.

배가 있는 곳에 가기 위해 우리는 노란색 스테이션왜건을 빌려 타고 2.5킬로미터가량 달려 도로 끝까지 갔다. 거기에는 자갈 구덩이들이 있었다. 밀물이 든 개천마다 바닥이 평평한 금속제 회색 모터보트들이 천변 위로 올라와 있었다. 집마다 보트가 최소 한 척은 있는 것 같았다. 하지만 배들이 작아서 우리는 두 보트에 나누어 탔다. 워런이 첫 번째 배를 맡아서 큼직한 외장 엔진 옆에 섰다. 패트릭이 두 번째 배를 몰았다. 그들은 당연히 낚싯대를 가져왔고 물론 강력한 총도 가져와서 선미에 챙겨 넣었다.

유속이 빠른 강에서 워런과 패트릭은 최적의 물길을 찾고, 운항 속도를 정하고, 강이 넓어졌다 좁아질 때 밀려드는 물살을 잘 막아야 했다.

항해의 위험 요소로는 깊은 내륙 숲에서 떠내려와서 물에 보일락 말락 떠 있는 통나무도 있고, 강물이 오른쪽이나 왼쪽으로 급하게 꺾이는 굽이들도 있었다. 마을 밖으로 나온 일, 물 위를 달리는 일은 즐거웠다. 물살 센 굽이마다 잿빛 널빤지들이 암초를 이루었다. 우리가 다가가면 이런 암초들에서 갈매기가 날아올랐다.

나는 배 앞쪽에 앉아서 눈과 귀를 쫑긋 세웠다. 강둑에 나온 곰이나 말코손바닥사슴이나 새를 보고 싶었지만 엔진 소리가 너무 컸다. 워런은 선글라스를 쓰고 귀 보호대를 했다. 엔진 소리 때문에 대화가 불가능했다.

연어 철이라서 강가에 캠핑장들이 있고 자갈 강둑에 낚시꾼도 많았다. 큼직한 턱수염을 한 그 남자들은 본토인들이었다. 퀴나하크 회사는 땅과 강을 소유하고 서비스, 가게, 보트, 캠핑장을 제공해서 사용료를 받았다. 잡은 고기는 고객 몫이었다. 그게 계약이었다. 낚시꾼들은 우리에게 근엄하게 손을 흔들었다. 그들은 배에 검은 머리 유피크 여자들만이 아니라—그들은 베리를 따거나 사냥을 하러 상류에 자주 온다—백인 여자들이 함께 있는 것에 놀란 듯했다. 낚시꾼 무리는 전부 남자 같았다.

맞바람과 물보라를 뚫고 산을 향해 몇 킬로미터를 가자 워런과 패트릭은 속도를 늦추고 배를 자갈 강변으로 몰고 갔다. 더 이상 참을 수가 없었기 때문이다. 얼른 고기를 잡아야 했다. 테디와 저넷이 밧줄로 배를 고정시켰고, 그들 모두가 지체 없이 낚싯대를 조립

했다. 나는 몇 미터 걸어갔다가 갈색으로 바짝 마른 곰 똥을 보았다. 크기가 컵 받침만 하고 소화 안 된 붉은 베리가 군데군데 박혀 있었다. 근처 진흙에는 거의 그만 한 크기의 발자국도 찍혀 있었다.

"아까 곰 냄새 맡으셨나요?" 워런이 물었다.

나는 아까 그가 코를 찌푸리고 강둑의 덤불숲을 가리키는 것을 보았지만 무슨 의미인지 몰랐다.

고기잡이에 시간이 오래 걸릴 거라 생각했다. 물에 휩쓸려온 통나무 위에 쭈그려 앉아 기다렸다. 그리고 발치에 놓인 잿빛 널빤지와 돌멩이 틈에 핀 노란 양귀비꽃을 보았다. 건너편 강둑의 버드나무들 사이에 곰이 있을까 주시했고, 테디가 강물에 낚싯줄을 던지는 모습을 보았다. 공기는 뜨겁지도 차갑지도 않았다. 검은 구름이 모여들고 바람이 일어나고 있었다. 비를 부르는 바람이었다. 나는 지루함을 버틸 준비를 했는데 10분도 지나지 않아 테디와 워런이 각각 큼직한 은연어를 한 마리씩 건져 올렸다.

머리를 막대기로 후려치고 즉시 배를 갈라 내장을 빼낸 뒤 비닐봉지에 넣었다. 강 저 멀리에서는 연어와 함께 송어들도 펄쩍펄쩍 뛰면서 산란 장소를 향해 돌진했다. 그렇게 많은 물고기를 본 건 평생 처음이었다.

연어를 넣고 떠날 준비를 할 때 저넷이 수줍게 막대사탕을 꺼냈다. 오랜만에 보는 납작한 막대사탕이었다. 여자들은 사탕을 빨고 남자들은 담배를 피운 뒤 우리는 배를 강으로 밀고 들어가서 안에 올라탔다. 강둑이 점점 높아졌고 2~3킬로미터 지나자 포플러나무들이 나타나서 몽롱한 가을 냄새를 풍겼다. 이따금 비버 집이 보였다. 우리는 왼쪽으로 굽이를 돌아 속도를 늦추었다. 근처에 흰머리

수리 둥지가 있었기 때문이다. 아니나 다를까 우리가 다가가자 독수리가 날아올랐다. 우리는 얕은 여울에 멈추어서 새가 하늘에 큰 원을 그리는 광경을 지켜보며 패트릭의 배를 기다렸다. 하지만 패트릭의 배는 오지 않았다. 우리는 얼마간 더 기다렸다. 저넷이 유피크어로 독수리라는 말을 가르쳐주었다. 포플러나무는 물범 사냥용 작살을 만드는 데 좋다고 워런이 말했다.

　잠시 후 어떻게 된 일인지 보려고 하류로 다시 내려가 보니 패트릭의 배가 마른 표류목 가득한 자갈 둑에 끌어올려져 있었다. 엔진 고장이었다. 워런이 배를 두 척 가져온 것이 그 때문이었다. 강은 고속도로 같지만, 배가 멈추고 정적이 내리면 광막한 땅, 낯선 지형, 스스로의 무방비를 절감하게 된다. 어쨌건 나는 그랬다. 다른 배나 낚시꾼도 얼마 전부터 보이지 않았다.

　강둑에는 물에 휩쓸려온 나뭇가지가 많아서 워런과 패트릭이 엔진을 살펴보는 사이 테디와 저넷은 방풍벽을 만들었다. 그들은 낚시할 때와 똑같이 손이 빨랐다. 처음에는 가지들을 주워 모았다. 그러더니 그것들을 진흙에 꽂아 넣고 다른 가지들로 그 사이를 엮은 뒤 그 위에 청색 비닐 포장을 씌웠다. 우리는 그 밑에 옹송그리고 앉았다. 비가 내리기 시작했기 때문이다. 나는 그들이 불 피우는 모습을 유심히 살펴보았다. 저넷 자매는 고개를 모은 채 공동 작업을 했는데 말은 거의 없었다. 말할 필요가 없었다. 그들은 먼저 자갈밭에 길이가 30센티미터 정도 되는 얕은 구덩이를 팠다. 그리고 그 안에 강변에서 주워온 마른 풀을 넣고, 그 위에 잔가지들을 가로세로 엇갈려 얹었다. 맨 위에는 큰 가지들을 놓았다. 그런 뒤 테디가 라이터 불을 갖다대자 바로 불이 붙었다.

두 자매는 15분도 안 되는 사이 대피소와 모닥불을 만들었다. 식량은 이미 마련되었다. 물 만난 물고기 같았다. 그들이 있어야 할 곳은 마을이 아니라 강과 툰드라인 것 같았다. 이제 그들은 강변 뒤편 덤불숲에서 버드나무 가지들을 구해 왔다. 그리고 불이 기세를 얻는 동안 가지를 뾰족하게 깎고 배에서 아까 잡은 연어 대신 핫도그 소시지를 가져와서 꽂았다. 모두 불 앞에 웅크리고 소시지를 구웠다. 연어는 나중에 먹나 보다 생각하고 묻지 않았다. 그런데 테디가 내 마음을 읽고 차분히 웃으며 말했다. "핫도그가 더 빨리 익어요!"

저넷은 아이팟을 듣고 있었다. 뭘 듣는지는 몰라도 한쪽 주머니에는 아이팟을, 다른 주머니에는 울루 칼을 가지고 온 그녀의 나들이 방식이 마음에 들었다.

엔진의 중요 부품이 고장 났다. 그런데 엄밀히 따지면 우리 인원이 배 한 척의 정원을 넘어서 패트릭이 혼자 총을 들고 망가진 배와 불을 지키기로 했다. 나머지는 상류로 더 가보기로 했다. 산까지는 안 가도 더 많은 걸 보고 오기로.

출발할 때 나는 불가에 책상다리로 앉은 패트릭에게 물었다.

"안 무서워요?"

"뭐가요?" 그가 온화하게 대답했다.

나는 어깨를 으쓱했다. 광대한 땅. 혼자 있다는 사실. 추위. 검은 구름. 배고픈 곰.

"처음이 아니에요. 밤도 샌 적 있어요." 그가 말했다.

"뭐가 무서워요?" 그의 아버지가 말했다. "여긴 우리 뒷마당이에요."

* * *

우리가 얼마나 멀리 갔는지 나는 모른다. 50킬로미터 정도였을까? 강물이 심하게 구불거렸기 때문이다. 하지만 얼마간 시간이 흐르자 강둑이 야트막한 언덕으로 변하고 덤불숲이 빽빽해졌다. 강이 두 갈래로 갈라지는 지점에서 워런이 배를 북쪽 강둑에 대고 흙 속에 금속판을 박아 정박시켰다. 우리는 배에서 내려 키 작은 초목에 덮인 가파른 강변 언덕을 기어올라 갔다. 이곳의 나뭇잎들이 이미 슬슬 가을빛을 띠고 있는 걸 보니, 그동안 고도가 조금 높아진 모양이었다. 5~60미터 올라가자 둥그런 정상이 나왔다. 암반이 나타났는데 내가 몇 주 만에 처음 밟아보는 바위였다. 언덕 꼭대기에서 바라본 전망은 놀라웠다.

사방의 땅이 내다보였다. 이 작은 언덕에서 보니 툰드라 지대가 우리 아래쪽에 초록 바다처럼 펼쳐져 있었다. 사초풀이 가득하고, 섬세하고, 여기저기 숨은 물웅덩이와 물길이 반짝이는 땅. 광활하게 열린 그 땅은 자유롭게 숨 쉬며 짧은 여름을 만끽하고 있었다. 땅은 서쪽, 남쪽, 북쪽으로 거침없이 달려가는 것 같았지만 내륙에는 이 강의 수원지인 야트막한 청회색 산들이 일어서서 협곡과 빙하 권곡에 그림자를 드리우고 있었다. 이 모든 것 위에 하늘이 있었다. 하늘의 모든 색조가 동시에 있었다. 여기는 소나기가 내리고, 저기는 구름 틈새로 빛줄기가 쏟아지고, 어디는 파란 하늘이 드문드문 보이고, 구름은 흰색과 회색의 모든 색조를 담고 있었다. 땅 위에는 구름 그림자들이 떠갔다. 꿈결 같은 풍경, 농경 이전, 도시와 도로 이전의 신화적 풍경, 구획되지 않고 그 어떤 개인에게도 속하지 않은 온전한 풍경이었다.

우리는 산들바람을 느끼며 바닥에 앉았다. 워런은 담뱃불을 붙이고 저넷은 다시 막대사탕을 돌렸다. 나는 빨간 사탕을 빨면서 이런 풍경이라면 영원히 바라볼 수 있겠다고 생각했다. 어떤 의미로 워런과 테디와 저넷은 이미 그렇게 해왔다. 나는 그들이 여기 오면, 그러니까 마을과 회사와 각종 사회 문제와 좋은 계획들을 떠나서 그들의 땅, 그들이 어렵게 지켜낸 땅만을 바라보면 무슨 생각이 들까 궁금했다.

워런은 어깨에 위장 재킷을 두르고 내 1~2미터 앞에 쪼그려 앉았다. 나는 얼마간 말없이 풍경을 바라보다가 입을 열었다.

"워런, 정말 멋진 뒷마당이에요."

그는 말없이 담배를 계속 피우다가 담배를 끼운 손가락으로 남쪽을 가리켰다. 쑥색, 진녹색, 적갈색이 복잡하게 어우러진 풍경이었다. 그가 말했다. "저기는 제가 늑대 사냥을 가는 곳이에요."

그리고 동쪽 산악 지대 앞에 펼쳐진 평원을 가리키며 말했다. "5년쯤 전에 여기 왔을 때는 사방이 순록 떼 천지였어요……." 그는 거기서 말을 멈추고 계속 풍경을 내다보았다. 그러더니 말을 이었다. "어르신들이 우리를 여기 데려와서 갈까마귀를 찾아보게 했어요. 갈까마귀가 내려오면 땅에 뭔가 있는 거예요. 갈까마귀가 여러 마리면 말코손바닥사슴이나 곰일 수도 있어요. 갈매기가 갑자기 울면 무언가 강을 건넌다는 거고요."

"유피크인은 여기 산 지 얼마나 됐나요?"

"천 년 정도요. 겨울에는 설상차를 타고 여기 와서 이크로 가죠."

나머지 일행이 언덕 마루로 돌아왔다. 곰을 찾아보러 갔지만 실패했다고 했다. 우리는 곰을 보고 싶었다. 멜리아와 나는 곧 귀국해야 했다. 하지만 근처에 곰은 없었다. "지류 개천의 연어 산란 장소에 있을 거예요." 테디가 말했다.

그러자 워런이 곰 사냥 경험을 이야기했다. 우쭐해하는 태도는 없었다. 오히려 반대였다. 당시 그는 젊었고 아버지와 함께 사냥을 나갔다. "쏴!" 아버지가 말했고 그는 두 발을 쐈다. 이어 아버지는 가죽을 벗기기 위해 죽은 곰의 몸에 칼자국을 내고 워런에게 칼을 건넸다. "네 곰이니 네가 책임져라."

"그 곰의 가죽을 벗기는 데 사흘이 걸렸어요. 그 뒤로는 한 번도 곰 사냥을 한 적이 없어요."

안타깝게도 우리는 곧 그곳을 떠나 배가 기다리는 강 아래쪽으로 돌아가야 했다. 내려오니 꿈결 같은 풍경은 사라졌다. 나는 무언가를 잠시 들여다본 느낌이었다. 우리가 이 인생에서 누릴 수 있는 것이 그런 짧은 눈길 말고 무엇이 있을까.

자갈 강변에 돌아와 보니 불은 아직도 타고 있었다. 비는 지나갔다. 두 자매가 다시 움직였고 이번에는 연어를 먹을 차례였다. 그들은 오전에 잡은 연어 중 한 마리를 은박지로 감싸서 뜨거운 깜부기불에 넣었다. 그런 뒤 낚싯줄을 꺼내서 첫 번째 고기가 익는 동안 몇 마리를 더 잡았다. 연어는 믿을 수 없을 만큼 많았다. 연어가 다 익자 우리는 불가에 둘러앉아 뜨거운 분홍색 살을 손에 들고 먹었다. 이어 테디가 가게에서 사온 케이크를 꺼냈다. 모양이 그런대로 멀쩡했다. 식사가 끝나자 우리는 패트릭을 데리고 다시 하류 방향으로 갔다. 고장 난 배는 나중에 다시 와서 손보기로 했다. 지금 우리는 그저 물 흐르는 대로 카네크토크 강과 함께 구불구불 떠내려갔다.

하지만 고기잡이는 끝나지 않았다. 우리는 그렇게 몇 킬로미터 내려온 뒤 본류와 갈라진 느린 유속의 녹색 물길로 들어갔다. 작고 푸른 섬 주변에 홍연어 수십 마리가 진홍색 옆구리를 반짝거렸다. 물고기들은 튜더 시대 퍼프소매의 절개선처럼 물 표면을 길쭉하게 가르며 헤엄쳤다. 우리는 다시 배에서 내려 낚싯대를 꺼냈다. 섬뜩했다. 알을 낳은 연어들은 죽기 전부터 몸이 썩기 시작했다. 물속에서는 빨갛고 날렵했지만 물 밖으로 나온 모습—얼룩덜룩 썩어가는 몸, 갈고리처럼 휜 입—은 악몽처럼 흉측했다. 연어가 너무 많아서, 워런 가족은 그저 한 놈을 골라 갈고리를 꽂고 잡아당기기만 했다. 하나하나 육지로 올라온 물고기들이 진흙 속에서 힘없이 파닥거리다가 대가리를 얻어맞았다. 열다섯, 스무 개의 대가리가 물기 어린 타격음과 함께 깨졌다.

테디의 예측대로 곰이 다녀갔다. 냄새는 안 났지만 아직도 있을

지 몰랐다. 강변 덤불숲 바닥에는 먹다 버린 물고기 여남은 마리의 사체가 흩어져 있었다. 낭비도 이런 낭비가 없었다!

테디는 물고기들을 죽인 뒤 울루 칼의 곡선형 날로 대가리를 잘라냈다. 연어 대가리를 깨끗한 물에 던져 넣자 작은 물고기 수십 마리가 몰려왔다.

나도 떠나기 전에 낚시를 해보고 싶었고, 워런이 내게 낚싯대를 주고는 잡는 법을 일러주었다. 낚시가 처음이라서 선미에 선 채 물속에 어설프게 낚싯바늘을 드리웠다. 하지만 2분 만에 송어가 동화 속 마법 동물처럼 내게 자신의 몸을 내어주었다. 낚싯대를 당기고 줄을 감았다. 낚싯대가 휘고 물고기가 반짝거리며 올라왔다.

* * *

그 땅의 풍경은 내게 계속 남아 있었다. 그날 밤 나는 달빛 비치는 어두운 2층 침대에서 평원 전체가 순록 떼로 덮인 모습을 상상해 보았다. 사실 그 모습은 스코틀랜드와 비슷한 면도 있었다. 빙하에 휩쓸린 언덕들은 스코틀랜드의 하일랜드 퍼스셔와 비슷했다. 하지만 이쪽이 규모가 더 크고 색이 더 밝고 빛도 더 강렬했으며, 도로나 마을, 철탑, 농장, 댐이 없고, 부유한 지주들의 대형 저택도 없었다.

숨어 있는 동물들도 있었다. 늑대, 울버린, 곰. 그리고 물고기가 가득한 강.

* * *

이곳 사람들이 말한 모든 사건, 듣고 본 모든 일, 수천 년 동안 기억하고 반복하고 쌓아올린 이야기와 사연을 상상할 수 있다면 우리는 정말로 이 뒷마당을 알게 될 것이다. 그리고 이 땅이 사람을 도와준다는 것도. 나는 몇십 년 전에 한 청년이 친구들과 함께 바다 얼음 위로 사냥 나갔던 이야기를 두 가지 경로로 들었다. 어쩌다 보니 청년은 친구들과 헤어지게 됐는데, 육지로 돌아가려고 보니 얼음이 해안에서 너무 멀리 떠내려가 있었다. 그는 얼음 위에 고립된 채 **녁 달을** 살았다. 그가 가진 것은 입고 있던 옷과 연장과 무기, 그리고 어른들에게 배운 지식뿐이었다.

우리는 다른 이야기도 많이 들었다. 물범 기름 램프를 켠 펫장 오두막에서 들은 것도 아니고, 이글루에서 들은 것은 더더욱 아니다. 전깃불 환한 빨간 건물—기둥 다리 위에 지은 금속 외장 창고—에서 들었다. 하지만 그게 중요한가? 이 이야기를 전하는 사람들은 말소리가 너무 작고 이야기들은 불쑥 시작되었다가 금세 끝났다. 나는 내가 정말 이야기를 들은 건가 싶었다.

유피크 사람들은 영적이지만—달리 무슨 표현을 써야 할지 모르겠다—, 그러면서도 자신들의 땅과 아주 현실적이고 합리적으로 조화를 이루고 있었다. 다음 날 워런이 언제나처럼 피곤한 얼굴로 다시 사무실로 걸어가고 있었다. 휴대폰을 귀에 대고 있었지만 나를 보자 다가와서 정중하게 감사의 말을 했다.

"우리 전통에 따르면 처음 잡은 고기는 어르신께 드려야 해요. 당신이 잡은 송어는 어머니를 드렸어요. 어머니가 고맙다고 하십니다. '이제 내 배가 부르구나.' 하셨어요."

* * *

마지막 주가 되었고, 멜리아 같은 보존 책임자가 여러 날 동안 준비한 피날레 행사가 다가왔다. 연례 '결산 전시회'였다. 빨간 건물에서 열린다. 발굴팀은 최고의 발굴물을 전시하고 마을 사람들에게 부디 와서 관람하고 이야기를 해달라고 부탁한다. 밖에는 간이 조리대를 설치해서 핫도그를 굽고 전통적 입맛의 어르신들을 위해 연어 수프를 끓인다.

퀴나하크 사람들뿐 아니라 기자, 인류학자 들이 비행기로 날아오고 있었다. TV 관계자도 있을지 몰랐다. 멜리아는 며칠 전부터 '작업실'에 틀어박혀서 최고의 발굴물을 고르고 전시하기 좋게 세척하고 주제별로 배치하는 일을 했다. 학교와 상점, 동전 빨래방, 병원, 우체국에 포스터가 붙었다.

마이크가 일하는 원주민 사무소에 포스터를 가지고 갔더니 그곳 벽에 다른 큼직한 포스터가 한 장 붙어 있었다. '자급자족 사냥새 조사'라는 제목 아래 수십 마리 새의 사진이 있었다. 새마다 영어 이름이 딸려 있고, 그 옆에 지역에서 부르는 이름을 적을 빈 칸이 있었는데 누군가 볼펜으로 유피크 이름을 적어놓았다.

회색머리아비: 투투틸레크
아비새: 카카타크
두루미: 쿠실가크

저넷이 거기 있길래 나는 그녀의 도움을 받아 잠시 그 이름들을 익혔다. '쿠실가크'와 '카카타크'. 두루미와 아비새. '크스' 하는 소리들이 여름날의 툰드라처럼 부드럽고 저항 없었다.

"발음이 유피크 사람 같아요!" 마이크가 말했다.

"그럼요!"

결산 전시회의 날인 목요일이 되자 마지막 순간까지 발굴을 하는 인력을 뺀 나머지 사람들은 빨간 건물에서 준비 작업에 힘을 쏟았다.

평평한 표면들을 가득 덮고 있던 머그컵, 노트북 컴퓨터, 충전기, 생선뼈 그릇, 나무 조각 쟁반이 싹 치워지고 청소가 이루어졌다. 바닥을 물로 청소하고 가구를 재배치했다. 전시장이 깨끗해지자 벽에 현장 사진들을 붙였다. 발굴팀원들이 모여서 웃는 사진도 있고, 릭이 경위도 계측기 옆에서 자세를 잡은 사진도 있고, 마이크가 등 뒤로 멀리 보이는 툰드라를 배경으로 채망 작업을 하는 사진도 있었다.

마을 결혼식이나 바자회를 준비하는 것 같았다. 오후 4시가 되자 테이블을 정렬하고, 사진을 올리고, 선정된 유물 수백 점을 작은 플라스틱 상자에 하나씩 담아서 주제별로 배치했다. 유물 밑에는 나중에 그것을 다시 담을, 신중하게 번호를 매긴 주머니를 깔았다. 멜리아는 유물들이 번호와 분리돼서 맥락을 잃을까 걱정했다. 그것을 만든 사람들과 마찬가지로 유물들도 한 공동체, 문화의 일부였다.

학생들은 깨끗해졌다. 샤워를 하고 백팩 구석에서 꺼낸 깨끗한 셔츠를 입었다. 전시장은 처음에는 표백제 냄새를 풍겼지만 곧 생선 수프 끓는 냄새로 뒤덮였다. 바깥에 해가 밝은데도 겨울 같은 분위기였다.

이제 준비가 끝났다. 학생들은 노점상처럼 중간중간 자리 잡았다. 손에는 유물, 특히 목제 유물이 마르지 않도록 뿌릴 분무기를 들고 있었다.

파티 직전처럼 긴장됐다. 사람들이 올까? 오후 4시에 문 앞에 가보니 기쁘게도 쿼드바이크들이 달려오고, 사람들이 집에서 나와 걸어오고 있었다.

첫 방문객은 머리에 청록색 스카프를 두른 노부인으로, 다 큰 손자와 함께 왔다. 그들은 맨 앞에 놓인 긴 테이블부터 시작해서 고개를 숙이고 화살촉과 사냥 도구, 작살 부품 들을 살펴보았다. 이어 학생들이 교장 선생님과 함께 왔다. 많은 학생들이 이제 눈에 익었다. 아이들이 오자 떠들썩해졌다. 아이들은 놀이 도구 테이블을 떠나지 않았다. 뼈로 만든 주사위, 다트 같은 것들이었다. 그리고 '인형'도 있었다. 선 세 개로 얼굴을 그린 납작한 막대기들은 장난감일 수도 있고 아닐 수도 있었다.

각종 나무 가면이 있었고, 한 테이블은 오로지 장신구에만 헌정되었다.

그리고 세간살이가 있었다. 나무 숟가락, 뼈칼. 내가 애착을 가진 유물들은 옛 친구 같았다. 고래/물범 울루, 얼음에서 풀려난 사발, 나무로 조각한 올빼미. 재료는 모두 다른 동물의 선물이었다. 물고기, 올빼미, 순록, 물범, 바다코끼리, 고래 같은.

전시장에 활기가 가득했다. 사람들은 청바지, 후드티, 쿠스푸크를 입었다. 남자들은 작업복에 야광 재킷, 장화 차림으로 왔다. 꼬맹이들은 어른들이 번쩍 들어 올려서 관람을 시켰다. 학생 팀원들은 관람객들이 물건을 들었다 엉뚱한 데 놓지 않도록 잘 지켜봐야 했다.

전시장에 사람과 말소리가 가득 차자 나는 여기저기 기웃거리
며 대화를 엿들었다.

"그러니까 활을 **이렇게** 당겨서……."

"**램프!** 우리 어머니도 저런 램프가 있었어."

"요새는 튼튼한 합성 끈이랑 나일론 천을 쓰지."

청소부 조지를 보았다. 나와 마지막으로 대화했을 때 그는 대결

레를 들고 있었다. 다시 만난 그는 대걸레 대신 물범 작살을 들고 있었는데, 조지의 키보다 길었다. 그는 학생들에게 자신이 가진 현대적 작살과 누날라크 조상들이 쓰던 작살의 고정 방법을 비교해서 보여주고 있었다. 그의 작살은 조상들의 것하고 모양과 사용법은 똑같지만 재료가 놋쇠라고 했다.

어떤 여자가 물대로 짠 바구니를 가지고 왔다. 통통한 몸집에 꽃무늬 쿠스푸크와 트레이닝복 바지 차림이었다. 바구니는 사발 모양에 30센티미터 깊이였고 꽃무늬 장식이 붙어 있었다. 장식물은 폴리에틸렌 가방을 잘라내서 만든 것 같았는데 그녀가 아니라고, 물범 창자를 염색한 거라고 했다. 여자는 짚풀 공예를 연구하는 박사 과정 학생과 진지한 대화를 나누었다.

워런은 방문객 두 명을 안내하고 있었다. 야구 모자를 쓴 백인 남자들이었다. 느낌상 발굴 작업을 계속할 수 있도록 후원을 부탁하는 것 같았다.

이제 아이들이 물 뿌리는 일을 맡았다. 개 두 마리가 들어왔다가 쫓겨났다. 꼬마 소녀가 '인형'을 보고 있길래 내가 "마음에 드니?" 하고 물었다. "인형을 만들면 귀신이 붙어요." 아이가 대답했다.

개인 장식물 테이블에는 유피크인들 사진이 있었는데, 가깝게는 1930년대의 것들도 있었다. 모피를 댄 방한 점퍼를 입고 입술에 레이브릿을 단 남자들이 눈을 찌푸리고 있었고, 여자들은 아랫입술에 구슬을 죽 매달고 있었다. 전시장에는 레이브릿만 담은 트레이도 있었다. 길이가 5센티미터나 되는 것도 있고 물범 얼굴을 새긴 것도 있었다. 남자 얼굴에 물범 얼굴이 달려 있다면 그는 사람인가 물범인가? 아니면 켈트 신화의 셀키[1]처럼 양쪽 다인가?

두 가지가 동시에 있는 것. 물범/고래 칼. 존 스미스가 세라의 제부와 함께 왔다. 세라의 제부는 마을에 두 명뿐인 상아 조각가였다. 그들은 반복되는 패턴인 동심원 무늬의 펜던트를 보고 있었다. 모든 것을 보는 눈.

나는 퀴나하크 마을이 동심원의 중심이고, 이 마을 주변을 땅과 동물과 바다와 하늘이 돌고 있다고 느꼈다.

모두의 감정이 뜨거워졌다. 현장에 와서 이름에 대한 이야기를 해주던 여자가 말했다. "우리는 역사를 되찾아야 해요! 미국은 메이플라워호를 타고 와서 **발견한** 게 아니에요!"

또 누군가가 말했다. "여기부터 강변까지 전부 교회 땅이에요. 그걸 돌려받아야 해요. 건물과 묘지는 계속 갖고 있어도 땅은 우리한테 돌려줘야 해요. 그 정도는 해야 **화해의 제스처**예요."

내가 윌러드라는 이름으로 알고 있는 사람이 말했다. "점점 좋아지고 있어요. 교육 수준이 높아져요. 아이들이 대학에 가서 높은 자리에 올라가고, 외지에 나가서도 공헌해요. 아직도 빈곤과 실업 문제는 있죠……. 우리는 자급자족하며 살고 싶지만 바깥세상과도 타협해야 돼요. 땅의 수용력도 생각해야 하고 연료비도 생각해야 하고……."

귓갓길에 슈퍼마켓에 들른 수렵채집인.

"여러분에겐 땅이 있잖아요." 내가 말했다. "그건 중요해요. 제가 사는 곳은 땅이 대부분 개인 소유예요."

"5만 3천 헥타르죠." 그가 미소를 지었다. "네, 이 땅은 모두의 것이에요. 원주민 토지 소유권에 대한 주장을 비롯해서 흥미로운 일들

---

1 인간으로 변신하는 물범.

이 일어나고 있어요."

모두 집에 돌아가자 산더미 같은 포장 작업이 재개되었다. 항공 화물용 대형 플라스틱 트렁크에 모든 물품, 흙 샘플, 나무와 식생 샘플을 넣었다. 총 마흔다섯 개의 운반 상자가 애버딘까지 갈 것이다.

그날 밤은 학기말 같았다. 모두가 유쾌하고 편안했다. 마이크 스미스와 그의 친구 월터가 학생 팀원들을 찾아와서 또래들과 시간을 보냈다. 건물 안은 다시 학교 기숙사처럼 난장판이 되었다. 그들은 노트북 컴퓨터에 모니터를 연결하고 넷플릭스에 접속한 뒤 의자를 끌어다놓고 〈왕좌의 게임〉을 틀었다. 드라마 도입부에 눈이 내렸다. 눈 위에 다시 내리는 눈.

전에 나는 마이크에게 그의 유피크 이름을 물어보았다.

"키승알기아'예요. '가라앉은 자'라는 뜻이에요. '알라스쿠크'도 있어요. 써드릴게요. '아틀간'도 있어요. 제가 태어날 무렵에 두 사람이 죽었어요."

월터가 말했다. "저는 '카카타크'예요……."

"그 말 알아요! 그건……."

"아비새죠."

새의 이름을 한 청년. 나는 월터에게 기쁜 눈길을 보냈다. 카카타크. 나는 그동안 만난 사람들을 찾아다니며 전부 이름을 물어보고 싶었다. 세라, 메리, 스미스, 존스라는 이름의 사람들에게.

존 스미스는 '둔리루크'였다. "빛과 관련된 뜻이에요." 그가 머쓱해하며 말했다.

나중에 멜리아가 말했다. "존의 할아버지가 샤먼이었다는 말 들었어요? 20년 전에는 아무도 그걸 인정하지 않았대요. 그 이야기를 안 하려고 했대요. 부끄러워서요."

기자는 우호적인 장문의 특집 기사를 썼지만 신문은 '보물'이라는 말을 피하지 못했다. 기사를 보고 릭은 수염 속에서 꿍얼거렸다. "우리는 **보물**을 찾는 게 아니라 문화를 회복하는 건데."

이 일은 결국, 이것들이 자신의 것임을 밝히는 일이다. 보라, 잃어버린 줄 알았던, 또는 가진 줄도 몰랐던 것이 여기 있다. 그것이 돌아왔다.

* * *

'화살 전쟁'은 춤으로 해결되었다. 이야기에 따르면 그렇다. 전쟁과 테러는 아무 소용 없고, 경쟁은 다른 방식으로 할 수 있다는 깨달음이 찾아왔다. 그러니까 춤으로, 노래와 잔치, 이름 짓기로. 나는 공동체들이 이름 짓기를 통해 다시 하나가 되는 이야기를 들었다. 갈등의 한편에서 태어난 아이에게 다른 편에서 죽은 사람의 이름을 붙이는 것이다. 그들은 춤 잔치를 했다.

* * *

"언어를 잃는 자는 세계를 잃는다." 게일어 시인 이언 크라이턴 스미스(게일어 이름은 이언 막고번)는 썼다. 그 반대도 사실일까? 세계를 잃으면 언어도 잃을까? 사물들의 세계, 만들기의 세계, 땅과 동물들의 세계, 이야기와 손노동의 세계를.

결산 전시회 다음 날은 우리가 쿠나하크에서 보내는 거의 마지막 날이었고, 또 하나의 행사가 조용히 열렸다. 앤 피에넙-리오던이라는 인류학자가 왔다. 60대의 나이에 작고 대담한 앤은 퀴나하크 사람들이 잘 알고 좋아하는 사람이었다. 그녀는 유피크어를 배우고, 이야기와 역사를 수집하고, 『Erinaput Unguvaniartut』('그렇게 우리 목소리는 살아 있을 것이다'), 『퀴나하크의 역사와 구술 전통』 같은 책을 편집하는 데 학자의 경력을 바쳤다. 앤의 책에는 이런 소제목이 흔하다.

> 황야에서 이동하기.
> 그녀의 말에 따르면, 붉은여우가 지나가면 그 지역은 안전하다는 뜻이다.
> 풀은 오직 남풍에만 눕는다고 한다.
> 우리는 우리 손주들의 교사다.
> 선두의 개들은 아주 똑똑하다.
> 산에서 다람쥐 사냥하기.
> 얼음이 풀리고 사람들이 떠내려간 이야기.

앤은 아는 어르신들과 다시 이야기를 하려고 왔다고 했다. 영어를 거의 또는 전혀 못 하는 분들이다. 슈퍼마켓 옆마당 건너편에 편안한 방이 있었다. 방에는 소파와 스토브가 있고, 금세 요리할 준비가 된 수프 냄비도 있고, 얼마간의 장비도 있었다. 퀴나하크의 최고령 노인 셋이 부축을 받고 바깥 계단을 올라 안으로 들어왔다. 80대의 남자 두 명과 여자 한 명으로 얼굴에 주름이 가득했다. 그들이 테이블에 앉았다. 창밖에는 그들이 긴 생애 동안 함께해 온 툰드라 지대와 먼 산들이 보였다. 간식이 나왔다. 어르신들은 팩에 담긴 과일 주스를 좋아했다.

나는 방 뒤쪽 소파에 조용히 앉아서 귀를 쫑긋 세웠지만 한 마디도 못 알아들을 게 분명했다. 어쨌건 그것은 내가 유피크어를 상당한 시간 동안 계속 들을 최초의 기회였고 그게 중요했다. 그 자리는 현장에서 발굴한 물건들에 대한 어르신들의 이야기를 듣기 위해 마련되었다. 그렇게 해서 물건들에 대해 더 많은 걸 알아내고, 어르신들은 주름진 손으로 그것들을 만지며 자신들의 언어를 새로이 깨울 것이다.

최연장자인 남자 노인은 피부가 밤 같은 진갈색이었다. 눈은 가늘었고, 얼굴에는 빛과 눈 속에서 일평생을 보낸 결과로 깊은 주름이 새겨져 있었다. 갈색 셔츠가 어찌나 두꺼운지 동물 가죽을 입은 것 같았다. 사진 속 사람들, 그의 할아버지 세대와 똑같은 모습이었다. 레이브릿이 없다는 것만 달랐다.

어르신들이 자리에 앉고 테이프를 틀자 앤은 대여섯 개의 물건을 쟁반에 담아 와서 테이블에 놓았다. 물건 기억하기 게임이 아니라서 물건들은 눈앞에 그대로 놓아두었다. 또 다른 종류의 기억 실험이었다. 어르신들은 차례로 물건을 집어 들었다. 그들의 손가락은 두꺼웠다. 고된 노동과 수많은 겨울을 아는 손이었다.

첫 번째 쟁반에는 올무 핀, 뿌리 캐는 송곳, 양동이 손잡이 들이 있었다. 일상용품들이었다. 노인들은 물건들을 뒤집어보고 만져보고 살펴본 뒤 이야기를 시작했다. 설명, 속설, 민담. 앤은 그들의 말을 이해하고 인도하고 명확히 하기 위해 거기 있었다. 양동이 손잡이는 나무를 굽혀 만든 것이다. 여자들이 식용 뿌리를 캔 송곳은 바다 포유류의 갈비뼈로 만들었다.

그들의 언어는 부드러웠다. 어르신들은 나무와 나무가 살살 부딪히는 것처럼 나직한 소리로 말했다. 창밖으로는 산들이 툰드라의 푸른 늑골처럼 솟아올라 있었다. 그들은 물건을 이리저리 돌리며 사용법을 설명했다. 유피크인이 마지막으로 이것들을 만지며 이런 이름으로 부른 게 5백 년 전이었다.

몇몇 문장은 뜻을 확실히 하기 위해 영어로 옮겼다. 뿔 긁개. "가죽에서 지방을 긁어내는 데 썼나요?" "응, 이렇게." 그들은 이제 돌 찍개를 들어 무게를 가늠하고 날을 시험했다. 그리고 그런 특정한 돌은 산의 어느 특정한 계곡에서 난다고 말했다.

창밖에 기러기들이 지나가고 풀밭에 물결이 일었다. 곧 비가 올 것이다. 남자 어르신이 한 손에 돌 찍개를 들고 다른 손으로 초콜릿 쿠키를 집었다. 나는 손과 눈으로 표현하는 풍경의 언어를 듣고 있었다. 태양은 산 위에 구름 몇 개를 베풀었다. 수프가 끓었다.

"이건 여자들 물건이야. 칼, 바늘, 골무처럼. 여자들은 이걸 가까이 두었어."

이 물건들은 땅속에서 나와서 자신을 기억하고, 알고, 무게를 가늠하고, 시험하고, 이름 붙이는 사람들의 손에 들어왔다. 진실로 집에 돌아왔다.

* * *

이제 떠날 때였다. 하지만 그 전에 현장을 다시 메우고 겨울 동안 폐쇄해야 했다.

마지막 며칠 동안 산책을 했다. 평생 이렇게 넓고 빛나는 곳을 다시는 보지 못할 게 분명했다.

그건 괜찮다. 나는 다만 퀴나하크가 잘되기를 바랐다.

그들이 과거를 되찾기를.

그들에게 미래가 있기를, 눈이 많이 내리기를.

바닷가로 가려고 풍력 발전기 세 대 쪽으로 걸어갔고, 거기서 망원경으로 보니 기러기들이 큰 무리를 이루어 날아왔다. 도둑갈매기가 황조롱이처럼 제자리를 날고 있었다. 가까이에 큰 동물이 있어 걸음을 멈추었다. '나 여기 있어!' 하지만 마을의 개였을 뿐이다.

풍력 발전기 기둥들에서 피리 소리 같은 이상한 소리가 났다. 보이지 않는 연못에서 오리가 꽥꽥거렸다.

잠시 앉아서 바다를 보며 흰고래를 찾고 싶었다. 찾지 않으면 볼 수 없고, 나는 이제 곧 돌아가야 했기 때문이다.

베링해 저편에 실오라기처럼 뻗은 증기.

나는 세라가 쿼드바이크로 나를 데려왔던 곳의 풀숲에 앉아서 바다를 망원경으로 보다 맨눈으로 보다 했다. 밀물이 시작되어서 멀리 흰 말 같은 물결이 보였다. 강물은 내 오른편을 흘렀고, 왼쪽 해변을 따라 몇 킬로미터를 내려가면 이제 곧 매립 공사가 시작될 발굴 현장이었다.

가만히 앉아 시력을 날카롭게 벼리려고 해보았다. 그렇게 해서 연어를 쫓는 고래의 날숨 기둥을 보고 싶었다.

등 뒤에 바구니를 만들 때 쓰는 쥐보리풀이 자랐다. 모래밭에 자갈과 깃털이 흩어져 있었다.

회색머리아비 두 마리가 물 위를 떠갔다.

잠시 후 강가에 쿼드바이크가 나타났다. 존 스미스였다. 두꺼운 청색 체크 셔츠와 바람에 날린 머리를 보니, 내가 그를 야외에서 본 적이 없다는 것을 깨달았다.

"동물들을 보려고 해요. 새도요." 내가 말했다. 자연스럽고 부끄러울 것 없는 일이었다. "흰고래도요."

"네, 잘하면 볼 수 있어요. 청어를 쫓아오거든요. 주로 봄에 오는데 우리는 작살로 잡아요! 고기는 질기지만 치아에 좋죠."

"어디 가시는 데 있나요?" 내가 물었다.

"그냥 둘러보고 있어요."

세라처럼, 또 강 상류 언덕의 워런처럼 이 넓게 열린 영토를 지키는 일.

땅을 둘러보는 일. 아무도 "뭐야, 서둘러. 뭘 보고 있어?" 하고 다그치지 않았다.

"저게 뭐죠?" 존이 무언가를 가리켰다. 그는 안경 쓴 일흔 살 남자치고 눈이 좋았다. 그들은 안경을 맞추려면 비행기를 타고 나가야 했다.

"갈매기예요. 보세요." 내가 그에게 망원경을 건넸다. 존은 갈매기를 확인하고 천천히 바다 전체를 둘러보았다.

"이거 좋군요! 그냥 한번 살펴보러 나온 건데 샤먼을 만났네요! 이렇게 멀리까지 보고……." 그는 수평선 쪽을 가리켰다.

"아니에요. 그냥 저렴한 망원경이에요……."

"여자 샤먼들이 있었어요. 남자보다 강한 사람도 있었죠. 사람을 최면에 빠뜨릴 수 있었어요!"

그는 망원경을 돌려주었다.

"최면에서 빠져나올 수 있나요?"

그는 이상한 동작을 했다. 캐나다두루미, 올빼미의 흉내를 낼 줄 아는 이 남자가 손으로 이상한 모양을 만들었다. 요리조리 움직이다 어딘가 걸리는 동작. "스스로 빠져나와야 했어요."

해변가의 침묵 속에서 나는 낯선 빛에 불안해졌다. 섬뜩한 사람들, 샤먼들.

"좋은 샤먼도 있었어요." 존이 내 생각을 읽고 말했다.

"요즘에도 샤먼이 있나요?"

그는 생각해 보았다.

"아뇨. 하지만 남을 해치고 싶어 하는 모진 사람들은 있어요."

"존, 앞으로는 어떻게 될 것 같아요?"

그는 잠시 침묵 후에 말했다.

"눈이 왔으면 좋겠어요. 풀이 길어요."

"풀이 길면 눈이 온다는 신호인가요?"

"어떻게요, 미래에요?"

"여기 땅 말이에요. 동물, 사람들, 유피크 사람들. 기후 변화 이런 거요."

"저는 사람들 걱정은 별로 안 해요. 동물들은…… 우리는 지금 동물을 보호하고 있어요. 순록도 물고기도. 좋은 일이죠. 우리는 적응할 거예요. 예상 안 되는 일들을 예상할 거예요. 대자연은 자신의 일을 할 거고요."

"여기 분들은 다른 누구 못지않게 잘 적응하실 거예요."

그가 나에게 미소를 보였다. "우리는 TV로 그쪽 사람들을 봐요!"

"TV로 우리 쪽 사람들을 보면 어떤가요?"

"정신없이 뛰어다니더라고요!"

"한번 진짜로 와서 보세요. 스코틀랜드에요."

"개썰매로 갈게요!" 그가 말했다.

"똑똑한 놈들이 필요할걸요!" 내가 웃었다.

"어느 방향인가요?"

나는 동쪽, 강 상류 방향을 가리켰다. 하지만 서쪽 베링해 방향, 그 너머 시베리아 방향을 가리킬 수도 있었다. 그냥 쭉 가면 돼요.

* * *

9월 첫날, 이제 아침 공기가 선선해졌고 마이크 말대로 제비가 사라졌다. 나는 툰드라가 보이는 길 끝으로 걸어갔다. 툰드라 풀들이 물결치는 모습, 하늘에서 이토록 환한 빛이 떨어지는 모습을 기억하고 싶었다. 길가에는 쓰레기봉투들 가득한 폐냉장고와 노는 강아지 몇 마리가 있었다. 꼬마 소녀가 내게 달려왔다. 아이는 놀라운 소식을 전했다. "빅풋이 있어요!"

"어디!"

"강 상류에요! 아빠가 봤어요. 사진도 찍었어요. 발가락이 네 개예요!"

"나도 사진 보고 싶다." 내가 말했지만 아이는 이미 계단을 달려 집 안으로 들어갔다. 바깥에 고래 뼈와 뒤집힌 설상차가 있는 집이었다.

해변은 텅 비었다. 고요했다. 여기 처음 왔을 때처럼 썰물이 들어 있었다. 말할 수 없이 고요하고 반짝였다. 그 모습을 생각하면 아직도 막막한 불안감이 든다. 검은 모래 위의 타이어 자국, 그리고 아득히 뻗은 텅 빈 공간. 나는 발굴 현장 쪽으로 걸어가다 문득 자신감을 잃고 멈추었다. 뭘 하지? 현장까지 걸어갈까? 마을로 돌아갈까? 혹시 곰이 있을까? 최근에 곰 이야기는 못 들었는데.

고요한 해변을 남쪽으로 걸었다. 지나치게 조용했다.

멀리 움직임이 있었다. 해변에. 나는 눈에 힘을 주고 보았다. 곰도 아니고, 여자도 아니고, 갈까마귀도 아니었다. 쿼드바이크였다. 쿼드바이크 두 대가 모래 구름을 일으키며 내 방향으로 달려오고 있었다.

그들이 내 앞에서 속도를 늦추자, 나는 발굴지 매립 공사에 참여하게 된 네 명의 마을 청년을 알아보았다. 그들은 점심을 먹으러 집으로 가는 길이었다.

그들이 멈추었다.

"타실래요?"

선택해야 했다. 마지막으로 혼자서 베링해의 고요한 해변을 산책할 것인가, 아니면 이 수줍고 잘생긴 유피크 청년들의 쿼드바이크에 탈 것인가.

나는 그들의 엄마뻘이었다.

바다는 빛나고 하늘은 넓었다. 나는 여기 다시 오지 않을 것이다.

"네, 좋아요." 내가 말했다.

6장

유리에 비친 모습

북행 기차가 테이 만을 건너 항구 도시 던디에 정차했다. 던디에는 로버트 스콧[1]이 남극까지 타고 간 배가 정박해 있고 석유 굴착기 수리 시설도 있다. 이곳은 앵거스의 시골 지역이다. 오른편 동쪽에는 북해가 있지만 내 좌석은 육지 쪽이라 겨울 들판이 보였다.

　한쪽은 바다, 한쪽은 들판. 멍하니 풍경을 바라보다 정신을 차리니 반짝이는 바다가 내 창문에 떠올라서 검누런 들판에 겹쳐져 있었다. 그 광경은 금세 사라졌지만 잠시 후 다시 번쩍 나타났다. 땅 위에 은색으로 뻗은 바다. 하지만 몇 초 만에 다시 사라졌다. 나는 이 현상이 신기해서 허리를 세우고 앉았다. 왼쪽의 들판이 소나무 숲으로 바뀌었는데, 기차가 약간 기울자 바다가 다시 유리에 비쳤고 이번에는 나무들 위쪽에 상이 맺혔다. 눈에 힘을 주면 바다와 나무가 동시에 보였다. 그리고 배도 있었다! 창백한 유조선이 소나무 숲 위쪽을 유유히 항해했다.

　옛 민요가 있지 않나? 〈가짜 신부〉라고. "소금 바다에는 딸기가 몇 개 자라지? 숲에는 배가 몇 척 다니지?" 하는 가사의.

　근처에 앉은 한 여자가 휴대폰으로 시끄럽게 통화를 했다. "그런 **멍청한** 소리가 어디 있어? 내가 메일을 세 번이나 보냈는데, 닥

1　영국의 군인이자 탐험가로, 남극탐험에 나서 1912년에 남극점에 도달했으나 귀환 중 탐험대원 전부 목숨을 잃었다.

치고 그냥 **하라고** 해."

바다가 유리에 비쳤다 사라졌다 하는 걸 바라보는 사이 기차는 절개지로 들어갔다. 절개지를 빠져나오자 바다는 사라지고 없었다. 오른쪽에 들판이 있고, 내 쪽인 왼쪽에는 멀리 그램피언 언덕이 새로 내린 눈에 덮여 있었다.

"내가 그 여자한테 똑똑히 말했어! 말했다니까!" 여자는 계속 통화 중이었다. 승객들이 서로를 바라보며 눈살을 찌푸렸다.

〈가짜 신부〉도 있지만, 하늘에 뜬 배는 나에게 다른 것을 연상시켰다. 윌리엄 스코스비의 글이다. 스코스비는 포경선 선장이자, 포경선 선장의 아들이었다. 그는 열두 살 때부터 여름마다 아버지와 함께 북쪽으로 갔고, 스물한 살에 자신의 배 '배핀 호'를 지휘했다. 하지만 스코스비에게 고래 살육은 지루한 허드렛일이었고, 그가 더 큰 관심을 가진 것은 과학과 발견이었다. 그는 1822년에 북쪽을 항해하면서 여러 지도를 만들고 그린란드 동쪽 해안에서 마주친 이상한 현상들을 자세히 기록했다. 눈송이, 굴절, 무지개, 신기루에 대한 글이었다.

7월의 어느 화창한 날, 바람이 가볍고 대기의 굴절률이 높을 때 스코스비와 선원들은 놀라운 광경을 맞닥뜨렸다. 하늘에 배 두 척이 뒤집힌 모습으로 나타난 것이다. 그는 그 배들을 알았고, 그것들이 눈으로는 볼 수 없는 15킬로미터 너머의 거리에 있다는 것도 알았다. 그로부터 2주일 뒤에 그 현상이 다시 나타났다. 북극 여름 저녁의 투명한 하늘에 배 한 척이 나타났다. 뒤집혀 있었지만 그 모양이 너무도 선명해서 돛 하나하나가 뚜렷이 보였다. 그는 그 배에 아버지의 배 이름을 따서 '페임 호'라는 이름을 붙였다. 그 배는 당시에 수평선 너머에 있었다는 사실이 나중에 밝혀졌다.

수평선 너머를 볼 수 있다니 놀랍지 않은가.

나의 배는 뒤집히지 않고 나무들 위를 항해했다.

"알아! 안다니까!" 통화 중인 여자가 소리쳤다. 사람들은 이제 여자를 노려보았다.

우리의 목적지는 애버딘이었다. 19세기 포경선과 어선은 그런 항구를 떠나면 쉽게 돌아오지 않았다. 포경선은 바다에 1년을 나가 있기도 했다. 북행 선박 뱃전에서 귀환 선박을 향해 외친 마지막 메시지들은 중계되기도 하고 다른 일들에 묻히기도 했다. 선원들은 귀환해서 어떤 모습을 보게 될지 몰랐다. 그들의 아내도 배가 떠난 뒤 어떤 일이 벌어질지 몰랐다. 하지만 선원들은 집에 선물을 가져왔다. 스코틀랜드 동해안의 박물관들에는 포경 선원들이 가져온 이누이트 물건이 가득하다. 피터헤드의 아버스넛박물관은 공공 도서관 위층에 있는 전시실 두 개짜리 작은 박물관인데, 이 박물관이 자랑하는 북극곰 박제는 생포되어 온 것이었다.

이제 북극곰 옆에는 사향소와 물범도 함께 있다. 진열장 뒤편의 그림은 포경선을 큰 얼음에 묶어놓고 선원들이 육지에 올라 모닥불 가에서 춤을 추는 모습이다. 그리고 진열장 안에는 일각돌고래 엄니, 이누이트 눈신, 개 채찍 등 유럽을 매혹시킨 물건들이 있다. 또 다른 작은 진열장에는 길이가 10센티미터밖에 안 되고 창백한 북극 빛깔을 한 섬세한 주머니가 있다. 그것은 새의 발, 아마도 기러기의 물갈퀴로 만든 물건으로 발톱까지 그대로 사용했다. 이 주머니를 만든 이누이트인은 당연히 어떤 새가 이런 물건을 만드는 데 가장 적합한지, 그들을 어떻게 잡아야 하는지 알았을 것이다.

이런 이누이트 물건들은 물물교환한 것이라고 큐레이터가 말했다. "물물교환요? 뭐하고요?" 내가 물은 기억이 난다.

"총하고요! 거기서 이누이트 여자들이 아이도 많이 낳아 키웠지만 고향의 아내들은 전혀 몰랐죠!"

가짜 남편들, 얼음 땅에서 모닥불에 몸을 녹이는.

나는 이누이트 물건들과 북극곰이 있는 그 박물관을 좋아했다. 모형 어선들도 있었는데, 숲을 항해하는 배라도 되는 것처럼 이름이 '프룻풀 바우'(열매가 가득한 가지), '휘니 폴드'(말 우리)였다.

메리 스코스비는 남편이 그린란드를 탐험할 때 죽었다. 그가 하늘에 뜬 배를 목격한 그 항해였다. 그는 9월에 배핀 호를 이끌고 머지 강에 들어선 뒤에야 그 소식을 들었다. 작은 보트가 그의 배로 다가올 때 이미 심상치 않은 기미가 있었다. 배가 가까워지자 보트는 돛을 내리고 승선한 친구들이 모두 침묵했다.

여자는 마침내 통화를 끝냈다. 그녀가 알았다는 그것은 무엇인가?

이제 오른쪽에 다시 북해가 나타나고 정박해 있는 배들이 보였다. 수평선 너머의 석유 굴착 시설과 관련된 배들이었다. 나는 그 배들도 비쳤으려나 얼른 창문을 보았지만 때는 정오였고 빛은 바뀌어 있었다.

7장

링크스 오브 놀틀랜드 I

트랙터가 덜덜거리며 다가와서 나는 통과 장소로 들어갔다. 웨스트레이 섬[1]은 꼴 베는 철이라 섬의 몇 개 안 되는 도로에 트랙터가 많았다. 운전자는 지나가면서 손을 흔들었다. 나는 잠시 통과 장소에 머물며 주변을 둘러보았다.

오른쪽에는 철망 울타리 안쪽에서 황소가 황소의 꿈을 꾸면서 천천히 풀을 씹고 있었다. 왼쪽에는 땅이 비탈을 이루어 작은 호수로 내려갔다. 호수 주변의 땅은 모두 돌담 또는 가시철조망을 두른 밭으로 변해 있었다. 매끈한 언덕 꼭대기들만이 자연 그대로 남아 있었다. 아래쪽 밭들 중 어떤 곳은 무성한 풀밭에 소, 아니 스코틀랜드 방언으로 '카에kye'를 키웠다. 이곳 농부들은 아직 옛 스코틀랜드어 단어를 쓴다. 다른 밭들에는 황금색 보리가 익어갔다.

나는 계속 차를 몰아 피러월 읍까지 갔다. 그곳은 회색 가옥과 상점이 흩어져 있는 바닷가 마을이다. 썰물 때라서 금갈색 해초 밭이 넓게 드러나 있고 물범도 몇 마리 올라와 있었다. 나는 방학 중인 학교 앞에서 왼쪽으로 급커브를 틀어 오르막 구간이 시작되는 좁은 도로에 들어섰다. 도로변에는 섬의 서쪽, 그러니까 대서양에 바로 잇닿은 마지막 농장 몇 곳이 있다. 언덕 위에는 절벽과 등대가 있고, 거기서부터는 캐나다의 뉴펀들랜드까지 아무것도 없는 망망대해라

1 Westray. 스코틀랜드 북쪽 오크니제도의 한 섬.

고 사람들은 얼른 말해 준다.

하지만 언덕에 이르기 전에 작은 표지판이 해변으로 가는 길을 알려주었다. 나는 이 길로 가라는 말을 들었기에 돌담들 사이를 덜컹덜컹 달렸다. 돌담 너머에는 흰 소들이 풀을 뜯고 있었다. 그곳 역시 트랙터와 거름더미가 있는 농장이었다.

'링크스 오브 놀틀랜드Links of Notland.' 표지판에 그렇게 적혀 있었다. 그것은 대충 '소ㅑ 나라의 모래 언덕'이라는 뜻으로 스코틀랜드어, 고대 스칸디나비아어, 영어가 섞인 말이다.[2] 내가 운전하는 차는 누군가 고맙게 빌려준 것이다. 본래부터 그 섬에 있던 낡은 자동차지만 그래도 빌린 물건이라서 나는 포트홀을 피해 조심조심 달렸다. 도로 끝에 당도하자 이미 미니버스가 기다리고 있었다. 이곳은 북쪽에 면한 작은 만의 가장자리로, 크림색 모래와 평평한 돌들이 7~8백 미터가량 펼쳐져 있었다. 만의 동쪽은 절벽이었다. 나는 차에서 내렸다. 해변으로 밀려드는 큰 파도들이 공중에 무지개를 걸어놓았다. 조수는 계속 해초를 무더기로 배달했지만 아무도 줍지 않았다. 가까운 과거에는 그걸 모아다 비료로 썼고, 언덕에 토탄이 생기기 전인 먼 과거에는 연료로도 썼다.

나는 마른 모래밭을 비척비척 걸었고 높이 쌓인 돌무지 앞을 지나 철망 울타리에 난 출입문으로 다가갔다. 울타리에 붙은 안내판이 안쪽의 모래 언덕들에 대해 설명했지만 안내판 자체가 모래바람에 너덜너덜했다. 내용의 핵심은 사람이 호밀과 겨이삭을 심어 이 모래 언덕들을 복구했다는 것이었다. 울타리 너머로 발굴 폐기물 더미들과 방풍, 방진복 차림으로 발밑의 땅에 몰두해 있는 몇 사람의 형체

2 이 중 '놀틀랜드'가 영어로, '놀트(nolt)'는 '소'를 뜻하는 옛 방언이다.

가 보였다. 여기에도 국제화된 세계의 상징인 화물 컨테이너가 있었다. 두 개였다. 모래밭 위의 녹색 컨테이너와 청색 컨테이너. 그것들은 사무실과 식당, 창고로 쓰였다.

링크스 오브 놀틀랜드 고고학 발굴이 시작된 것은 거의 10년 전이었다. 총책임자인 헤이즐 무어와 그레이엄 윌슨 부부는 현재 가족과 함께 웨스트레이에 살고 있다. 처음에 나에게 현장을 안내해 준 것은 헤이즐이었다. 그녀는 현장을 가로질러 움직이는 불꽃처럼 나에게 왔다. 작은 체구에 햇빛을 받아 반짝이는 황동빛 머리, 하늘색 눈동자였다. 아일랜드 더블린 억양이 강했다.

헤이즐은 나를 데리고 동쪽으로 갔고, 거기서 폐기물 더미와 폐타이어들 앞에서 현장 전체를 조감했다. 모든 게 혼란스러워 보일 뿐이었지만 내 눈은 아직 조율되지 않은 눈이었다. 앞에는 갓 발굴된 최대 1미터 높이의 돌담 구역이 있었다. 돌들이 사방에 깔린 흙에 박혀 있고, 수레, 양동이, 끈도 많았다. 여덟아홉 명 정도가 돌들틈에서 작업하고 있었다. 평면도를 그리는 사람도 있고, 모종삽으로 흙을 긁는 사람도 있고, 긁어낸 흙을 양동이에 담는 사람도 있었다. 모두 재킷을 입었고, 대개는 머리카락이 눈에 들어가지 않도록 이런저런 모자를 썼다. 8월이지만 쾌적한 날씨는 아니었다.

헤이즐의 설명에 따르면, 수천 년 동안 서 있던 모래 언덕들이 최근 바람에 날아갔다. 자연의 순환이 중단되었다. 불과 15년에서 20년 사이에 고대의 모래 언덕들이 무너지고 식생이 사라졌다.

오크니제도에는 바람이 많고 폭풍도 흔하지만, 헤이즐 부부의 중간 보고서에 따르면 이렇게 지속적인 부식은 '이례적'이었다. 하지만 모래와 식생이 벗겨지면서 그 밑의 땅이 드러났고, 신석기와 청동기시대의 대규모 거주지로 확인되었다. 가옥, 작업장, 담장, 심지어 농경지와 흙까지 남아 있었다. 하지만 오래가지 않을 것이다. 오랜 매장 끝에 노출된 유물들도 곧 바람에 부식될 것이다.

헤이즐이 말했다. "이 현장 전체가 오래가지 않을 거예요. 오크니제도만 그런 것도 아니에요. 이런 부식은 스코틀랜드 전역에서 관찰되고 있어요. 이 유적지는 5천 년 전의 것이고, 그 세월 동안 지금 같은 노출은 피할 수 있었어요. 이런 일은…… 고고학에 아주 큰 의미지만 우리 인류 전체에도 마찬가지예요."

현장의 규모가 드러났을 때 스코틀랜드 유적관리국은 유물이 사라지기 전에 그것을 기록하고 어쩌면 보호도 하기 위해 발굴을 위탁했다. 지금까지 아홉 해 여름 동안 발굴이 이어졌는데 이렇게 긴 작업을 예견한 사람은 아무도 없었다. 특히 유적관리국의 재정 담당자들에게는 당황스러운 일이었다. 새로운 유적과 유물이 계속 나타나고 있었다. 내 눈앞에 보이는 6백 평방미터의 공간은 전체의 극히 일부일 뿐이었다.

작업 현장은 반창고를 떼어낸 피부처럼 약간 너덜거렸다. 링크스의 다른 구역은 검은 비닐 포장으로 덮고 타이어와 돌멩이로 눌러놓았다. 포장이 덮인 구역은 대부분 청동기시대의 것이고, 해변의 큰 돌무지들도 마찬가지다. 현재 발굴이 이루어지는 현장은 신석기시대 유적지다. 사람들은 여기서 아주 오랜 세월 동안 살면서 발전하고 변화하고 고난을 견뎠다. 그레이엄이 나중에 말했듯이 오크니제도에서 링크스 사람들은 성공한 소수였다.

헤이즐은 나에게 작업 중인 팀원들을 소개해 주었다. 사실 내 눈에는 그들의 얼굴보다 얼룩덜룩한 복장이 먼저 들어왔다. 그들이 땅 위에서 몸을 펴고 일어섰기 때문이다. 흙이 엉겨 붙은 바지와 형광 재킷, 니트 헤드밴드, 해적 두건. 모두가 오크니의 햇빛과 소금 바람에 절여진 모습이었다. 고고학자들은 발굴물을 예리하게 감정하는 데 익숙하다. 나도 그렇게 감정당하는 느낌이었다.

이곳에 살았던 최초의 농부들은 육중한 돌담을 짓고 그 안에 마당과 통로가 딸린 서너 채의 개별 가옥과 '활동 공간'을 지었던 것으로 보인다. 아닐지도 모른다. 먼저 소수의 가옥이 생기고 초기의 어느 시점에 담장을 둘렀을 수도 있다. 어떤 경우건 그렇게 공간을 규정한 뒤 사람들은 그 위에 계속 새로운 구조물을 지었다.

"지금까지 발굴된 거주 공간이 몇 층이나 되나요?" 내가 헤이즐에게 묻자 그녀는 숨을 들이마셨다.

"단순하게 말하면 담장 안쪽은 세 층 아니면 네 층이에요. 깊이는 1.5미터 정도고요. 하지만 사람들은 땅을 밀고 새로 짓지 않았어요. 건물을 그냥 버리거나 폐쇄하거나 돌을 훔치거나 고쳐 지었죠. 이곳은 대략 7백 년 정도 사용했어요."

그러니까 그레이엄의 표현에 따르면 링크스 오브 놀틀랜드를 통해 그들은 스카라 브레이의 기회를 두 번째로 얻은 셈이다. 신석기 마을 스카라 브레이는 1930년대에 발굴되었지만 이미 약탈당한 뒤였다. 링크스 오브 놀틀랜드는 그보다 규모가 컸다. 여기는 가옥, 농경지 시스템, 경계선이 있었다. "스카라 브레이에서 잃어버리거나 알아보지 못한 모든 게 여기에 있어요."

스카라 브레이는 오늘날 유명 유적지가 되어서 방문자 센터도 있고 복원도 이루어진다. 항구에 대형 크루즈 여객선 두 척이 들어오면 관광객이 너무 많아서 주차장에 자리가 날 때까지 버스들이 주변을 빙글빙글 돌아야 한다. 어쨌건 듣기로는 그렇다.

하지만 링크스는, 풀밭과 오솔길이 조성되고 각국어로 설명문이 내걸린 스카라 브레이하고는 다르다. 어쨌건 지금까지는 그렇다.

이번 시즌에 발굴팀은 초기 가옥 서너 채에 집중하고 있었다. 그들은 전문가의 눈, 그리고 노련한 삽질과 붓질을 통해 각 가옥을 구별하고 신석기시대의 유행과 취향의 변화를 알아보았다. 그리고 여기서도 스카라 브레이에 유명세를 안겨준 가정적 특징들을 알아냈다. 가옥마다 출입구가 있고 중앙에 화로가 있으며, 많은 경우 출입구 맞은편에 '서랍장', 그러니까 층층의 돌 선반이 있었다.

심지어 어떤 집들은 벽 밑을 통해서 집 밖으로 나가는, 상부가 덮인 관이 있었다. 물과 쓰레기를 내보내는 오수관, 아니면 중앙 화로에 공기를 들여오는 송기관 역할을 했을 것이다. 그것은 수많은 수수께끼 중 하나다. 헤이즐 말대로 관을 만들기만 하고 실제로 사용하지는 않은 것 같기 때문이다.

우리는 현장의 디딤돌 하나하나, 진흙 바닥 하나하나를 두루 돌아보았다. 돌들과 뼈. 나는 어느 집에서 화로의 붉은 흙을 모종삽으로 파내고 있는 걸 보고 깜짝 놀랐다. 신석기시대 화로인데! 하지만 걱정할 것 없다고 했다. 아래층에 분명히 더 옛날 화로가 있을 거라고.

점심시간에 날이 더워지자 모두 연장을 내려놓고 컨테이너로 식사를 하러 갔다. 신석기시대를 떠나 우리 시대의 쇄설들 틈에 앉았다. 식당에는 캠핑 의자와 뒤집어놓은 양동이들이 있었지만 날이 덥다 보니 사람들은 모래 바닥에 앉아 구름을 보거나 책을 읽거나, 그 섬의 유일한 통신탑이 수리 중이라 휴대폰 신호가 잡히지 않는 것을 한탄하거나 했다. 에밀리라는 팀원은 안락의자에 앉듯 삐딱한

수레 위에 앉을 수 있는 기술의 장인이었다. 모두 건강하고 유쾌한 사람들. 멋진 삶이었다.

열 명가량의 현장 인력은 모두 전문가였다. 대학생이나 자원봉사자는 없었다. 몇 명은 박사학위 소지자였고 일부는 몇 년째 여름마다 웨스트레이에 왔다. 우연히도 절반이 아일랜드인이라서 현장에 아일랜드 억양이 넘쳐났다. 그중 한 명이 내게 링크스는 '하늘의 선물'이라고 말했다. 고고학 석박사가 할 수 있는 일이 몹시 귀하기 때문이다. 하지만 일을 하려면 그들은 3~40대가 되도록 뜨내기 생활을 하며 한 번에 몇 달씩 셋방이나 숙박 시설에서 동료들과 함께 살아야 했다. 모두들 '나는 이런 데서도 살아봤다'는 사연이 있었다. 그리고 모두 잘 웃었다.

나는 헤이즐의 안내를 받았는데도 현장이 너무 어지러워 보인다고 말했다. 돌이 너무 많아요! 하지만 고고학자들은 웃기만 했다. "맞아요! 우리도 그래요!"

정오의 하늘이 맑았고, 구름은 바다 위에 한 무리만 떠 있었다. 머리 위로 눈부신 흰색 세가락갈매기가 빛을 두른 채 지나갔다.

* * *

그레이엄은 침착한 태도에 말수가 헤이즐보다 적었다. 그때 그의 관심사는 담장 울타리였다. 점심 식사 후 헤이즐에게서 나를 넘겨받은 그는 이 담장을 추적해서 현장의 3분의 2가량을 드러낸 경위를 설명했다. 담장은 폭이 1미터 가까이 되고 중심부의 진흙을 돌멩이 층이 양옆에서 감싼 방식이다. 20센티미터 정도 높이로 손상 없이 서 있는 곳도 있지만 잡석 더미처럼 보이는 곳도 있다. 발굴이 이루어진 곳에서는 신석기 석조 건축물들이 땅속에 오래 묻혔던 탓에 비바람에 마모되지 않은 깨끗한 모습으로 드러났다. 돌은 건축에 알맞은 그 섬의 붉은 사암으로, 신석기 석공들은 특히 외장재로 썼다. 담장은 밖에서 다가오는 사람에게 멋진 인상을 주기 위해 만들어졌다.

"밖에서 오는 누구요?" 내가 물었다.

"아무나요." 그레이엄이 말했다.

담장이 무너지는 바람에 흩어진 돌들을 밟으면서 다닐 수 있는 구역도 있었다. 담장 동쪽에 깨끗한 틈이 나 있었다. 안쪽 공간으로 들어가는 출입구였다. 하지만 서쪽에는 담장이 사라지고 없었다. 담장은 현장 바깥으로 이어지는 것 같았다. 오늘 그들이 할 일이 이것이었다. 팀원 중 한 명인 댄 오미라가 그 담장이 이어진다고 여겨지는 곳에 시험적으로 도랑을 파보았었다. 적절한 깊이로 파 내려가니, 아니나 다를까 그것이 나타났다. 문제는 담장의 예상 위치가 현장 폐기물 더미 아래를 지나간다는 것이었다. 그들이 일을 시작할 때는 예견하지 못한 상황이었다.

그레이엄은 지역 농민에게 소형 불도저를 갖고 와달라고 부탁해 놓은 상태였다. 불도저로 폐기물을 밀어내고 그 밑을 발굴하기 위해서였다. 그러면 담장을 찾아 전체 둘레를 파악하고, 이 신석기 거주지의 전체 규모도 알 수 있을 것이다. 거기다 만약 담장이 예상되는 곳으로 뻗어 있다면, 그 안에는 두 채의 가옥 또는 어떤 구조물—역시 지금은 묻혀 있지만—이 들어갈 공간이 있을 거라고 그레이엄은 추정했다.

"그건 기쁜 일 아닌가요?" 내가 물었다. 물론 당연히 그랬다. 하지만 새로운 발견은 약간 골칫거리기도 했다. 유적관리국은 전부터 링크스팀에게 이번 시즌이 마지막 시즌이 되어야 한다고 거듭 강조했다. 더 이상 지원금은 없다고. 그 이유 중 하나는 유적관리국 자체가 사라지기 때문이었다. 스코틀랜드 정부는 재정 절약을 위해 유적관리국을 다른 조직과 통합해서 스코틀랜드 역사환경관리국을 만들었다.

"재정 얘기는 전에도 여러 번 했어요. 하지만 이번에는 진짜 같아요."

"그러면 어떻게 되나요? 여기가 그냥 다시 모래에 덮이나요?"

우연인지 의도적인지 우리는 그때쯤 현장 전체를 한 바퀴 돌고 컨테이너 앞으로 돌아와 있었다. 청색 컨테이너에는 닻을 품은 독수리 로고 아래 '미합중국 세관'이라고 적혀 있었다. 어떻게 이런 것이 웨스트레이 해변에 와 있는 거지?

헤이즐이 컨테이너 안의 간이 책상에서 서류 작업을 하다가 말했다. "아뇨, 모래로 덮이는 일은 없어요. 모래로 덮이면 안전하죠. 하지만 바람에 허물어질 거예요."

그레이엄이 말했다. "하지만 지금 우리는 새로운 게 나오면 발굴하는 게 임무니 그냥 해야죠."

나는 그 뒤로 2주 동안 그런 표현을 몇 차례 더 들었다. 내가 신석기 또는 청동기시대 사람들의 생활에 대해 물으면 이런 대답이 왔다. "그냥 살았죠. 그 사람들은 그때가 신석기나 청동기시대라는 걸 몰랐어요."

나도 '그냥 하는' 정신에 따라서 녹색 컨테이너에서 여분의 모종삽, 양동이, 무릎 매트를 가지고 나왔다. 모종삽질은 무릎에 무리가 되기 때문이다. 그레이엄은 나를 현장 서쪽으로 보냈다. 이제 드러나고 있는 담장과 아직 감추어진 구조물들이 있는 곳이었다. 불도저가 오기 전에 준비 작업을 해야 했다.

그 사이에 날씨가 쾌적해졌다. 섬 하늘은 넓게 펼쳐지고 얕고 푸른 언덕들에 농장들이 흩어져 있었다. 사람들은 코트도 벗었다. 나는 오후 내내 안나 마리아 디아나와 함께 모종삽으로 '퇴적층'을 팠다. 갓 박사과정을 마친 시칠리아 출신의 안나는 인간 유골고고학을 연구했다. 에든버러에서 공부했다길래 우리는 함께 에든버러 이야기를 하며 흙을 파고 이따금 도자기나 부싯돌 조각을 파냈다. 그 조각들은 '소형 발굴물'이라고 적힌 봉투에 넣었다.

우리는 나란히 앉아서 다른 일에 몰두한 채로 대화를 나누었다. 안나는 부모님이 각각 이탈리아와 루마니아 출신이라서 두 언어를 기본으로 장착했고, 이탈리아 억양이 섞인 영어도 완벽했다. 우리는 그녀가 일했던 에든버러의 여러 카페와 그 도시의 쥐가 끓는 셋집들 이야기를 했다.

계속 파 내려가니 좀 더 큰 돌들이 나오기 시작했다. 그냥 의미 없이 흩어진 돌들 같았는데, 현장 순찰을 하던 그레이엄이 보더니 말했다. "여기 뭔가 있는 거 같네요."

"정말요?"

그는 모종삽으로 그것을 가리켰다. "여기로 이렇게……."

나는 부싯돌의 질감이, 그것이 모종삽 아래에서 단단하고 야무지게 뒹구는 모습이 좋았다. 작게 쪼개서 날을 세운 그 부싯돌들은 갈색 섞인 분홍색도, 주황색도 있었다. 신석기시대 사람들은 그 재료를 아마도 해변에서 발견했을 것이다. 돌은 이 섬에 많다.

안나가 말했다. "대단한 발견을 못 해도 상관없어요. 전 그냥 흙의 색깔이 좋아요. 흙의 냄새도요. 하지만 이 거름 냄새는 싫어요!"

그 말이 맞았다. 거름 냄새가 났다. 농부가 언덕에서 거름을 뿌리고 있었다. 허리를 펴면 빨간 트랙터와 트레일러가 작은 밭을 올라갔다가 다시 돌아서 내려오는 모습을 볼 수 있었다.

개인적으로, 나는 땅을 팔 때 거름 냄새가 나는 게 재미있었다. 적절한 것 같았다. 고고학 버전의 향기 스티커라고나 할까? 신석기 시대에는 사방이 똥 냄새와 연기 냄새 천지였을 것이다.

"그리고 사람들 냄새도요." 안나가 말했다.

"5천 년 전에 이 거주지는 어땠을 것 같아요?" 내가 물었다.

"멋졌을 것 같아요. 그 사람들이 부러워요."

"하지만 그땐 일찍 죽었잖아요."

"평균적으로 그랬죠. 20대면 대부분 관절염을 앓았어요."

"사람들이 그렇게 일찍 죽었다는 게 믿기지 않아요."

우리는 바다를 등진 채 무릎을 꿇고 일했다. 바람이 없는 날이면 바다가 있다는 것도 잊을 수 있었다. 하지만 양동이나 손수레를 비우려고 뻣뻣한 허리를 펴면 바다가 북쪽 수평선까지 넓게 뻗어 있고, 가다랭이잡이새들이 다이빙을 하고, 바닷가재 어선이 통발 작업을 하고 있었다.

* * *

나는 섬 반대편의 깔끔한 집을 소개받고 거기 방 하나를 얻었다. 그 집은 도로가 끝나는 지점, 거의 곶 위에 있었다. 수백 년 전에 지은 계단식 박공의 회색 집으로, 우울한 스코틀랜드의 전형 같았다. 하지만 안은 따뜻하고 밝았고, 단단한 구식 마호가니 가구들이 있었다. 샹들리에, 인형의 집, 피아노, 대형 식탁도 있었다. 넓은 격자 창틀 창문이 사방에 있고, 창밖 돌담 아래에는 해변에서 볼 수 있는 잎이 두꺼운 하얀 들장미가 자랐다. 당나귀가 방목장에서 풀을 뜯었고, 방목장 너머로는 푸른 땅이 웨스트레이 만까지 1킬로미터가량 비탈져 내려갔으며 그 너머에는 다른 섬들이 솟아 있었다.

이 집의 주인인 샌디와 윌리 매큐언 부부는 지붕도 없이 허물어져 있던 집을 사랑과 열정으로 되살려냈다. 전기는 21세기 기술인 풍력 발전과 지열 발전으로 공급했다. 이 집은 긴 생애 중 처음으로 눅눅함을 떨쳤다. 자신을 만개시켜 줄 기술이 태어나기 3백 년 전에 지어진 집 같았다.

"저기 작은 둔덕 보이세요? 땅 끝 쪽에요." 내가 창밖을 바라보는데 샌디가 옆에 와 섰다. 그녀는 작은 체구에 굵게 땋은 반백 머리였다.

"네, 보여요."

"철기시대 매장지였어요. 다른 섬에 있어요. 유골이 백 구 넘게 나왔고 그중 아기도 많았어요. 봉분이 침식돼서 사람들이 발굴했죠. 그때 헤이즐과 그레이엄을 만났어요. 그 사람들이 좋아요. 두 사람은 아기들을 함부로 다루지 않았어요. 그곳은 선사시대에 수백 년 동안 묘지였는데, 그 뒤로 바이킹이 와서 어업 기지를 세웠어요."

샌디 부부는 퀘이커 교도다. "이 집은 여덟 가지 신앙으로 축복받았어요." 샌디가 말했다.

"느껴져요. 좋은 느낌이에요." 내가 말했다.

그 집의 이름은 '웨스트맨스'였고, 나는 폭풍의 언덕 같은 웨스트맨스와 모래 가득한 링크스 오브 놀틀랜드 사이를 추처럼 왕복했다. 때로는 운전을 했고 때로는 자전거를 탔다. 하늘이 끝없이 넓고 들판에 소가 있다. 도로에는 갈매기, 찌르레기, 할미새, 밭종다리 들이 있었다. 나는 참새들 사는 곳을 알고 마도요가 좋아하는 거친 들판도 알았다. 농장과 집에는 대부분 사람이 살았지만 폐가들도 있었다. 매일 내 눈길을 끈 것은 언덕 위의 어느 웅장한 농장, 아니 그보다는 그 집 남쪽의 담장 두른 정원이었다. 섬에 그런 것은 드물었다. 그 집은 오래전에 폐가가 되었지만 정원은 섬의 유일한 숲이 되었다. 바람이 조각한 4천 제곱미터 면적의 빽빽한 단풍버즘나무 숲.

담장 안의 신석기 가옥들은 쉽게 말하자면 각 고고학자의 개별 소유였다. 메이브의 집이 있고, 돈의 집이 있고, 에밀리의 집, 레슬리의 집이 있었다. 모두가 발굴과 도면 작성을 통해 자신의 집을 속속들이 알고 있었다.

다음날 나는 현장을 더 잘 이해하려고 여기저기 돌아다니며 '집주인'들과 이야기를 했다. 그들은 비슷한 표현을 반복했다.

"이게 어떤 관련이 있는지 보려고요."

"무슨 일인지 알아내려고요."

"그러면 이걸 밝힐 수 있을 거예요."

"이 집은 시대가 더 앞서요. 신종 부싯돌이 나와요." 신종이라는 건 더 오래되었다는 뜻이다.

돈 구니는 담장 안 중심부의 집을 발굴 중이었다. 그녀는 뼈 전문가고 몇 시즌 전부터 여기서 일했다. 오늘은 집 입구 옆의 안쪽 모퉁이를 그림으로 옮기고 있었다. 그곳은 내가 보기에도 변경을 가한

흔적이 역력했다. 입구는 20센티미터 높이 돌벽으로 분명히 구분되어 있고, 본래 건물이 거의 십자형이라서 모퉁이들이 뾰족하다. 하지만 누군가 내부 공간을 좀 더 둥글게 만들기 위해 모퉁이를 메워야겠다는 생각을 했던 듯하다. 신석기시대 보수 작업은 원 건축의 수준을 따라잡지 못했다. 돈은 그 모습을 꼼꼼히 그리고 사진으로 찍은 뒤 수정을 가해서 거기 감추어진 애초의 날카로운 모습을 밝히려고 했다.

"저는 이런 일이 좋아요." 그녀가 땅바닥에 무릎을 꿇으며 말했다. 머리카락은 눈을 가리지 않도록 검은 밴드로 묶었다. "저는 현실적인 사람이고, 수천 년 전에 똑같은 생각으로 이 일을 한 사람의 마음을 알고 싶어요. 새로 들어온 며느리가 자기 의견을 관철한 것 같은 느낌이에요. '저 음침한 모퉁이를 없애자!' 하고요."

그리고 5천 년 전의 누군가가 바닥을 다시 깔기로 결심했다. 이전의 바닥은 너무 거친 데다 쓰레기와 뼈로 지저분하다고.

그 사람은 섬 다른 지역에서 거기 맞는 흙을 가져다가 바닥을 새로 깔고 그 중심에 10센티미터 높이의 경계석을 앉힐 홈을 팠다. 화로 자리였다. 그는 홈에 길쭉한 돌을 넣었지만 마음에 들지 않아 짧은 돌로 교체했다. 돈의 눈에는 그 행동이 그렇게 구체적이고 확실하게 그려졌다. 그 사람은 먼 옛날의 어느 날 두어 시간 작업을 했을 거라고.

그 사람이 남자였는지 여자였는지 알 수는 없지만 남자였을 가능성이 높다. 이 돌들을 그림으로 그리고 사진으로 찍은 뒤에 마침내 치울 때면 그 일은 현장에서 가장 힘센 남자들—주로 댄 또는 크리스터—이 맡았기 때문이다. 그들이 돌들을 폐기물 더미에 던져놓으면 신석기 수공품은 사라졌다.

문제는 연대 측정이라고 돈은 말했다. 탄소 연대 측정이 가능한 유기물이 없으면 변경 작업 사이에 얼마나 많은 시간이 흘렀는지 알기 쉽지 않다. 정말로 며느리가 들어와서 고친 것일 수도 있고, 그 사이에 몇 세기가 흘렀을 수도 있다. 아예 다른 사람이 들어와서 새로 지은 흔적인지도 몰랐다.

시간 간격이 얼마건 간에 먼 옛날의 이런 개축과 변경 작업은 (크건 작건) 가정에 관련된 것이었다. 이 바닷가 집단 거주지에서 드러나는 것은 수백 년 동안 누적된 평범한 사람들의 평범한 생활이었다. 현장 외곽에 서서 집들을 바라보니 각각의 집에서 일하는 여자들이 보였다. 바닥 또는 식탁에 웅크린 모습. 허리를 굽히고, 물건을 옮기고, 무릎을 꿇고, 무언가 들어올리는, 수많은 모습들.

화로 제거 작업은 돈의 몫이었다. 까맣게 타서 오래전에 묻힌 흙이 그녀의 모종삽 아래 벗겨지고 있었다. 하지만 그 밑에는 더 오래된 화로, 더 오래된 바닥의 얼룩이 있을 거라고 그녀는 확신했다.

애초의 건축은 남성적이기도 했다. 가옥의 벽들도 돌담 울타리처럼 돌멩이들이 양면을 감싸고 안에 진흙을 채운 구조였다. 어떤 바람과 눈비도 철통같이 막아주었을 것이다. 집 안은 화롯불 타는 소리, 사람들 움직이는 소리와 말소리를 빼면 조용했을 것이다. 연기 때문에 기침 소리는 있었겠지만.

* * *

링크스 오브 놀틀랜드는 접근성이 좋지 않은데도 현장에 매일 방문객이 찾아왔다. 여기 오려면 커크월에서 배를 타고 90분을 달린 뒤 부두에서 육로로 11킬로미터를 더 이동해야 한다. 링크스에 오는 버스는 없고 택시는 섬 전체에 전혀 없지만, 그래도 매일 두셋에서 네댓에 이르는 팀이 해변에서 걸어와 있으나 마나 한 출입문을 지나 현장까지 올라왔다.

그러면 그레이엄 또는 헤이즐이 일을 멈추고 방문객들에게 현장을 소개하며 설명해 주었다. 대부분 감탄하며 떠났지만 "말도 안 돼요. 5천 년 전이면 사람은 원숭이였다고요." 하고 단언한 사람도 있었다고 한다.

어느 날 오후에 한 노부부가 해변의 부드러운 모래를 뚫고 천천히 현장으로 올라왔다. 흔히 그렇지만 그들은 60대, 70대, 심지어 80대까지 취미 생활을 즐길 여유가 있는 은퇴자, 여행자들이었다. 헤이즐에게 설명을 들은 뒤 그들은 현장 주변을 둘러보다가 내가 여전히 서툰 눈길로 그곳을 살펴보며 서 있는 곳까지 왔다.

그들은 호주인이었고 노신사는 감성 여행 중이었다. 나와 함께 현장을 내려다보며 고고학자들을 관찰했지만 그가 말하고 싶은 것은 가족 이야기였다. 큰 키에 지친 눈매를 한 그는 조상이 웨스트레이 출신이라고 했다. 정확히 그의 고조할아버지가 1870년에 19세의 나이로 섬을 떠났다고.

그는 이 섬에 처음 왔지만 탐문 끝에 고조할아버지가 마지막으로 살았던 오두막을 찾아가 보았다. "보세요……." 그가 카메라를 내밀고 섬의 전형적인 19세기식 방 두 칸짜리 집을 보여주었다. 아마 평판석이었을 애초의 지붕은 골함석 지붕으로 바뀌고 창문은 깨졌지만, 그 언덕의 유일한 집으로 아직도 남아 있었다.

"멋지네요. 찾아서 정말 기쁘셨겠어요……." 내가 말했다.

"찾기 쉬웠어요. 섬사람들에게 물었더니 '아니, 그 사람들 후손 이라고요? 저 위에 그 집이 있었어요…….' 하고 알려줬지요. 할아버지가 배를 타고 떠난 부두도 가보았어요."

이어 부인이 말했다. "여기는 저희 집이랑 완전히 지구 반대편이에요."

부인은 5천 년 동안 땅속에 차갑게 누워 있다가 이제 발굴되고 있는 신석기시대의 집들을 바라보았다. 그리고 시간과 그 흐름에 전율을 느꼈는지 말했다. "인생은 정말 짧은 것 같아요."

오후 휴식 시간에 내가 고고학자들에게 조상의 집을 찾은 호주 남자 이야기를 했더니 그들은 웃었다.

"아마 모든 사람한테 똑같은 집을 보여줄걸요……. '여기가 당신 할아버지가 살던 집이에요.' 하고요." 크리스터가 말했다.

"아마 매매로 나온 집일 거예요!" 에밀리가 말했다.

그 후에 눈에 띄는 꽃무늬 여름 치마를 입고 온 잉글랜드 여자세 명이 말했다. "저희는 지금 여기 웨스트레이에 살아요."

섬 인구의 절반이 유입 인구고 대부분 잉글랜드 출신이다. 가게와 호텔 바에서는 잉글랜드 억양이 흔히 들린다. 이런 인구 유입 덕분에 웨스트레이는 학교와 상점을 위기에 빠뜨렸던 쇠퇴기를 벗어나 지금은 인구가 7백 명에 이르렀다.

"여행객들은 여기가 아름답고 자연에 가깝다고 생각하지만, 사실 여기는 단일농업 지역이에요." 나중에 그레이엄이 말했다.

"농장들 말씀인가요? 모두 소를 키운다는?"

"여기 사람들은 한 가지 일을 하고 그 일을 잘해요. 다양성이 부족하고, 심지어 발굴이 시작된 뒤로 더 줄었어요. 감자밭이 줄고 경작할 수 있는 땅도 줄었죠. 신형 페리선이 취항해서 사람들이 차를 가지고 커크웰의 대형 마트에 가기 쉽거든요."

일과가 끝날 때면 그레이엄은 오후에도 그러듯이 경위도 계측기 앞에 서서 발굴물들의 위치를 기록하고 번호를 호명한다. 3015번 부싯돌, 3016번 부싯돌, 3017번 단지. 때로 황색 또는 분홍색 석영도 있었다. 발굴물은 비닐 봉투에 담긴 채 기다리다 보관소로 가고, 거기서 발굴 작업이 종료되고 분석과 연구라는 긴 '사후 작업'이 시작될 때까지 다시 기다릴 것이다. 그 부싯돌과 뼈 들은 명성의 시간을 이미 오랫동안 기다렸다.

5시 10분 전 무렵 그레이엄이 발굴물을 기록하고 신호를 주면, 사람들은 모종삽을 던져 넣은 양동이를 수레에 실은 뒤 현장 오두막으로 끌고 갔다.

일과 시간 이후까지 현장에 남아 있는 사람은 그레이엄뿐이었다. 그는 파란 코트와 털모자 차림으로 생각에 잠겨 자신의 구역에 서 있었다.

"무슨 생각 하세요?" 내가 물었다.

"약간 혼란스러워요. 아직 전체 그림이 안 그려져요."

"언젠가는 그려질까요?"

"그래야 해요! 안 그러면…… 다 잊어버려야 할 테니까요."

* * *

저녁이 길고 밝아서 나는 저녁이면 보통 산책을 나갔다. 들판

사이 모랫길이 다른 만으로 이어져 있었다. '메이샌즈Mae Sands'라는 이름의 깊숙한 만이었다.

언제나 변함없이 몇 마리 소가 풀을 뜯고 갈까마귀 무리가 서로를 부르며 공중을 굴렀다. 오솔길 가장자리처럼 소들이 갈 수 없는 드문 곳에는 보라색 수레국화, 톱풀, 꿀풀이 자라고 주황색 벌들이 꿀을 모았다.

오솔길은 동쪽으로 굽는 7~800미터 모래밭으로 이어지고, 그 뒤쪽은 모래 언덕들이 벽을 이루었다. 모래밭에는 서양갯냉이 덤불이 꽃을 피우고 있었다. 사방은 고요하고, 희미한 갯냉이 향기가 해변에 퍼졌으며, 덤불 뒤편에는 지나가는 바람이 바람개비 무늬를 만들어놓았다. 해안선에서는 꼬까물떼새들이 잡초들 틈에서 먹이를 찾았다. 물범 두세 마리가 바다에서 육지를 바라보았다.

현장에 있으면 문득문득 시간이 늘어나거나 쪼그라드는 듯한 느낌이 밀려들었다. 나는 신석기 또는 청동기시대라는 이름이 붙은 그 시대의 시간들을 마음속에 거듭 되새겨야 했다. 그 사람들의 하루하루도 우리의 날들만큼 길고 중요했을 거라고.

이 섬의 개척자들을 떠올려보았다. 배에 식량을 싣고 산 동물을 묶은 채 외로운 해안에 상륙한 이들을. 곡물 씨앗과 연장, 그물 씌운 양은 이미 그 2천 년 전부터 유럽 전역에서 변화를 불러일으킨 '신석기 패키지'였다. 그 생활 방식은 우리를 불가피하게 한 장소에 묶어놓았다.

하지만 그것이 어떻게 시작했는지가 중요한가? 링크스에서 드러나는 것은 길고 다양한 그 '중간 단계', 우리 대부분의 일상인 '그냥 하기'다. 우리가 다행히 평화의 시기를 산다면 말이다.

그런데 평화가 있었나? 큰 갈등이나 전쟁의 증거는 발견되지 않았다. 하지만 거칠게 묻힌 시신, 머리 없는 시신은 있었다.

"무슨 일이었을까 궁금해요⋯⋯." 그레이엄이 나직하게 말했다.

* * *

현장에서 나는 안나와 함께 우리가 맡은 '퇴적층'을 계속 파면서 이 담장 울타리라는 개념에 집착했다. 그것은 단순하고 또 경계였기 때문이다. 담장 바깥에 이미 발굴된 구조물들이 있었다. 다른 가옥, 청동기시대 물건들이었다. 하지만 이제 나는 담장을 통해 현장을 조금 더 이해할 수 있었다. 담장 안쪽은 마을이고 담장 바깥, 울타리 바깥은 거친 미지의 땅이었다.

헤이즐의 한 마디가 내게 오래 남았다. 신석기시대 초기의 농부들은 야생에서 겨우 한 걸음을 더 나간 것이고, 그들도 그것을 알았다는 것이었다. 나는 '야생'이라는 개념이 처음 생겼을 그 시절, 그들에게 그것이 어떤 의미였을지 궁금해졌다. 그들에게 농업 이전, 가축을 기르기 전의 삶에 대한 이야기가 남아 있었을까? '야생'은 그들에게 어두운 기쁨을 주었을까? 아니면 부끄러움을 주었을까?

현장에서 화살촉들이 발견되었다. 사람들은 여전히 사냥을 했다. 사슴에 대한 가설도 나온 적이 있다. 사슴 뼈들─골격 전체─이 발견되었기 때문이다. 하지만 지금 섬에는 사슴이 없다. 섬은 너무 작고 농경의 손길이 강력하다. 신석기시대 사람들이 외지에서 반입해서 야생으로 남아 있는 오지에 풀어주고 이따금 사냥했을 가능성도 있다. 하지만 그들은 대부분 소를 키우는 농민이었다.

몇 년 전에는 소의 두개골들이 가옥들과 살짝 떨어진 위치의 큰 건물 벽 안에 박혀 있는 채로 발견되었다. 모두 뿔이 아래를 향해 뒤집힌 모습으로 둥글게 배열되어 있었다. 그들은 그 위에 벽을 쌓고 꼭대기에 진흙을 덮어 겉에서는 보이지 않게 했다. 하지만 이 공간을 사용하는 사람들은 그것의 존재를 느꼈을 것이다.

　"무슨 의미였나요?" 내가 물었다. "대량 도축? 어떤 대규모 희생 제의?"

　"아뇨." 헤이즐이 말했다. "왜 그런 일을 하겠어요. 보존 기술이 없는데 그렇게 많은 소를 한꺼번에 도축하는 건 자멸적 행위였을 거예요. 연대 측정을 해보니 이 소들은 2백 년에 걸쳐 죽거나 도축되었어요. 두개골을 모아두고 있었던 거예요……."

　"소장해 둔 거죠." 그레이엄이 말했다.

　"……어떤 식으로건 모아두었다가 건물을 지을 때 넣은 거예요."

　"대대손손 모아두었다가 벽에 넣었다고요?"

　"상징적이거나 예술적인 의미가 있었을 거예요."

　헤이즐과 그레이엄은 현장 사무실로 쓰는 컨테이너에 있었다. 서류와 보관품이 사방에 있었다. 보험 서류가 벽에 꽂히고 섬 의사의 전화번호도 있었다. 헤이즐이 말했다. "사람들이 그걸 어떻게 해야 할지 몰랐던 것 같아요. 너무 많아서 보관하기는 힘든데 버리기에는 소중한 물건이었던 거죠. 그런 경우 있잖아요. 그래서 이런 해결책을 낸 게 아닌가 싶어요."

　나는 헤이즐과 그레이엄이 모든 점에서 생각이 일치하지는 않아도 전반적 태도에는 이런 공통점이 있다는 걸 이해하기 시작했다.

오컴의 면도날. 단순한 설명이 통할 때 복잡한 해석을 찾지 마라. 유럽의 신석기 유적지들에는 소의 두개골이 눈에 잘 띄는 위치에서 발견되거나 다량으로 발견되는 곳이 많고, 오크니제도에도 그런 곳이 있다. 때로는 홍보 욕심에 자극적인 기사 제목도 나왔다. 대량 희생제의가 있고 떠들썩한 잔치가 그 뒤를 따랐다는 식으로.

"하지만 소의 두개골을 아무 생각 없이 보관했을까요? 결국은 처분할 수밖에 없는데요?"

"이 동물들은 아마 생애 서사가 있었을 겁니다." 그레이엄이 말했다.

"무슨 말씀인가요?"

"각 개체가 인격체로 여겨져서 이야기의 주인공이 되었을 거예요."

"이름도 있고요?"

"아마도요."

"사람들이 소를 존중했다고 생각하시나요?"

"숭배했죠!" 헤이즐이 웃었다.

그리고 그들은 소의 뿔을 사랑했다. 링크스 사람들이 소뿔을 관리하고 '야생 같은' 외양을 선호했을 수도 있다. 그들은 큰 덩치와 긴 뿔을 좋아했고, 그것을 얻기 위해 이따금 야생 소인 유럽원우原牛를 데려다 교배를 시켰을 거라는 초기 단계의 가설이 있다. 유럽원우는 대형 야생 소로 지금은 멸종했다. 유럽원우를 여기 데려오려면 스코틀랜드 본토에 가서 원우 송아지를 잡고 배에 묶어서 펜틀랜드만을 건너고 이어 육로로 웨스트레이까지 끌고 와야 했을 것이다. 정말 그랬다면 보통 일이 아니었다. 그리고 그게 모두 링크스 사람들이 뿔난 소를 좋아하고 소가 그들의 자부심이자 기쁨이어서였다. 그러니까 만약 그들이 정말로 그랬다면. 하지만 지금 이 순간 그것은 뼛조각에 담긴 암시, 두개골에 대한 추정에 불과하다.

* * *

저녁 외출 때 나는 이따금 남쪽 도로의 마지막 1.5킬로미터가량을 자전거로 달렸다. 내 숙소가 있는 멋진 집 근처기도 했다. 도로는 잠시 가파른 언덕을 오르며 찌르레기 백여 마리가 앉아 있는 개방된 축사와 소들이 풀을 뜯는 들판들을 지난 뒤 언덕 기슭을 달려 어느 마당으로 이어졌다. 도로 끝에서 절벽 위의 등대까지 걸어갈 수도 있었다.

다공 블록으로 지은 헛간이 바람을 막아주어서 나는 자주 거기 쭈그리고 앉아 새를 보았다. 내게는 언제나 적응의 시간이 필요했다. 사람들과 함께 고대의 좁은 땅에 집중해서 하루를 보낸 뒤 혼자서 '현재'라는 광막한 순간을 맞는 일은 충격을 안겨주었다.

앞에는 좁은 만이 반짝였다. 때로는 바다가 포효했다. 황조롱이가 해안선에서 자주 사냥했고, 어느 날 저녁에는 만조가 들어 파도가 갯바위들 위로 밀려들고 마도요 떼가 뭍에 올라와 잠을 자는데 제비 한 마리가 떠나는 모습을 보았다. 제비가 검은 점처럼 깜박이며 내 눈길을 끌었다. 새는 육지를 떠나 물결 너머 남쪽 나라로 날아갔고 금세 시야에서 사라졌다. 용감하고 작은 새.

하지만 내가 주로 주목하는 건 폐허였다. 새 농장 건물들에는 관심 없었다. 헛간은 바람을 막아주었지만 나는 갈수록 옛 축사와 허물어진 오두막, 그리고 농부들이 다 쓴 타이어와 나무 깔판, 고장 난 기계 부품을 던져 넣는 이런저런 구석 공간에 눈길이 갔다.

그날 나는 오래전에 버려져 쐐기풀에 덮인 오두막들 앞을 지나 갔다. 지붕은 있으나 마나 했고, 유리 없는 창 안쪽으로 벽난로와 녹색 칠이 벗겨진 문틀이 보였다. 지붕 구멍으로 들어온 빛이 쓰레기와 잡동사니를 비추었다. 어느 문 옆에 이 섬의 방식대로 평판석으로 만든 물탱크가 있었다. 이 집들이 내 마음을 끌었다. 사람들은 어디 갔을까? 근처로 갔을 수도 있고 호주로 갔을 수도 있다.

버려진 지 너무 오래돼서 엔진 틈새로 풀들이 자란 트랙터가 있었다.

원래 이런 거라고 나는 생각했다. 지난날 링크스는 이랬을 것이다. 낡은 건물 옆에 새 건물이 들어서면서 낡은 건물은 원래의 용도를 잃고 쓰레기 더미가 되었지만, 이후 새로운 아이디어를 가진 후손들이 청소하고 개축했을 것이다. 그런 뒤 모든 것이 버려져서 수천 년 동안 잠을 잤다.

* * *

곧 불도저가 왔고, 그것이 덜컹거리며 폐기물 더미를 밀어버리는 모습은 시원하고도 섭섭했다. 마을 농부는 주황색 소형 불도저를 조종해서 몇 번의 능숙한 동작으로 폐기물뿐 아니라 그 밑의 초목과 모래까지 전부 떠내서 현장과 이웃 목장을 가르는 철망 울타리 앞에 가져다 버렸다. 몇 달 동안 땀 흘린 작업, 손으로 파낸 흙과 모래와 돌이 한 시간 만에 사라졌다. 일이 끝나고 농부와 기계가 떠나자 이리저리 긁힌 초콜릿 빛깔의 평평한 땅이 드러났다.

3,500년 만에 처음 햇빛을 만난 이 진갈색 흙은 청동기시대의 밭 흙이었다. 이 흙은 햇빛을 오래 누리지 못할 것이다. 그 아래쪽에 그 레이엄과 헤이즐이 캐내고 싶어 하는 신석기 유물이 있기 때문이다.

하지만 청동기시대 사람들은 바로 여기서 농사를 지었다. 돌이 많고 모래바람이 불어도 흙은 비옥하다는 것을 알았으니까. 이 흙이 비옥한 것은 신석기시대의 쓰레기를 밑에 깔고 있었기 때문이다. 청 소 쓰레기, 조개껍데기, 배설물과 재. 그리고 개들이 음식 찌꺼기를 찾아다닌 곳의 뼈 더미들 같은.

청동기시대가 되면 신석기시대의 집들은 이미 땅속에 묻혀서 흙 위로 튀어나온 귀찮은 돌멩이 정도밖에 되지 않았다.

시간이 수축하고 팽창하고 빙글빙글 돈다고 말한 건 바로 이런 의미에서다. 땅속 깊이는 겨우 몇 센티미터 차이지만 두 시대 사이 에 엄청나게 많은 시간이 흘렀다는 것을 나는 계속 되새겨야 했다.

청동기시대, 신석기시대. "그건 그냥 라벨일 뿐이에요." 고고학 자들은 말한다. "사람들은 그냥 살았어요. 그리고 청동기시대라고 말은 해도 오크니제도에서는 청동 물품이 거의 발견되지 않았어요."

"이 돌을 봐요." 에밀리가 말했다. 그녀는 신석기시대의 집 또는 그 비슷한 구조물에서 작업을 하다가 어떤 알 수 없는 이유로 집 안 의 평판석 위에 놓여 있는 작은 사슴의 골격을 조심조심 발굴하고 있었다. 에밀리가 일어나서 나에게 그 구조물의 돌 하나를 보여주었 다. 위쪽 표면은 여기저기 긁히고 가장자리는 쟁기 날에 패어 있었 다. 돌멩이에 부딪힌 돌쟁기. 아마 쟁기 날이 깨졌을 것이다. 그들은 사라진 언어로 욕을 하고, 짜증나는 돌멩이와 조상의 담장과 가구를 파내서 치워버렸을 것이다.

마침내 사람들은 이 작은 들판에서 농사 지으려는 노력을 포기했다. 기후가 추워지고 모래바람이 너무 잦았다. 그들은 다른 곳으로 떠났고 시간이 흐르면서 모래 언덕들이 생겨났다. 그 모래 언덕들은 우리 시대까지 남아 있다가 새로운 바람에 날아갔다.

하지만 링크스 마을을 떠난 사람들은 어디로 갔을까? 2천 년 전 같은 미개척지 또는 주인 없는 땅은 이제 없었다. 오래전의 선조들처럼 배를 타고 새로운 곳에 가서 그냥 정착할 수는 없었다.

"멀리는 못 갔어요." 에밀리가 말했다. "저기 해변의 풀둔덕 보여요? 저기는 철기시대 거주지예요."

현장 오두막에서 점심을 먹은 뒤 나는 안나, 댄과 함께 새로 드러난 구역의 작업을 하러 돌아갔다. 우리는 땅 표면을 파서 그 밑에 있는 구조물을 찾아내야 했다. 힘든 일이었다. 힘이 센 댄은 단단하게 다져진 갈색 흙을 빠르게 파 내려갔다. 그가 담장에 가장 가까운 위치였다.

그는 항상 검은 옷을 입고 뒤로 묶은 머리에 검은 스카프를 약간 해적 스타일로 둘렀으며, 목에는 굵은 구슬이 달린 검은 띠를 걸었다. 체구가 작은 안나는 중간에서 작업했고, 신참인 내가 그다음이었다. 우리는 무릎 밑에 패드를 깔고 나란히 뒤쪽으로 이동했는데, 흙이 얇아서 담장 또는 그것의 남은 부분이 드러나기 시작했다. 그레이엄의 예견대로 담장이 경계를 지은 마을 안에 더 많은 구조물들이 나타났다. 아마 가옥들일 테고, 발굴팀은 시즌 끝까지 남은 두 달 동안 발굴해야 할 것이다.

예상이 적중했는데도 헤이즐과 그레이엄은 지쳐 보였다. 그들은 신석기시대 한가운데서 아주 현대적인 문제를 겪고 있었다. 지원금이 떨어져 갔기 때문이다. 스코틀랜드 역사환경관리국은 올해가 마지막이라고 거듭 경고했다.

한 시간 뒤 나는 컨테이너의 간이 책상 앞에 앉아 있는 헤이즐을 보고 지원금 일을 물어보았다. 끝이 다가올수록 더 많은 것이 발견되고 있었다. 전형적이었다. 역사환경관리국의 예산은 신석기시대 농부들이 마을을 짓고 또 지을 때 고려한 것이 아니었다.

"역사환경관리국이 정말로 발을 빼면 어떻게 되나요?"

"다른 곳에 찾아가서 온갖 제안을 해야죠. 이제 EU의 지원은 기대할 수 없어요. 다른 지원 단체들이 있지만……."

"어떤 제안이요?"

"고고학과 무관한 사람들을 참여시키겠다는 거나 그 비슷한 거요."

밖에는 바다와 모래가 있고, 조금 먼 바다에는 거의 매일 나오는 똑같은 바닷가재잡이 배가 떠 있고 가다랭이잡이새들이 다이빙했다. 육지에는 언덕 위의 농장들, 풍력 발전기, 조용히 풀을 뜯는 소들.

"어떤 사람들요?"

"모래 언덕에 오줌 눌 일이 없는 사람들요. 현장을 일반 대중, 관광객, 크루즈 승객 들에게 공개해서 지원금을 모으려면 화장실을 설치해야 돼요. 그런데 여기는 화장실을 만들 땅이 없어요. 사방에 유물이 있으니까요. 그리고 제가 여기 유람선을 들여오는 장본인이 되고 싶은지도 모르겠어요……."

"유람선의 도움을 기대해야 한다니 기이하네요. 기름값이 오르면 유람선도 없을 텐데."

군이 고고학자가 아니더라도 석유 시대의 역사가 신석기시대의 절반도 지속되지 않을 거라는 건 누구나 안다.

헤이즐이 말을 이었다. "한 가지 대안은 미숙련 인력을 쓰면서 여기를 현장 학교처럼 운영하는 거예요. 하지만 그 사람들을 관리하고 보호하는 일은…… 사람들을 '참여'시키는 데 실제 작업보다 더 많은 시간과 에너지가 들어가요."

"그러면 여기가 그냥 모래에 묻혀버리는 건가요?"

"묻히지 않아요. 그게 문제예요. 다시 모래에 덮이면 안전해요. 하지만 이 구조물들은 지금 밖에 드러나 있어서 바람에 금세 파괴될 거예요."

문제는 '그게 우리에게 중요한가?' 하는 것이다. 우리는 5천 년 전 사람들이 여기서 어떻게 살았는지 알고 싶은가? 미래로 나아가는 우리가 과거에 어땠는지를 알고 싶은가? 지나간 시절, 또는 어쩌면 다시 돌아올 시절에 대해? 우리의 '참여'—그게 맞는 표현이라면—방식에 대해, 자연 세계와, 이 행성과 관계를 이룰 방식에 대해.

현장에 돌아오자 대화는 유쾌해졌다. 댄과 안나, 나는 함께 무릎을 꿇고 청동기의 흙을 긁으면서 기후 변화에 대해, 저항이 불가능해 보이는 국제적 권력과 기업들에 대해 이야기했다.

루이스 섬에서 해상 석유 굴착기가 폭풍에 무너져 해안에 밀려온 일, 그것이 몇 주 동안 계속 해안에 석유를 유출시킨 일을 이야기했다.

댄이 말했다. "대형 운석 충돌이나 화산 폭발 한 번으로 다시 석기시대로 돌아갈 수도 있어요."

"괜찮을 것 같은데요." 내가 가볍게 말했다. "석기시대 말이에요.

작고 아늑한 집, 어디서나 보이는 바다. 소고기와 굴. 이따금 이상한 전통 의식들이 있고 수명은 짧지만 인생은……."

"우리는 살 수 있지만 평범한 사람들은 못 살아요. 도시에 사는 평범한 사람들은요."

댄은 다시 귀에 이어폰을 꽂고 작업으로 돌아갔다. 그가 맡은 구역이 있었고 그곳엔 부싯돌이 많았다. 부싯돌 조각을 넣은 작은 폴리에틸렌 봉투가 주변을 덮고 있었다. 안나와 내가 파는 갈색 흙은 담장에서 겨우 1미터 안쪽이었지만 이따금 작은 뼛조각만 나왔다. 나는 헤이즐이 왔을 때 화난 척했다. "너무해요! 댄한테는 저렇게 많이 나오는데 우리는 아무것도 없어요."

헤이즐은 슥 훑어보더니 통찰력 있는 대답을 주었다. "사람들이 담장에 올라앉아서 부싯돌을 만들었나 봐요."

오후 햇빛 속에 마을 담장에 올라앉아서 잡담을 하며 일하는 사람들. 그 모습이 눈에 보이는 것 같았다.

다음날 그레이엄은 더 활기찼다. 한 주가 마무리되면서 여러 가지가 맞아떨어지고 있었다. 불도저는 떠나고, 담장이 발견되고, 정말로 거기서 새로운 구조물들이 발견되었다.

"이제 그걸 발굴해야 해요. 그게 우리 일이에요. 땅속에서 파내는 거요. 그런 다음에는 떠나야죠."

* * *

금요일 밤에 술자리가 있었다. 섬의 유일한 호텔에 주크박스와 와이파이가 있는 소박한 술집이 있었다. 손님은 두 무리였다. 작업복과 장화 차림의 웨스트레이 농부들은 바에 앉고, 씻고 깨끗한 옷으로 갈아입은 발굴팀원 대여섯 명은 구석에 따로 앉았다. 양쪽은 사이가 나쁘지 않았고 발굴 작업이 몇 시즌째 이어져서 서로 안면도 있었지만 섞이지는 않았다. 한쪽은 여기저기 떠돌며 불안정한 삶을 사는 타지의 고고학자들이고, 한쪽은 조상의 땅에서 대대손손 사는 농부들이었다.

어떤 고고학자들은 이미 다음 일자리, 다음 숙소를 생각하며 노트북 컴퓨터나 태블릿을 열어놓고 지원서와 기금 신청서를 작성했다.

하지만 시간이 지나자 노트북은 접히고, 크리스터가 주크박스에 돈을 넣자 농담과 이야기가 펼쳐졌다. 재치 있는 것도 있고 썰렁한 것도 있었다. 중간에 헤이즐과 그레이엄이 왔고 어쩌다 보니 이야기가 유령으로 흘러갔다. 나는 이 현실적인 사람들 상당수가 유령 개념을 배척하지 않는 데 놀랐다. 아무도 비웃지 않았다. 어쩌면 그들이 작업할 때 가져야 하는 개방성과 유연성이 삶과 죽음의 다른 면에도 이어지는 것인지 몰랐다. 또 과거에 대한 수많은 상상에도. 아일랜드 출신들이 아일랜드 전설 속 죽음의 요정 밴시banshee에 대해 말했다. 크리스터가 말하길 밴시의 울음은 '맥Mac'이나 '오O'로 시작하는 아일랜드 특유의 성씨를 한 사람들만 들을 수 있고, 실제로 아직도 죽기 전날 밤에 밴시가 문을 두드리며 우는 소리를 듣는 사람들이 있다.

하지만 신석기시대의 유령, 선사시대 영혼에 대한 이야기를 들은 사람은 없었다. 하루 종일 그들의 유물들 속에서 지내는데도. 유령은 몇백 년 정도만 머물다 역시 사라져 버리는 것 같았다.

보름달 비스무리한 달이 떴고, 숙소로 가려면 자전거를 타야 했다. 조용한 들판 사이의 어두운 도로들, 시끄러운 기러기들의 들판, 달빛 비치는 바다. 마지막 구간을 달릴 때 내가 사는 집이 달빛 가득한 하늘을 배경으로 실루엣을 드러냈다. 샌디와 윌리는 주말여행을 떠났다. 집에는 여덟 가지 복을 받은 빈 방들과 유령처럼 창백한 고양이 한 마리뿐이었다.

링크스 사람들은 유령을 믿었을까? 그들에게 죽은 자들이 필요했던 건 분명했다. 신석기시대에 지은 그 많은 돌방무덤들을 생각해보라. 허리를 굽히고 들어가는 낮은 입구. 조상을 제대로 대접하기 위해 만든 듯한 특이한 유골 보관소. 돌무덤들은 더는 쓰이지 않아 기억에서 사라졌지만 풍경에는 계속 남아 민담의 배경이 되었을 것이다.

밤사이 날씨가 바뀌었다. 새벽 무렵 깨어서 창밖을 보니 들판과 옛 집단 무덤 위로 비가 비스듬히 내리고 있었다. 담장가 들장미 덤불 속 하얀 꽃이 세차게 흔들렸다.

* * *

지금까지 링크스 오브 놀틀랜드의 발굴물 중 가장 유명한 것은, 발굴 초기인 2009년에 발견되었다. 시간순으로 좀 더 나중 물건이라는 뜻이라고 사람들은 말한다. 지금 발굴되는 것보다 이후 시대의 것이다.

비가 그치자 나는 그 유물을 보러 피러월의 웨스트레이 유물센터에 갔다. 유물센터는 전시실 두 개짜리 신축 건물이었다. 왼쪽 전시실에는 섬의 역사와 관련된 유물이 있고, 오른쪽은 자연사 전시실이라서 모형 바다 절벽과 모형 새들과 함께 웨스트레이 관련 선물, 옷, 책 들이 있다.

역사 전시실의 작은 구역 하나가 링크스 오브 놀틀랜드에 할당되어 있다. 반복 재생되는 비디오에 지금보다 약간 젊은 헤이즐이 나와서 설명을 한다. 그 영상을 만들고 겨우 몇 년이 지났을 뿐인데 그 사이에 이미 많은 것이 변했다.

나는 몇 개 되지 않는 유리 진열장을 들여다보았다. 옷을 고정하는 뼈 핀, 부싯돌과 돌로 만든 도구, 뿔 달린 소의 두개골. 그리고 바이킹 유물인 뼈 빗이 있었다. 등판에 밀짚을 댄 오크니 의자와 약간의 농기구도 있지만, 내가 찾는 '웨스트레이 와이프Westray Wife'는 보이지 않아서 책상에 앉은 직원에게 물어보았다. 말씨를 보니 잉글랜드 중부 출신 같았다.

"네. 많은 분들이 그걸 못 보고 지나쳐요. 전시실 중앙의 유리 진열장 안에 있어요."

나도 못 보고 지나쳤다. 웨스트레이 와이프는 크기가 엄지공주 수준이기 때문이다.

높은 받침대에 얹은 유리 진열장 안에 작은 돌 인형이 있었다. 섬의 붉은 사암으로 만든 것으로 높이가 4센티미터에 불과했다. 타원형 머리와 뭉툭한 몸통이 전부지만 그것만으로도 사람의 형상을 표현했다. 점 두 개가 눈을 이루고, 비뚤배뚤한 한 개의 줄이 눈썹을 표현하며, 코도 있지만 입은 없다. 하지만 그런 특징은 유리 밖에서는 잘 보이지 않는다.

인형 몸통에 가슴인 듯한 원이 두 개 있어서 여자, 그러니까 '와이프'로 불리지만, 그 위치는 좀 높아서 쇄골 쪽에 가깝다. 몸통에는 손금처럼 가느다란 선들이 그어져 있다. 옷을 표현한 것일 수도 있고 아닐 수도 있다. 유럽 전역에서 발견되는 구석기시대의 뚱뚱하고 육감적인 '비너스'들과는 달리 그냥 담백하고 소박하다. 돌 인형은 건물 잔해 속에 5천 년을 파묻혀 있었고, 건물 잔해 위에는 또 50센티미터 깊이의 가정 폐기물이 쌓여 있었다. 하지만 '파묻혀 있었다'는 건 잘못된 표현인지도 모른다. 건물을 정식으로 '폐쇄'하면서 일부러 그 속에 넣었다는 가설이 있다.

웨스트레이 와이프는 현재 영국에서 가장 오래된 인간 형상 유물이고, 이 현장의 아이콘으로 얼마간의 관광객을 끌어온다. 물론, 관광객들이 머나먼 섬으로 4센티미터짜리 사암 돌 인형을 보러 오는 수고를 한다면.

그런데 실제로 보러 온다. 직원은 방문객 수를 기록한 책자를 보여주었다. 돌 인형이 발견된 다음해에 방문객이 두 배로 늘었다. 와이프는 이 섬의 가장 오래되고 가장 유명한 주민이다. 5천 년 전에 무엇을 위해 만든 것인지는 몰라도 이제 유리 진열장 안에서 조상의 눈빛으로 다시 큰 힘을 발휘하고 있다.

그 뒤로 링크스에서는 작은 인형 모양의 유물이 세 개 더 발견되었고, 이제 다른 신석기 현장에서도 나오고 있다. 하나는 오크니 메인랜드 섬의 '네스 오브 브로드가Ness of Brodgar' 현장에서 발견되었고, 스트롬니스 박물관에서도 고래 뼈로 만든 인형이 재발견되었다. 오래된 소장품 상자를 꼼꼼히 탐색해서 찾아낸 것으로 원래 스카라 브레이의 것이었다.

흔히 그렇듯이 볼 줄 알아야 본다. 그리고 뭘 찾는지 알아야 찾을 수 있다.

그중에서도 특이하게 비뚤배뚤한 눈썹을 가진 웨스트레이 와이프만큼 작은 것은 없다.

이 인형이 발견되었을 때 한 연구자는 인형의 눈을 표현한 점이 파파 웨스트레이 섬의 한 돌방무덤 속 상인방 돌에 새겨진 것과 비슷하다고 했다. 그 어둠 속의 돌에 비슷한 눈이 새겨져 있다고.

유물센터에는 '신석기 웨스트레이 스톤'도 있다. 로비의 유리 진열장 안에 있다. 마치 어떻게 해야 할지 몰라서 그냥 거기 둔 것 같다. 돌은 길이 1.2미터에 높이가 45센티미터로 인근 채석장에서 굴착기 기사가 발견했다. 정확히 말하면 그가 발견한 것은 가로축을 따라 두 쪽으로 갈라진 돌의 반쪽이다. 1980년 무렵의 일이다. 고고학자들이 와서 나머지 절반을 찾았다. 그들은 이 돌이 돌방무덤에 있던 것이 확실하고 아마 통로 위쪽 상인방의 돌이었을 거라고 말했다.

그런데 이 돌에는 환각처럼 어지러운 이중 나선 무늬가 깊이 새겨져 있고, 나선 사이의 공간에도 무늬가 있다. 이걸 나이트클럽에 가져다가 높은 데 올려놓고 적절한 조명을 비추면 강력하고 어지러운 효과를 낼 것이다.

눈 모양과 나선들.

* * *

해가 다시 나왔다. 길을 산책했다. 비가 그친 뒤의 고요하고 거대한 하늘, 쏟아지는 햇빛, 새와 물범들. 공동 텃밭에서 한련화와 리빙스턴데이지가 색깔을 뿜냈다. 나는 크리스터를 만났다. 큰 덩치로 흔들흔들 걷는 청년이다. "이번 주말은 너무 지루하네요." 그가 말했다.

"창고에 가봐요." 그레이엄이 말했다. "주말에는 창고에 가봐요. 우리 집에 오면 데려갈게요."

그레이엄과 헤이즐은 섬 중앙에 자리한 옛 학교 건물에서 아들, 그리고 헤이즐의 연로한 아버지와 함께 산다. 교실은 아직도 집과 연결되어 있다. 내가 갔을 때 그들은 텃밭에서 감자를 옮기고 있었지만 감자는 일종의 마름병에 걸렸다. 작은 아일랜드 여자 헤이즐이 마름병 걸린 감자 바구니를 든 모습을 보니 여기서 농사짓는 삶이 얼마나 힘들었을지 실감이 되었다.

옛 교실은 크고 황량한 사각 공간이다. 그들은 이곳을 개조할 생각이 있지만 지금은 천장이 무너져 있었다. 그레이엄이 말하길 이 건물은 아이들이 밖을 내다보지 못하도록 창문을 일부러 높게 냈다. 그들의 섬, 그들의 소, 그들의 바다, 그들의 집을 내다보는 것은 금지였다. 대신 종이 울릴 때까지 읽기, 쓰기, 산수, 성경을 공부해야 했다. 그들이 호주로 떠난 것도 어쩌면 당연한 일이었다.

학교 운동장에도 컨테이너가 있어서 나는 그들이 말한 창고가 저건가 보다 막연히 생각하고 있었는데, 차를 마신 뒤 그들은 놀랍게도 나를 현장 미니버스에 태우고 피러월도 지나 7~8킬로미터 떨어진 길스피어 부두까지 갔다. 길스피어는 게와 생선이 출하되고 화물이 도착하는 곳이다. 부두 끝에 이르자 그레이엄과 헤이즐은 나를 데리고 거친 길을 몇 미터 올라갔다. 왼쪽의 창고에는 수입 사료 부대가 쌓여 있었다. 하지만 바다 쪽에는 검은색의 빅토리아식 대형 석조 건물이 있었다. 3층 높이에 박공이 해안을 면하고 있었다. 층층이 넓은 격자 창살 창문이 있는데도 음울한 분위기는 덜어지지 않았다. 빅토리아 시대의 방앗간 같았다. 높은 지붕에 굴뚝들이 대열을 이루고 서 있었다. 그레이엄이 문으로 다가갔다.

내가 놀란 표정이었는지 그들이 웃었다.

"뭘 기대하셨나요?"

"그냥 정원 헛간이나 마을에 있는 어부들 간이 창고 같은 거요."

그레이엄이 문을 드르륵 열자 우리는 먼지와 어둠 속으로 들어갔다. 높은 창문이 뿌리는 빛 속에서 나는 플라스틱 상자들이 곳곳에 머리 높이까지 쌓여 있고, 파티션 너머에도 있는 것을 보았다. 상자가 너무 많아서 그 사이사이가 복도처럼 되었다. 중간중간의 나무 깔판에는 돌멩이들이 놓여 있었다. 하지만 내 감각을 강력하게 사로잡은 건 냄새였다. 건물 안은 역청, 타르를 칠한 밧줄, 검은 크레오소트, 연기, 검댕, 생선 냄새가 뒤섞인 쿰쿰한 냄새를 진하게 풍겼다. 환상적이고 질박하고 풍성하고 어두운 냄새, 백 년 넘은 냄새. 그제야 이 섬은 바람이 너무 세서 냄새가 거의 없다는 사실을 깨달았다.

지붕을 지탱하는 커다란 대들보들은 오늘날 볼 수 없는 나무들로 만든 것이었다.

"여기는 원래 생선 건조장이었어요. 서까래에 생선을 매달고 손수레에 연기 나는 잉걸불을 싣고 아래를 왔다 갔다 했죠. 그런데 잘 되지 않았어요."

"그렇군요……."

"그런데 그 후 몇 년 지나지 않아서 기선이 나타났어요. 생선을 빨리 내다 팔 수 있게 되니까 더는 말릴 필요가 없어졌죠. 그 뒤로 여기는 방직 공장으로 쓰였는데 그것도 잘 되지 않았어요. 그 장비는 모두 웨스턴아일스로 갔고요."

지금 남은 것은 냄새뿐이었다. 세상에서 거의 사라진 냄새. 어스름 빛, 창고를 닮은 빛 속에.

우리 셋은 플라스틱 상자들에 둘러싸여 있었다. 파티션 구멍으로 다른 상자들도 보였다. 10년에 걸친 발굴의 결과물이었다.

"위층에 더 있어요. 영국 최대의 신석기 물품 집적소죠." 그레이엄이 말했다. "역사환경관리국은 이것의 가치를 모르는 것 같아요. 여기 뭐가 있는지 몰라요. 이건 스카라 브레이에서 나왔을 것들이에요. 그러니까 그걸 잃지 않았다면, 그때 사람들이 바로 알아봤다면 말이죠. 하지만 여기 새로운 기회가 있는데도……."

두 사람은 상자들 사이를 걸으며 내게 보여줄 물건을 골랐다. 내 손에는 매끈한 곤봉 대가리, 뼈를 염색하고 갈아서 만든 굵은 구슬, 옷 고정용 뼈 핀, 양의 무릎 관절로 만든 긁개 들이 얹혔다.

그레이엄은 한 상자에서 우리가 학창 시절에 쓰던 촉 달린 펜 비슷한 물건을 꺼내 보여주었다. 그가 어렸을 때 쓰던 물건이라고 해도 믿을 정도였다.

"끝이 검게 물든 것 보이시죠? 아마 이걸로 문신을 했던 것 같아요." 그가 말했다.

"이걸 봐요." 헤이즐이 말했다. 큼직한 통에 키친타월이 깔리고 그 위에 두 뼘 크기의 도기 조각이 놓여 있었다. 큰 도자기의 깨진 조각 같았다. 거기에도 깊고 강렬한 나선형 무늬가 새겨져 있었다.

"이 문양을 전에 어디서 보셨나요?" 헤이즐이 물었다.

"유물센터의 웨스트레이 스톤이요……."

"아일랜드에도 있어요." 헤이즐이 더블린 억양으로 말했다. "또 이런 나선무늬를 볼 수 있는 곳은 브루 나 보이네Brú na Bóinne, 뉴그레인지, 어보인이에요.[1] 거기 무덤의 큰 상인방 돌 있잖아요. 갈수록 오크니제도 사람들이 다양한 지역 출신이라는 생각이 들어요. 이 문양은 링크스 오브 놀틀랜드 사람들을 다른 집단하고 구별하는 상징이었을 수 있어요. 기하학적 문양을 좋아하는 사람들로요. 우리는 그렇게 생각해요. 다양한 지역에서 다양한 집단이 여기 왔다고…….

헤이즐과 그레이엄은 구슬을 더 보여주었다. 동물 이빨로 만든 것도 있고, 만들다 만 것들도 있었다. 구슬이 아주 많았다. 사람 손만 한 길이의 두꺼운 뼈 핀은 옷을 고정하는 데 쓴 것 같다,

"이 핀은 가축의 뼈로 만들었는데, 야생 동물의 뿔 모양인 거 보이죠? 이렇게 야생을 표현한 것들이 있어요…….

나는 잠시 음울한 빅토리아식 창고 속 21세기의 플라스틱 상자들에서 동물 가죽을 입은 사람들이 걸어 나오는 환영을 보았다. 나선무늬 단지를 들고 머리를 땋고 구슬을 늘어뜨린 사람들. 소에 미친 사람들, 일찍 늙어버린 젊은 사람들.

그들은 다양한 복식과 억양과 도구와 문양을 가진, 다양한 집단이었다. 하지만 그들이 오고 얼마 지나지 않아 이주를 기억하는 사람은 모두 세상을 떠났다. 물론 이야기는 있었다. 기원 이야기. 같은 언어를 쓰지만 다른 거주지에 정착한 동족들과의 접촉. 태양과 달이 뜨고 지는 것과 관련된 대규모 의식, 돌들의 배열. 한겨울에 뜨는 해는 뉴그레인지의 통로를 비추고 한겨울에 지는 해는 메이스하우[2]의 내부 무덤을 비춘다.

뼈와 돌로 만든 도구를 가지고 산 스무 살, 서른 살 젊은이들이

---

1 모두 아일랜드와 스코틀랜드의 신석기 유적지들이다.
2 Maeshowe. 오크니제도 메인랜드 섬의 신석기 돌방무덤.

그걸 어떻게 알았을까?

나선.

그들은 문신 펜으로 무엇을 했을까.

돌과 돌, 뼈와 뼈.

다른 것들도 있었겠지만 다른 재료는 다 썩어 없어졌다. 부드러운 가죽, 천, 풀이나 짚 바구니. 하지만 그들은 색을 썼던 것 같다. 구슬에 희미한 붉은색과 녹색 흔적이 있고 벽에도 칠 같은 것이 있다. 노란색과 적갈색 안료를 만드는 오커와 적철석은 발굴 현장에서 흔히 나온다.

* * *

다시 바깥 공기 속으로 나오고 그레이엄이 문을 닫자 나는 약간 기뻤다. 그 많은 발굴물은 무언가 불안했다. 저것들로 무엇을 하지? 아직 분류도, 처리도, 기록도, 안전 보관도 되지 않은 저 많은 상자들로. 너무도 막대한 문화적 책임이다.

엄격히 말하면 그것은 전부 국가, 그러니까 국민의 소유이지만 국가가 외딴 섬 부둣가의 빅토리아식 창고에 있는 플라스틱 상자들과 거기 담긴 구슬과 뼈, 5천 년 전의 물건들에 대해서 무얼 아는가?

"여기 뼈들만 가지고도 박사 논문이 서른 개는 나와요." 그레이엄이 말했다. "수십 년 동안 연구할 거리예요."

"저는 여기에 센터 같은 걸 열고 싶어요." 헤이즐이 말했다.

그들은 그 모든 것에 희망을 품고 있었다.

부두를 떠나 길을 달릴 때는 썰물 때였다. 길스베이의 잡초 해안에서 마도요와 붉은발도요가 먹이를 찾았다. 노란 모래밭에 금속 탐지기를 든 남자가 보였다. 그는 낫 같은 농기구를 휘두르듯 기계를 앞뒤로 흔들었다.

내가 말했다. "저 분은 보물을 찾고 있네요."

보물, 그리고 거기서 1킬로미터 남짓 떨어진 거리에 최고의 신석기 유물들이 있었다.

헤이즐이 조수석에서 나를 돌아보았다. "여기 피러월에서 기독교 이전 시대의 대규모 바이킹 무덤이 발견되었어요. 지금 지자체가 발굴 계획을 하고 있어요."

이후 나는 어둑한 빛이 깃든 내 방 침대에 누웠다. 예쁜 방이었다. 테이블 유리 밑에 레이스가 깔리고, 벽에는 자수 장식이 걸리고, 옛 벽난로 자리에는 물레 장식품이 설치되어 있다. 높은 창문, 마호가니 서랍장. 흙과 싸울 일 없는 귀부인 같은 방이었다.

나는 거기 누워서 오늘 눈으로 보고 손으로 만져본 유물들을 떠올렸다. 뼈 핀, 인형들. 그리고 만약 내가 외계의 지성에게 우리 인류에 대해 알려주기 위해 이 중 하나를 골라 우주로 보내야 한다면 무엇을 선택할까 생각해 보았다. 나의 보이저 호에는 무엇을 실을까? 구슬? 매끈하게 문지른 돌도끼?

아마 투박하고 무뚝뚝하게 생긴 돌쟁기 날이 아닐까? 내 팔뚝과 길이가 비슷하고 두께는 두 배인 돌쟁기 날은 장식이 아니라 노동을 말해 주었다. 땅을 파는 일. 우리가 '고된 일과'라고 말하는 것. 그것은 세계에 혁명을 일으킨 '신석기 패키지'의 일부다. 그렇다. 나는 그것을 보낼 것이다. 그것은 어느 모르는 해변에 떨어지기를 기대하며 운석처럼 우주를 날아갈 것이다.

"당신들 세계는 예전에 야생이었나?" 외계의 지성이 물을지 모른다.

그렇다고 우리는 대답할 것이다. 야생이 우리의 쟁기와 소 발굽 아래 놓이기 전까지, 우리 물건들의 무게에 눌리기 전까지 그랬다고.

* * *

현장을 조용히 내려다보는 돌방무덤이 하나 있다. 언덕 위에 돋은 푸른 봉분. 우리도 여기서 그것을 볼 수 있고, 그들―죽은 이들도 우리를 굽어볼 수 있다.

무덤은 현장 서쪽의 비탈진 농장에 있는 것 같다.

망원경으로 보면 훼손된 것을 알 수 있다. 큰 돌 하나가 툭 튀어나와 있다. 봉분 아래 파묻힌 출입 통로가 있을까? 나선무늬를 새긴 돌은? 태양의 배치는? 빅토리아 시대의 골동품상들이 거기 가서 무덤을 꼭대기부터 열어보았지만 당시의 보고서는 남아 있지 않고 그 뒤로는 발굴되지 않았다. 전부터 나는 언젠가 거기 가보기로 마음먹고 있었는데, 그날 저녁 다른 사람들이 떠난 뒤 혼자서 그 농장 앞을 지나가다가 트랙터에서 내리는 농장 주인과 마주치게 되었다. 스패니얼 개 두 마리가 그를 따라 뛰어왔다.

그의 농장은 평범한 구조였다. 오래된 건물들 옆에 현대적인 단층 목조 주택이 있었다. 수선한 평판석 지붕을 얹은 낮은 축사가 줄지어 있었다. 축사들은 전에는 집이었을지도 모르지만 지금은 밀짚과 농기계로 가득했다.

청색 작업복 차림의 우락부락한 농부가 쓰는 섬 특유의 느릿한 억양은 소고기처럼 또는 크림처럼 진했다.

"혹시 제가 저기 올라가서 돌방무덤을 볼 수 있을까요?" 내가 물었다.

내가 물어본 것은 이웃으로서의 예의 때문이기도 했고, 여기서는 눈을 피하는 게 불가능하기 때문이기도 했다.

"네, 가세요. 하지만 소들이 있어요. 황소도 있고요!"

"그러면 안 가야겠네요."

"추천하긴 힘들어요. 녀석들은 한동안 거기 있을 겁니다. 어쩌면 시월까지."

그의 등 뒤에서 문이 열리고 아내가 나오더니 그가 누구와 이야기하는지 보았다.

"별로 볼 건 없어요. 그런데 몇 년 전에 어떤 여자가 올라가더니 거기 하루 종일 앉아 있더군요. 무슨 일을 했는지는 모르겠어요."

"신비주의 의식을 했을까요?"

"그럴지도요!"

소가 겁났지만 내가 갈 수 있는 한 최대한 높이 언덕을 올라서 들판 출입문까지 갔고, 거기서 거친 비탈을 좀 더 올랐더니 오크니 풍경의 흔한 조합—가시철조망과 돌 깔때기와 표류목이 얽힌—이 무덤으로 가는 길목을 가로막고 있었다. 간단히 뛰어넘을 수 있는 것이 아니었다. 철망 너머에서는 귀에 노란 인식표를 단 흰색 거세우 네 마리가 벌써 일어서고 있었다. 이 무리의 눈길과 발길 곁에서 거기 하루 종일 앉아 있는 여자가 되기는 싫었다.

다시 내려가려고 돌아섰다. "별로 볼 게 없어요." 농부가 그렇게 말했던가. 하지만 그건 돌방무덤을 바라보느냐, 혹은 거기서 내려다

보느냐에 따라 달라졌다. 나는 거기서 전망을 내려다보고 싶었다.

그리고 여기 죽은 자들의 집에서 내다본 조망은 환상적이었다. 맑은 날에 이 언덕 기슭에 서니 아래쪽 링크스 마을과 그 너머의 섬 전체, 곳곳의 농장과 풍력 발전기, 만과 절벽, 북쪽 수평선까지 뻗은 바다, 뿐만 아니라 또 다른 신석기 가옥과 돌무덤 들이 있는 저 먼 파페이 섬까지 하염없이 바라볼 수 있었다. 내가 바라보는 쪽에 북유럽에서 가장 오래된 가옥으로 여겨지는 작은 집 '냅 오브 하워Knap of Howar'도 있었다. 죽은 자들은 여기서 세상을 멀리 내다보고, 산 자들은 들판에서 그들을 올려다보며 그들의 존재, 땅 위에 자신들의 자리를 확고히 지키고 있는 그들의 권위를 느낄 수 있다. 그들은 노인이 세상으로 나아가는 10대를 대하듯 말했을 것이다. "그래, 너희는 야생을 떠났고 여기서 잘하고 있다. 이곳은 너희 땅이다."

나는 소가 있는 들판과 보리밭을 지나 집으로 갔다. 밭종다리와 할미새가 길에서 날아올랐다. 집에 가서 방문을 열었더니 그 안이 번쩍거렸다. 점잖은 가구들이 있는 차분한 방에 빛과 어둠이 소리 없이, 그러나 어지럽게 고동쳤다. 어두운 복도로 물러섰다가 다시 들어갔다. 방은 그대로였다. 정신없이 번쩍거리는 탓에 땀이 솟고 약이라도 한 것 같았다. 내가 툭하면 기절하는 사람이 아니라 다행이었다.

알고 보니 해가 풍력 발전기 뒤쪽으로 져서 생긴 아주 우연한 현상이었다. 지금 이 순간만 벌어지는 일일 수도 있었다. 몇 분만 더 있으면 해가 더 내려가서 번쩍거림은 사라질 것이다. 며칠 더 지나면 해는 남쪽으로 가 있을 것이다. 그리고 동지가 되면 메이스하우 무덤의 긴 통로에 빛을 뿌리고, 그다음에 다시 북쪽으로 조금씩 돌아올 것이다. 그래서 해는 어쩌면 2년에 한 번씩 며칠 동안 정확히 풍력 발전기 뒤로, 정확히 이 창문의 직선거리에서 대서양으로 떨어질 것이다. 2년에 한 번씩, 며칠 동안, 이 시간, 바로 여기에. 바람이 불고 회전 날개가 방으로 들어오는 햇빛을 잘게 자르면 그렇게 맥박 뛰듯 번쩍거리는 강렬한 빛이 생겨날 것이다.

우리의 신석기 친구들은 이 광경을 좋아했을 것이다. 그들을 초대할 수 없는 게 안타까웠다.

* * *

"여기 농부들, 섬에서 소 키우는 분들 말예요. 그분들은 이 현장 발굴물에 관심이 많겠죠?" 다음날 현장에 돌아갔을 때 내가 헤이즐에게 물었는데 놀랍게도 그녀는 고개를 저었다.

"관심은 있겠지만 별로 연관성은 못 느낄 거예요. 그 사람들은 바이킹에만 관심을 보였어요. 오크니와 셰틀랜드제도 주민의 조상은 바이킹이거든요. 그러니까 영국인도 스코틀랜드인도 아니고 노르드인이에요. 바이킹은 선사시대 민족이 아니니까요.

호의는 갖고 있지만 현지인보다는 외지 출신들의 관심이 더 커요. 다 그런 건 아니지만 대체로 그래요. 어떤 사람은 실제로 고고학자들 때문에 섬의 유물센터가 '지저분해졌다'고 민원을 넣었어요."

"하지만 바이킹은 상대적으로 현대에 훨씬 가깝잖아요."

"바이킹이 이겼으니까요." 헤이즐이 어깨를 으쓱하며 말했다. "이름이라도 좀 안다면 좋았겠지만."

"선사시대 이름요?"

"장소 이름이나 사람 이름요. 그러면 도움이 될 거예요."

오크니제도는 섬들 이름부터 노르드어다. '-오이oy' 또는 '-에이ay'라는 접미사가 노르드어로 '섬'이라는 뜻이다. 이데이Eday, 스트론세이Stronsay, 웨스트레이Westray, 섀핀세이Shapinsay 역시 노르드어로, 1,200년밖에 되지 않았다.

크리스터가 자기 구역에서 이쪽으로 몸을 기울이고 말했다. "맞아요. 저는 여기 사람들이 바이킹에 이렇게 관심이 많은 게 이해가 안 돼요. 그런데 로마도 있어요. 잉글랜드는 로마에 관심이 많잖아요. 아일랜드는 노르만족에게 그렇고요. 모두 정복자예요. 여기 처음에 살던 사람들은 대체 왜 인기가 없는 거죠?" 그는 현장을 넓게 가리켜 보였다. "**이 사람들이** 조상이라고요!"

"바이킹이 이겼다는 게 무슨 뜻인가요?" 내가 머뭇거리며 물었다. 내 방 창밖으로 보이는 고대 무덤이 생각났다. 바이킹은 그곳을 어업 기지로 썼다.

"말 그대로예요. 바이킹이 오고 나서 예전 문화의 흔적이 싹 사라졌어요. 고고학적 증거에 따르면 그래요."

* * *

현장에는 고유한 리듬이 있었다. 좁은 공간에서 고된 작업이 계속되었다. 모두 하루 종일 야외에 있었는데, 몸을 움직일 일도 거의 없었으며 8월인데도 때로 춥고 답답했다. 파도는 해변으로 밀려들고, 바닷가재잡이 배는 만을 돌았다. 이따금 이상한 상부 구조물을 얹은 큰 배가 수평선을 따라 움직였다. 하지만 현장에는 매일 유쾌함과 웃음이 있었다. 어느 날은 BBC 사람들이 검은색의 큰 레인지 로버를 타고 해변까지 왔다. 모두 고개를 숙이고 바쁜 척했고 헤이즐이 그들을 응대했다. 그녀가 닐 올리버 아나운서에게 신석기 펜던트 같은 주요 발굴물을 보여주었더니 프로듀서가 다시 찍자고 했다. "감정을 좀 더 실어주실 수 있나요?" 그리고 그들은 떠났다.

동료 안나가 나를 집으로 초대해서 식사를 대접했다. 그 집에는 댄, 에밀리, 돈이 같이 살았다. 요리 솜씨 좋은 이탈리아인인 안나는 우리 모두에게 맛있는 치킨 쿠스쿠스를 만들어주었다. 어두워질 때까지 거기 있었고, 내가 떠날 때 다른 사람들은 주황색 소파에 늘어져서 넷플릭스로 쿠엔틴 타란티노의 옛날 영화를 보았다. 그 모습이 잡초 가득한 해변에 올라온 물범들 같았다. 그러니까, 물범이 넷플릭스를 볼 수 있다면.

* * *

나선무늬 돌이 발견된, 지금은 폐쇄된 채석장 근처에 새 건물이 몇 채 있다. 모두 업무용 건물들이다. 그중 하나는 낮에는 팝업 카페가 되고 밤에는 청소년 클럽이 된다. 섬에 흔한 사회적 사업 중 하나다. 청소년들은 큰 화면으로 영화를 보거나 컴퓨터 게임을 하고 탄산음료를 마신다. 저녁에는 그들의 것이지만 낮에는 모두에게 열려 있다.

어느 날 나는 커피와 수제 케이크를 먹으러 거기 갔다가 그곳의 관리자와 대화를 하게 되었다. 서빙은 수줍은 10대 청소년들이 한다. 관리자는 카운터에 있었다. 60대 후반 정도의 여자로 바로 근처의 오두막에서 태어났다고, 2차 세계대전 이후까지도 그런 오두막들이 남아 있었다고 했다. 하지만 그때부터 말이 사라지고 트랙터가 들어왔다고.

"작은 오두막이었어요." 여자가 말했다. "소가 네 마리고 닭도 있었죠, 암탉이 많았어요."

"생활이 어땠나요?"

"하, 삶아서 으깬 감자를 귀리하고 섞어서 소여물로 줘야 했어요. 그런 다음 내장도 섞었는데 그게 도움이 됐는지 어쩐지는 모르겠어요. 할 일은 언제나 있었죠. 순무는 갈수록 쪼그라들었고 나는 그게 싫었어요. 하지만 그 시절을 돌아보면…… 별로 차이가 없는 것 같아요." 여자는 잠시 멈추었다. "어머니 건강이 안 좋았어요."

"전기는 있었나요?"

"작은 엔진이 있었어요."

"발전기요? 시끄러웠겠네요."

"등유 램프도 있고 가스등도 있었어요!" 여자는 웃더니 말을 멈추었다. "이제 나이가 드나 봐요……. 우리는 지루한 적이 없었어요. 학교에서 돌아오면 옷을 갈아입었죠. 옷이 두 벌뿐이었으니까요……. 그대로 그냥 살았죠."

여자는 다시 말을 멈추고 둘러보았다. "이렇게 계속 갈 수는 없어요……."

"무슨 말씀인가요?"

"모든 게 집 앞까지 오잖아요. 아이들이 집에 오면 핸드폰이며 TV며……." 여자는 다시 멈추었다. "등유 램프에는 뭔가 있었어요. 그건 따뜻하고……."

그 기억이 밀려드는 듯 다시 짧은 침묵.

"이제 섬에는 작은 오두막이 별로 안 남았어요. 작은 농장이 매물로 나오면 큰 농장이 사서 합쳐버리죠."

그리고 다시 침묵.

"조금 있으면 웨스트레이에는 농장이 한두 곳만 남을 거예요……"

"대형 소 목장이요?"

"제가 앞일을 알 수는 없죠……. 이제 커크월도 너무 가까워서 아무 때나 막 가요. 전에는 안 그랬어요. 농업 전시회 때나 갔죠. 얼마나 재미있었는지!"

침묵.

"우리는 그냥 계속 일했어요."

커피가 나왔다. 나는 노트북에 와이파이 비밀번호를 입력했다.

"그 시절로 돌아가고 싶으세요?" 내가 물었다.

"아뇨, 그렇지 않아요." 여자는 확고하게 말했다.

우리는 모두 안다. 이렇게 살 수는 없지만, 지난날로 돌아갈 수도 없다. 돌쟁기를 쓰고 일찍 죽던 지난날로 돌아갈 수도 없다. 어쩌면 그래서 여기 사람들이 신석기시대 유적에 별 관심이 없는 건지도 모른다. 그것은 여전히 한계 영역에 가깝다.

그녀는 일로 돌아갔고 나도 인터넷으로 돌아갔다. 모든 진실의 원천인 페이스북에 따르면, 스코틀랜드는 그날 필요한 모든 전기를 재생에너지로 얻었다. 하지만 바람 많은 여름 하루의 일이었을 뿐이다.

또 세계는 올해에 할당된 자원을 이미 다 썼다. 이제 겨우 8월이다.

또 BBC 지역 뉴스 사이트에 따르면, 세계 최대의 조력 발전기가 여기 오크니제도에서 최종 시험 중이었다. 북아일랜드 벨파스트에 소재한 할랜드 앤 월프 사 공장에서 오크니로 옮겨온 기계였다.

또 그와 반대 방향으로 움직인 석유 굴착 시설은 아직 루이스섬에 주저앉아 기름을 흘리고 있다.

셰틀랜드에서도 조력 발전 뉴스가 있었다. 관련 회사는 "세계 최초로 전면적 조력 발전을 통해 전력을 생산하게 되어 기쁘다"라고 말했다.

* * *

8월 말이었다. 나의 웨스트레이 체류도 끝이 다가왔지만, 떠나기 전에 만나고 싶은 사람이 있었다. 헤이즐에게 들은 젊은 부부였다. 헤이즐은 말했다. "소 목축업이 궁금하면 놀틀랜드 농장의 니나와 제이슨 윌슨 부부를 만나보세요. 그냥 집으로 가면 돼요. 두 사람은 남아프리카 출신이고 치즈를 만들어요." 신석기 현장 코앞에서 풀을 뜯는 소 몇 마리가 니나와 제이슨 부부의 소였다. 크림빛 몸통에 갈색 무늬가 얼룩진 에어셔 종이었다.

나는 목축업에 대해 알고 싶었다. 그것이 신석기시대와의 살아 있는 연결고리 같았기 때문이다. 섬 전체가 그랬다. 언덕 기슭마다 소가 있었다. 귀에 노란 인식표를 단 소들이 풀을 뜯기도 하고, 앉아 있기도 하고, 제방 너머로 지나가는 우리를 바라보기도 했다. 멋진 꿀 빛깔의 소들.

농가 문을 두드리자 니나가 반갑게 맞아주었다. 체구가 작고 찰랑거리는 곱슬머리에 털모자를 쓴 니나는 누구나 호감을 느낄 만한 사람이었다. 그녀는 개 다섯 마리를 내보내고 문을 닫은 뒤 나를 부엌으로 데리고 가서 오븐 레인지 앞 식탁에 앉았다. 그 사이에 키 크고 호리호리한 체형의 제이슨이 들에서 돌아왔다. 제이슨이 두 사람의 사연을 이야기해 주었다. ("이 사람은 아프리카의 대변인이에요." 니나가 속삭였다.) 그들이 웨스트레이에 온 것은 5~6년밖에 안 되지만 제이슨은 만델라가 아직 투옥 중이고 남아프리카 정부의 제재 때문에 여기서 일하는 게 불법이던 시절에 영국에 왔다. 그 자신도 투옥된 적이 있었다. 그가 하고 싶은 것은 유기농 농업이었고, 영국의 브로콜리밭에서 오랫동안 농업을 배우다가 니나를 만났다. 니나는 영화 제작과 연구를 하던 사람이었다.

나는 그녀와 눈이 마주쳤다. 여기서 가장 가까운 극장이 여객선으로 한 시간 반 거리였고, 거기서 상영하는 것은 최신 블록버스터들이었다.

"맞아요! 저는 여기 영화 클럽을 만들고 싶어요……."

그 시절 그들은 오크니제도의 이름도 들어본 적 없었다. 그러다 우연히 오크니 사람을 만나 이곳에 여행을 와서 탐사하게 되고, 수많은 실패가 이어졌지만 결국 전화위복이 되었다.

"그리고 놀틀랜드에 왔어요."

거기 이사한 다음 날 그들은 목초지의 종 다양성을 높이기 위해 쥐보리를 갈아엎고 서른 종의 다양한 풀을 심었다. 그러자 곤충과 지렁이 똥이 크게 늘었다.

"이웃 사람들은 뭐라고 해요?" 내가 물었다.

제이슨이 웃었다. "오크니 사람들은 잘 변하지 않아요. 하지만 저는 그들의 관습적 농법을 비난하지 않아요. 지구를 파괴하는 게 누굽니까? 저는 아침에 차에 시동을 걸어요. 농민들은 적이 아니에요. 착한 사람들이고 폭탄도 안 던져요. 그냥 식량을 생산하려고 할 뿐이죠. 선량한 목축업자는 자기 가축을 사랑합니다."

"하지만 이 농장을 흥미로워하지 않나요?"

"아, 다른 사람 농장에 관심이 아주 많긴 해요!" 니나가 웃었다. 그들은 낙농우 스물세 마리를 소유하고 있었다.

"소들도 이름이 있어요?" 내가 물었다.

"그럼요!"

"성격은요?"

"사람만큼 제각각이에요." 제이슨이 말했다.

"황소는요?"

"에릭이라는 소가 있는데 다른 농장이랑 공동으로 소유해요. 여기는 많은 황소들 이름이 에릭이에요. 바이킹 전통인가 봐요."

"만나보실래요?" 니나가 말했다.

당연히 만나보고 싶었다. 놀틀랜드, '소들의 나라의 푸른 모래 언덕'에서 오래전 신석기시대의 동물들과 같은 땅에서 풀을 뜯는 소들을.

그들은 나를 데리고 나가서 출입문을 여러 개 지나갔다. 긴 다리에 긴 장화를 신은 제이슨은 소가 있는 들판으로 성큼성큼 걸어갔다.

"신석기시대 사람들한테 유대감은 못 느끼시나요?" 내가 물었다. "그 사람들이 바로 여기 살았잖아요……."

"물론 느끼죠." 제이슨이 대답했다. "그들도 똑같은 날들을 살았어요. 지금 같은 여름날을요. 우리하고 똑같은 생각을 했을 겁니다."

"이를테면?"

"저는 지금 담장을 생각하고 있어요. 안전을 위해⋯⋯."

제이슨과 니나를 보자 소들이 전부 다가왔고 부부는 곧 무리에 둘러싸였다. 하지만 나는 아니었다. 나는 외부인이었고 소들은 나를 경계했다.

제이슨이 소의 등을 긁었고 니나가 이름을 알려주었다. "얘는 그레타, 아주 공주님이고요. 얘는 AC/DC예요. 쟤는 온시, 약간 엉뚱해요. 쟤는 귀 모양 때문에 버터플라이예요. 걔들은 버튼스, 애너벨, 데이지예요."

에릭은 임무를 완수했다. 암소들이 전부 임신 중이었다.

섬에 낙농 목장은 이곳뿐이었다. "한때는 집집마다 암소가 있었어요. 그러다 1983년에 저온살균 법령이 실행되면서 다들 그만두었어요. 소도 팔고 버터 제조기도 팔고 그냥 머릿속에서 지워버렸죠."

그들은 '웨스트레이 와이프'라는 자체 브랜드 치즈를 만든다. 상표에 신석기 인형의 사진이 박혀 있다.

"그 상표를 가지셨네요!"

"아무도 안 달려들더라고요."

우리는 소들 틈에서 내륙 방향의 얕은 계곡을 보았다. 풍경은 음울한 성 한 채와 그 너머의 작은 호수, 이어 언덕 위의 농장들, 토탄질 언덕 마루의 양떼, 등산로, 돌방무덤, 광대한 하늘 아래 웅웅거리는 작은 풍력 발전기 두세 대로 이루어져 있었다.

"저는 이 계곡이 좋아요." 니나가 말했다. "색이 달라요. 봄은 갈색이고 다음에 녹색이 돼요. 소들만 있고 조용한데 트랙터가 오면 시끄러워지죠."

"말씀을 들으니 저도 달라 보이네요."

"다른 사람들도 우리하고 똑같이 자기 동물들을 아껴요." 제이슨이 말했다.

어떤 사람들은 시간이 나선형이라고 한다. 결국엔 출발한 곳으로 돌아온다고, 멀리 떨어진 사건들이 서로 가까워질 수 있다고. 니나와 제이슨을 떠나 해변으로 내려갈 때 나는 다시 아이가 된 것 같았다. 이 세상에 아직 여름날과 데이지라는 이름의 소가 있는 공간이 존재한다는 게 기뻤다.

바다는 고요했다. 해변에는 아무도 없고 새 몇 마리와 물속 겨우 몇 미터 안쪽에서 나를 지켜보는 물범 두 마리뿐이었다. 내가 물가에 서서 물범들에게 시간과 변화의 노래를 불러주자 물범들은 예의 있게 들어주었다.

8장

링크스 오브 놀틀랜드 II

웨스트레이를 떠난 지 두 달 가까이 흐른 10월 중순에 나는 다시 거기로 돌아갔다. 커크월에서 배를 탔을 때 동쪽 하늘에 붉은 빛이 퍼지고 갈매기들이 아직 어두운 바다 위를 날았다.

그 섬에는 나무가 없어서 별로 가을 분위기가 나지 않았다. 하지만 들판은 전부 풀을 벤 뒤였고 군데군데 검은가슴물떼새들이 있었다. 제비는 다 떠났다. 그동안 날씨가 온화해서 소들은 아직 야외에 있었다.

이번에는 고고학자들과 같은 호스텔에 묵게 되었다. 방 하나가 비었기 때문이다. 나는 호스텔을 나와 피러월을 지나고, 이제 개학한 학교를 지나고, 이어 니나와 제이슨의 농장 들판에 있는 소들에게 인사한 뒤 아직도 파도가 부서지는 만으로 내려갔다. 여전히 돌방무덤이 언덕에 있고 풍력 발전기가 돌고 있었다. 강철 출입문을 지나 수레들과 폐기물 더미를 보니, 그리고 사람들을 다시 만나니 기뻤다.

가을이 되면서 팀 규모가 줄어 있었다. 나는 헤이즐과 그레이엄, 안나와 메이브, 크리스터와 에밀리를 모두 옷으로 알아보았다. 에밀리의 형광 방수 바지, 댄의 검은 해적 두건, 안나의 파란 니트 헤드밴드. 그들은 아직 있었지만 떠날 날이 멀지 않았다. 객지인 그 섬에서 모두 여러 달을 보냈고 늘 서로와 함께였다. 허리는 아프고 손목은 시렸다. 옷들이 너덜너덜했다. 아는 농담은 동났고 추억 이야기는 이미 몇 번씩이나 들었다.

"솔직히 말하면 저는 이미 현장을 떠났어요." 댄이 수레를 내려놓으며 말했다. "제 머리는 여기 없어요. 몸만 남아 있는 거예요."

"마음은 벌써 아일랜드 케리에 있는 집에 가 있나요?"

"집에 가서 개들하고 긴 산책을 하고 싶어요. 지금 돌봐주고 있는 친구가 개들이 살쪘다네요. 그리고 TV를 큰 걸로 살 생각이에요."

현장은 원래 9월 말에 폐쇄할 예정이었지만 한 달간의 연장 지원금이 나왔다. 이제 그들은 쾌적한 날씨 속에서 마지막 순간까지 발굴하고 있었다. 최종 과제는 모든 것을 사진으로 찍는 것, 그리고 마지막 날에 돌과 타이어를 매단 검은 비닐로 현장을 덮어 폭풍의 습격을 막는 것이다. 신석기시대에 몇 차례에 걸쳐 담장과 화로가 되었다가 이제 한곳에 쌓여 있는 그 돌들이 다시 쓰임을 얻을 것이다.

현장을 다량의 모래로 완전히 묻어버리는 대공사는 하지 않게 되었다. 역사환경관리국이 그 전에 먼저 현장을 레이저로 스캔하겠다고 했기 때문이다. 레이저 스캔을 하려면 몇 주간 날씨가 좋아야 하기 때문에 그 일은 내년에나 가능할 것이다. 그들은 헤이즐과 그레이엄에게 나중에 다시 열 때 큰 어려움이 없도록 현장을 가볍게 포장해 두라고 지시했다.

"현장을 다시 열게 되면 우리가 직접 파는 게 좋을 것 같아요." 헤이즐이 3백 킬로미터 밖 에든버러에 있는 역사환경관리국이 듣기라도 할 듯 나직하게 말했다.

크리스터는 흙에 박힌 돌을 찼다. "아직 이 속에 발견할 것들이 있어요. 그건 확실해요. 앞으로 한참 더 일해야 돼요."

여름이 지나 빛은 옅어져 있었다. 오후 서너 시가 지나면 추워질 것이다.

에밀리와 크리스터는 꽤 큰 화로가 있는 집을 발굴하고 있었다. 에밀리는 화로 오른쪽 아래 구석에 박혀 있는 돌함을 발견했다. 신발 상자만 한 크기에 뚜껑도 있었다. 다들 처음 보는 물건이었다. 이게 뭐였을까? 음식을 데우는 용도였을까? 미니 오븐이었을까? 집이 퇴락할 때 화로에 묻힌 금고인가? 조사 결과, 속은 원래 비어 있었다고 판정되었다. 그것도 미스터리였다.

그보다는 밋밋한 관심거리들도 있었다. 그 가옥들의 지붕은 뭘로 어떻게 만들어진 건지 아무도 정확히 몰랐다. 표류목을 썼을 수도 있다. 먼 옛날 유럽인들이 북아메리카를 발견하고 숲을 베어 강에 댐을 짓기 이전에는 표류목이 아주 많았다. 거대한 통나무들이 대서양을 건너 이곳 해안까지 밀려왔다. 신석기시대 조상들이 그걸로 무얼 했는지, 그게 어디서 오는 거라고 생각했는지는 알 수 없지만 어쨌건 그들에게는 고마운 자원이었다.

지금 에밀리와 크리스터가 발굴하는 가옥은 청동기 들판 아래쪽에 있었다. 나는 8월에는 댄과 안나를 도왔는데 그들은 지금 다른 일을 맡아서 신석기 유물을 덮은 흙을 벗기고 있었다. 헤이즐과 그레이엄이 예상한 대로였다. 담장 울타리 안에 초기 가옥 또 한 채가 아직 뭔지 모를 잡다한 구조물들과 함께 드러나기 시작했다.

메이브는 건너편에서 전과 똑같은 집을 살피고 있었다. 여윈 몸집, 유머 감각, 날랜 걸음의 메이브는 그 좁은 공간을 돌고 또 돌아서 이제 그곳을 속속들이 알았다. 일은 거의 끝나갔다. 낡은 녹색 방수 옷을 입고 쪼그려 앉은 그녀는 며칠치 작업 계획이 있었고 얼른 완수하고 싶어 했다.

"현장 폐쇄가 다가오니 묘한 분위기가 있어요." 메이브가 말했다.

메이브는 하루 종일 측량 추를 든 채 격자 모양 틀 위로 허리를 굽히고 땅에서 본 돌맹이와 틈새의 정확한 위치를 모눈종이에 표시했다. 1:20 축척의 정교한 작품이 만들어져 갔고, 그걸 보면 실제 현장을 보는 것보다 현장을 더 잘 파악할 수 있었다.

"이렇게 그림으로 그리기 전에는 여기 죽 늘어선 직립부들과 출입구를 파악하지 못했어요. 봐요!"

그녀는 8월 이후 그 집의 꽤 잘 만들어진 출입구를 발견했는데, 기쁘게도 맞은편 집의 출입구와 정확히 일렬로 배치되어 있었다. 허리를 굽히고 통로로 들어오면 문이 오른쪽과 왼쪽에 각각 있었을 것이다. 양쪽 집에서 모두 사람이 나오면 머리가 부딪혔겠지. 출입구 위치가 일치하는 것은 신석기시대 마을이 계획을 통해 건설되었다는 가설에 힘을 실어주었다. 사람들은 마을을 짓기 전에 미리 생각을 하고, 어쩌면 (물론 종이는 없지만) 그려보기도 했을 것이다. 하지만 가옥 두세 채는 그 전에 이미 들어서 있었다. 그레이엄의 생각이었다. 에밀리와 크리스터가 맡은 두세 채의 집이 그렇다고 했다.

현장이 곧 폐쇄되지만 사람들이 거듭 말하길 발굴은 미미한 일이고, 진짜 일은 꼼꼼한 '발굴 후' 작업이었다. 뼈를 세척하고 부싯돌과 알갱이를 검사하는 일들. 부둣가 빅토리아식 창고에 쌓아놓은 그 모든 상자를 열어서 정리해야 한다. 사람들은 그 일을 생각하기 시작했다. 어떤 이들은 집에 돌아가 겨울을 보내고, 그다음에 웨스트레이에 돌아와 이런 실내 작업을 시작하려고 생각했다. 메이브는 두 손으로 얼굴을 가리고 우는 척했다. 그녀는 다시 돌아와서 그 많은 상자 속의 동물 뼈를 분석해야 하는 인력 중 한 명이었다. "40대까지 여기 잡혀 있을지도 몰라요!" 그녀가 장난스레 흐느꼈다.

"지금 몇 살이죠?"

"스물아홉이요! 하지만 저는 분명히 고양이 뼈를 본 것 같아요. 제대로 살펴보면 재미있을 거예요. 소나무담비나 살쾡이는 절대 아니었거든요."

"고양이는 없었어야 하지 않아요?"

"철기시대 전에는 없었죠. 하지만 분명히 고양이였던 것 같아요⋯⋯. 그리고 사슴도요. 연구 주제 하나는 사슴이 야생이었냐, 가축이었냐, 반半가축이었냐 하는 거예요. 발굴 후 작업에서 그런 걸 알아낼 수 있으면 좋겠어요."

안나는 착잡해했고, 온몸이 쑤시지만 떠나야 한다는 게 "마음 아프다"고 했다. 그녀가 맡은 구역이 이제 재미있어지기 시작했기 때문이다. 담장 울타리와 어느 가옥 벽 사이의 공간으로, 잘 만든 배수 시설이 그 영역의 경계를 이루었다. 배수 시설은 돌로 가장자리를 두르고 꼭대기에도 돌을 얹은 작은 도랑인데, 에밀리에 따르면 현장 중심부의 어딘가에서 그녀의 집 벽의 곡선을 **존중하며** 담장 울타리로 이어졌고, 그래서 에밀리는 그 집이 시간적으로 선행한다고 보았다. 안나가 말했다. "제 느낌에 따르면 이 집은 다른 용도였을 것 같아요. 뼈와 부싯돌, 장식 단지 들이 있어요. 쓰레기장이었는지도 몰라요!"

안나는 루마니아의 가족에게 돌아갈 예정이었다. 하지만 그다음에는? 그녀는 아쉬운 표정으로 어깨를 으쓱했다. "몰라요." 그녀는 '박사 후 우울증'이라는 낯선 무정형의 세계에 들어가고 있었다. 인생도 커리어도 아직 제대로 시작하지 않은 느낌이었지만 신석기 때 그 나이는—그때까지 살아 있었다면—이미 원로였을 것이다.

낮이 확실히 짧아졌다. 이튿날 점심시간, 사람들이 컨테이너에 있을 때 나는 현장을 이리저리 둘러보았다. 이제 추워서 바깥에 앉아 있기 힘들었다. 고요한 현장 위에 낮게 걸린 태양은 담장 울타리의 사암에 붉고 노란 기운을 뿌렸다. 모래 언덕에서 겨이삭이 흔들렸고 고요 속에 흰멧새 작은 무리만 지저귀었다. 해가 짧아지자 북극권에서 아주 최근에 날아온 새들이었다. 겨우 다섯 마리의 작은 가족이 신석기시대 가옥들 주변을 날아다니며 마른 씨송이들을 쪼았다.

오후 중반에 이미 해가 낮게 내려와서 그림자가 길어졌고, 모종삽이 파헤친 부스러기들이 각자 작은 그림자를 거느리고 도드라졌다. 낮은 햇살이 눈을 찔러서 세밀한 작업이 힘들어졌다.

"여기는 결국 판자촌 같은 데였나 봐요." 에밀리가 말했다. "그래서 다 떠난 거죠."

* * *

계절은 금세 바뀌었다. 그날 밤 나는 은하수 아래 서 있었다. 이따금 유성이 너울거렸고 호숫가에서 기러기들이 부스럭거렸다. 몇몇 농가의 불빛이 땅 위를 장식했다. 하지만 아침이 되자 바람이 바뀌어서 바다 전역에 차가운 스콜이 내렸다. 북서쪽에서 회색 유령들이 몰려오고 있었다. 이제 흰멧새들도 떠났다.

비가 현장을 사선으로 때릴 때에도 발굴팀은 후드를 뒤집어쓰고 작업했다. 그러다 갑자기 크리스터가 너덜거리는 방수 재킷과 더러운 바지, 장화 차림으로 벌떡 일어서더니 모두를 대신해 말했다.

"젠장, 이제 집에 갑시다."

9장

링크스 오브 놀틀랜드 Ⅲ

당신이 배를 해안에 끌어올린 그날은 아주 좋은, 잘 고른 날이다. 배에는 밧줄로 묶은 겁먹은 소들, 그물을 씌운 양들, 곡물 씨앗과 연장, 들뜬 아이들도 있다. 당신이 이미 알고 있었고 답사도 했을 섬. 어쩌면 선발대가 먼저 와서 지낼 곳을 마련했을 수도 있다. 당신들 언어로 이곳을 뭐라고 부르는가? 바다 건너 옛 땅을 떠날 때 당신은 어디로 간다고 말했는가? 그 땅은 어디인가? 멀지는 않을 것이다. 당신은 미지의 세계로 뛰어든 것이 아니라 북쪽으로 조금 더 올라와 본 것일 터이다.

당신은 돌을 쌓아 낮은 담장 울타리를 세운다. 그리고 그 안에 표류목 기둥으로 지붕을 받쳐서 첫 집을 짓는다. 갈대와 동물 가죽으로 침대를 만들고 어두운 땅속에서 긴긴 세월 냄새를 풍길 불을 피운다. 소는 아이들에게 맡겨서 관목 숲으로 내보내고 밤이면 담장 안에서 노래를 불러준다. 밖에는 재와 뼈와 깨진 단지와 살림 쓰레기와 부스러기가 쌓이고 개들이 거기 웅크리고 잔다. 하지만 담장은? 아마도 당신이 불안한 것은 야생성에 대한 감각 때문일 것이다. 지금 우리도 느끼는 감각. 담장은 당신의 지위를 말하고 당신을 구별해 준다.

당신은 허리를 숙이고 밖으로 나온다. 몸에는 뼈 핀으로 고정한 가죽을 두르고 있다. 당신은 피부를 뚫고, 머리를 땋고, 여기저기 구슬을 잔뜩 단다. 당신은 나무를 베고 미지의 땅에서 밀려온 표류목을 태운다. 보리를 심지만 채집도 계속한다. 사냥도 조금 하고 화살과 그물로 물고기도 잡는다. 하지만 가장 좋아하는 것은 소다. 큰 뿔이 달린 따뜻한 짐승, 온화하지만 야생인, 부드러운 숨결과 눈빛, 부드러운 피부의 소를 당신은 돌칼로 도축한다. 당신은 관절통과 치통을 앓는다. 아이를 낳다가 죽는다. 감염병으로 아이를 잃는다. 기침하고 또 기침한다. 그래도 세대는 이어지고 링크스는 당신의 고향, 잔치를 즐긴 후에도 돌아오는 곳이 된다. 다른 마을, 다른 섬에서 신붓감이 온다. 새 신부가 약간의 변화를 일으키지만 당신은 계속 여기 남아 있다. 섬은 당신의 것이다. 언덕 위 납골당에서 조상들이 그렇게 말하기 때문이다.

건물이 허물어지고, 주인이 바뀌고, 개조된다. 그리고 7백 년이 지나는 동안 당연히 유행도 변한다. 오래전에 잊힌 과거의 영광에 대한 이야기와 노래도 있을지 모른다.

당신은 불과 돌, 흙과 가죽, 풀과 약초를 다룰 줄 안다. 도축과 바느질도 할 줄 안다. 당신은 해변에서 목재와 부싯돌과 해초를 찾는다. 당신은 뼈 전문가다. 당신은 거친 단지를 만들어 굽고, 어떤 것에는 고유한 나선무늬를 새긴다. 햇빛 속 담장에 앉아 부싯돌에 날을 세우며 밝은 한여름을 즐긴다.

구슬, 연장 등 모든 가공품은 당신이 직접 만든 것이다. 당신의 손은 강하다. 당신은 아이들에게 그 기술을 가르친다. 사랑해야 할 것과 두려워해야 할 것도 가르친다.

모두가 모두를 알고 모두가 일한다. 온몸이 아픈 노인, 바보, 담장 밖을 나갈 수 없는 어린 아이들도 모두 간단한 일을 한다. 할 일은 부족하지 않다!

당신은 겨울밤의 별들을 알고, 초록빛 오로라, 부활의 동지冬至를 안다. 자정에도 밖을 돌아다니며 바다 위의 빛을 볼 수 있는 한여름의 긴 석양도 안다. 새들의 움직임을 알고 그물로 제비, 흰멧새, 기러기를 잡을 수 있다. 몰래 들어와서 곡식을 축내는 들쥐들은(녀석들은 밀항자다) 당신이 부지불식간에 데려온 놈들이다!

잔치와 대규모 회합이 있다. 돌과 불, 햇빛과 달빛, 땅과 바다 위의 움직임이 장관을 이룬다. 하지만 지금도 그렇듯 농부는 들판과 가축을 떠나기 힘들다.

어느 날 당신은 떠난다. 멀리 가지는 않는다. 이곳은 허물어지고 오래전부터 위협해 오던 모래가 밀려든다. 버려진 마을에 찾아온 사람, 어느 집에 들어가서 그곳이 완전히 묻히기 전에 화로 안에 작은 돌함을 남긴 사람은 누구인가? 그 사람의 이름은 무엇이었나?

시간은 나선형이다. 출발한 곳으로 돌아온다. 돌함은 다시 발견되지만 그 사이에 5천 년이 흘렀다. 이제 수십억 명이 된 우리는 실시간으로 전 세계와 통신을 주고받는 메가시티를 건설하고, 미지의 해변으로 우주선을 쏘아 보낸다. 우리는 80세, 90세, 100세가 되도록 산다! 당신 같은 초기 농부들은 크게 성공했다. 하지만 수백만 명이 가난에 시달린다. 어떤 이들은 높은 벽을 세우고 미사일을 만든다. 해수면은 오르고 폭풍이 밀려든다. 우리는 플라스틱과 쓰레기로 이루어진 우리의 지층이 부끄러워진다.

당연히 우리는 돌함을 열면서 어떤 상징, 기념물, 심지어 일종의 메시지까지 기대한다. 하지만 그 안에는 아무것도 없다.

10장

탑이 분명하다

낮이 길어진다. 소읍 주변 들판의 그루터기들은 모두 갈려서 흙으로 돌아갔고, 곧 새로운 소출을 위해 파종이 이루어질 것이다. 하지만 지금 숨 쉴 공간을 얻은 땅은 짙은 갈색 맨살을 드러낸 채 햇빛과 달빛을 쬐고 있다.

밭둑길은 없다시피 하다. 쥐가 달리기에도 좁다. 너는 고개를 숙이고 최선을 다해 좁은 밭둑길을 걷는다. 오른쪽에는 철망 울타리가 있다. 너는 몇 걸음마다 쟁기질된 밭으로 들어가서 토기 조각을 줍는다.

금세 손이 가득 찬다.

청옥색 바탕에 그려진 세 가지 청색의 나선무늬.

레이스 같은, 창가의 서리 같은 희미한 패턴.

파란 비가 내리는 먼 하늘.

이제는 금이 잔뜩 간 연노란색 유약을 바른 토기 조각.

현미경으로 보는 세포들처럼 빼곡히 들어찬 다이아몬드 모양.

청회색 다발을 뻗어내는, 고사리나 가래풀 같은 엽상체.

아마도 은방울꽃 같은 작은 초롱꽃 모양 꽃줄.

손가락 한 마디만 한 연노란색 컵 받침 조각.

어떤 구조물, 아마도 탑의 일부인 듯한? 파란 가지가 뻗어 있다. 그렇다, 탑이 분명하다.

금갈색 도기 병 주둥이.

찻잔 손잡이 파편. 한 번의 녹색 붓질로도 나뭇잎을 충분히 표현한다.

너는 그것들에 침을 뱉고 엄지로 문지른다. 그중 어떤 것도 눈, 그러니까 파란 눈보다 크지 않다. 우표보다도.

밤색 유약을 바른 무뚝뚝한 도기 조각. 가까운 곳에 손으로 던진.

네 손에 그득한 그 조각들은 오두막, 응접실, 또는 농가 부엌의 이야기를 담고 있다. 깨끗이 닦은 돌 타일과 중국식 청화자기 접시를 뽐내는 장식장이 놓인 방들. 농부와 오두막 주민들. 우물에서 토기 주전자에 물을 받아오거나 낡은 접시에 닭 모이를 담아준 사람들. 어떤 것은 인근의 흙으로 직접 만들었고 어떤 것은 직공이 만들어서 정교하지만, 일회용은 하나도 없다. 모든 것을 천 번은 씻었을 테고 그건 여자들의 일이었다. 혼수 그릇들. 흔한 농담처럼 '남자의 품에 안기는 순간' 손은 싱크대에 담겼을 테니.

네 할머니 집의 점잖은 거실을 생각해 보라. 그 장식품들, 벽에 걸린 접시들을.

그것들 중에는 우연히 떨구거나 화가 나서 던진 것도 있고, 깨져서 속상해한 것도 있겠지만 어쨌건 그 모두가 쓰레기 더미에 들어갔다가 똥과 함께 거름으로 땅속에 묻히고, 그런 뒤 거기 계속 있거나 이따금 다시 표면으로 떠오른다.

지금 너는 시간 간격이 수백 년 되는 물건들을 손에 가득 들고 있다. 그런데 또 한 조각이 땅에서 윙크를 한다. 이 일은 집착이 될 수 있다. 하나하나가 인생과 시간을 들여다보는 창이다. 그것들이 빈 들판의 안개처럼 올라오며 시끄러운 소리를 내기 시작한다. 죽은 자들의 그 모든 이야기, 목소리가……

　너는 인류 역사를 내다보듯 새로 갈아엎은 들판을 보고, 그 옆 들판도, 또 그 옆 들판, 모든 들판을 바라본다……. 아아. 그것들이 네 손을 가득 채운다. 그 조각들, 그 이야기들이. 하지만 너는 큰 몸짓으로 그것들을 다시 들판에 던진다.

11장

지상으로 올라오기

너는 갈수록 그들의 목소리를 잃는다. 그 일이 언제 있었는가? 너는 어머니의 목소리, 할머니의 목소리를 점점 잊는다. 그들은 10년 전에 18개월 간격으로 돌아가셨고 오늘 너는 그들의 목소리가 떠오르지 않는다는 걸 깨닫는다.

너는 이야기를 떠올리려고 애써본다. 이야기가 떠오르지 않는다. 그들은 이야기꾼이 아니었다. 그것을 중시하지 않았다. 하지만 할머니가 어린 시절 당신의 아버지, 그러니까 네 증조할아버지가 지하 폭발 사고를 겪고 지상으로 올라온 일을 이야기해 준 것은 기억난다. 그는 해고를 당한 터였다. 대공황 때였는지도 모른다. 그래서 하릴없는 시간을 보내다 보니 위험 신호를 감지하는 광부의 육감을 잃었다. 그는 광산에 복귀하고 겨우 며칠 만에 폭발 사고를 당했고, 눈 위치에 구멍을 뚫은 천을 덮어쓴 채 지상으로 올라왔다. 그는 다친 광부들이 많이 이송되는 수녀원 병원으로 갔다. 그는 개신교 신자였지만 그 뒤로 누구도 그의 앞에서 수녀들을 욕하지 못했다.

이것은 네가 꾸며낸 이야기인가? 그럴 리는 없다. 하지만 그 이야기를 전한 목소리가 기억나지 않는다. 그래도 무언가는 남는다. 운율, 리듬이다. 너는 어머니의 참을성 부족했던 리듬을 기억한다. 어머니는 자신이 설명하지 않아도 네가 알아서 이해하기를 기대했던 것 같다. 할머니의 말은 나직하고 스코틀랜드 억양이 풍부했다.

할머니는 스코틀랜드어가 전진에 걸림돌이 된다고 여기지 않았다. 할머니는 아무 데도 가지 않았기 때문이다.

'지상으로 끌어 올려졌다'는 자주 쓰이는 표현이다. 석탄 광산이 다 그렇듯 에어셔에도 참혹한 광산 사고의 역사가 있다. 이때 사고는 사망 사고를 말한다. 부상에 그친 많은 사고는 기록되지 않았다. 폭발 사고는 그렇게 흔하지 않았다. 그보다 빈번한 것은 천장이 무너지거나 수레나 운반차가 굴러가 버리는 사고였다. 작업을 마친 광부들을 네 명씩 경사로로 끌어올리던 수레의 사슬이 끊어진 경우, 1950년의 녹시노크 참사처럼 새 작업장이 빙하 호수의 바닥을 깨서 막대한 양의 토탄과 진흙이 갱도로 쏟아지고 그로 인해 탈출로가 모두 막히면서 129명이 매몰된 경우가 그랬다. 13명은 영구 실종되었지만 나머지는 사흘을 버텼고, 동료 광부들이 폐쇄된 근처 작업장에서 길을 파서 구조했다. 폐기된 작업장에는 가스가 가득했기 때문에 모두 호흡기를 착용하고 지상으로 올라왔다.

할머니의 목소리가 돌아오고 있다. 그냥 잠시 깜박했던 거였다. 할머니의 짧은 문장과 그분이 자주 쓴 표현들이 들린다. 할머니 목소리는 종종 멍한 느낌이었다. 할머니에게 세상은 너무 복잡하고 어지러웠다고. 그런 뒤 끔찍한 침묵의 시간이 왔다. 할머니는 말하는 법을 잊고 몇 주일, 몇 달 동안—체감은 몇 년 같았다—허리를 펴고 가만히 앉아서 우울의 검은 광산에 갇혀 지냈다. 어느 여름방학 때 할머니는 너의 집에서 지내게 되었다. 그런데 어느 날 아침, 엄마가 가게에 가서 과자를 사 먹으라고 삼남매를 내보냈고, 너는 신나게 집을 나섰다. 과자라니! 아침에 일어나자마자! 하지만 그것은 핑계였다. 너는 집 모퉁이를 돌다 앰블런스를 보고 깨달았다. 구경꾼들 앞에서 구급대원들이 천에 덮인 할머니를 데리고 나왔다.

네 기억이 잘못됐을 것이다. 천으로 덮었을 리가? 할머니는 수면제 과용이지 죽지는 않았다.

하지만 세상을 향해서는 죽었다. 할머니는 정신의 표면으로 올라올 수 있도록 전기경련 요법을 받았다. 그러면 어쨌건 한동안은 터널을 통해 심연 밖으로 끌려 올라왔다.

할머니가 너에게 어린 시절 디프테리아를 앓았던 이야기를 들려준 적이 있다. 목구멍이 막혀서 다 쓴 공기를 내보낼 수도 없었고 새 공기를 들여올 수도 없었다고. 할머니의 아버지가 기관지 절개를 준비했다. 그걸 할머니가 어떻게 알았는가? 열이 펄펄 끓는 가운데에도 어른들의 이야기를 들었는가? 그리고 무얼로 절개를 한다는 말인가? 물론 '컷스롯cut-throat'이라는 적절한 이름이 붙은 그의 면도칼이었다.[1] 하지만 그 일은 일어나지 않았다. 위기는 지나간 것 같다. 의사가 더 좋은 방안을 제시했는지도 모른다. 그리고 식구들은 전염병에 걸린 할머니를 좁은 집의 어디에 두어 격리했던가? 이제는 할머니에게 물어볼 수 없다.

깊은 광산들은 이제 모두 폐쇄되고 탄광 입구 건물들도 버려졌다. 상처 입은 땅을 치유하기 위해 나무를 심고 배수로를 막았다. 야생 들판을 복원해서 마도요가 돌아오게 만들기 위해서였다. 광산 폐기물 더미와 옛 철도 위로 풀들이 자란다. 노천 광산의 깊이 팬 상처들은 언젠가 호수가 될지도 모른다. 먼 미래의 어느 날에.

도시가스와 석탄 냄새가 나는 할머니의 셋집 아파트에서(할머니의 목소리가 너에게 다가온다), 어느 날 할머니는 벽난로 위에 걸린 거

---

1 '칼집 있는 구형 면도칼'을 뜻하지만 직역하면 '목을 베는'이라는 뜻이다.

울 속에서 문득 자신의 모습을 보았다.

"아, 내가 우리 어머니랑 똑같이 생겼네!"

"할머니의 어머니는 어떤 분이셨어요?"

어리둥절한 듯, 질문을 잊은 듯한 짧은 침묵. 그런 질문을 받아본 적 없는 듯한. 그리고 그건 사실이었다. 질문이 왜 필요한가? 할머니의 어머니가 광부의 아내, 7남매의 어머니라는 것 말고 달리 어떤 분이었겠는가.

"우리 어머니는 마음씨가 아주 고왔지."

12장

창가에서

창밖으로 보이는 방치된 뒤뜰에 관목 몇 그루가 담장을 등지고 자란다. 빨랫줄 아래 풀들은 모두 무거운 씨송이를 남쪽으로 기울이고 있고, 그 틈바구니에 노란 꽃을 피운 식물이 하나 있다. 금방망이인 것 같다.

저녁이다. 이따금 풀이 바람에 흔들린다. 깃털 하나가 살랑살랑 떨어진다. 비둘기 아니면 재갈매기의 깃털이다. 꼭 구름에서 뽑아낸 듯한 먹빛이다.

백 년 된 이 뒤뜰은 4층 높이 셋집 아파트에 삼면이 둘러싸여서 다른 이들의 창문, 다른 이들의 삶, 그들의 세월과 무대, 전화선과 배수관, 슬레이트 지붕을 마주하고 있다. 지붕 위에는 이제는 쓰지 않는 굴뚝들이 잿빛 구름 틈에서 하얗게 빛나는 하늘에 실루엣 비슷한 모양을 그린다. 오팔빛으로 아른거리는 북쪽 하늘. 늦여름이다.

너는 풀들의 움직임을 보고, 전신 케이블이 뒤뜰의 공동 전신주에서 개별 아파트로 뻗어 들어가는 모습을 본다. 그 선이 공중을 작은 구역들로 분할하고 있다. 굴뚝들이 어두워지고, 서늘한 하늘이 마지막 빛, 차가운 빛 속에 선명해진다.

거의 흰색에 가까운 하늘. 너는 오늘 하루 이와 같은 빛과 색조를 보았는가? 보았다. 딸아이의 목에 걸린 펜던트의 타원형 알. 엄지 손톱만 한 알에 은색 테를 두르고 은색 사슬이 달린 그 펜던트를 딸은 자주 했다. 크림색과 연회색 사이를 왔다 갔다 하는 차분한 펜던트.

너는 쇼핑을 나가서 이제 다른 도시로 진학하는 딸이 쓸 조리 도구들을 사왔다. 그때 딸이 돌아서기 전, 그 애의 주황색 셔츠 앞에 걸린 펜던트를 보았다. 딸은 쇼핑을 마치자 친구들을 만나러 갔고, 노년에 다가가는 너는 체와 행주 두 장이 든 봉투를 들고 거리에 혼자 남았다. "이것도 들고 가줘요, 엄마. 안녕!"

다른 식으로 말해 보자. 폐쇄된 굴뚝들 위의 하늘은 길었던 어느 한 순간, 자기 삶을 찾아 떠나는 젊은 여자의 목에 걸린 펜던트 알과 같은 색깔이었다. 너는 딸이 떠나는 것을 보며—긴 머리, 스키니 진—생각한다. 무슨 생각?

그 생각은: 아이의 인생이 무탈하기를.

그 생각은: 좋아, 이제 뭘 하지?

너는 집에 간다. 저녁 시간은 너의 독차지다. 체와 행주를 딸아이 방에 있는 다른 새 물건들, 침대 시트, 그릇 틈에 두고 나온 너는 빛이 변하는 모습을 창밖으로 바라보며 생각한다. 좋아, 그러면 이제 뭘 하지?

13장

노인들

플라스틱 뚜껑 아래, 툰드라 지대의 공중사진 같은 풍경이 펼쳐져 있다. 진녹색, 연녹색, 황갈색으로 피어난 얼룩들.

"아버지!" 내가 말했다. "이건 못 먹어요. 왜 냉장고에 안 넣어두세요?"

쪼그라드는 아버지가 지팡이에 몸을 기댄다.

"저희가 가져오면 그날 바로 드세요."

한때 영양이 풍부했던 음식 몇 가지가 변기 아래로 내려갔다. 나와 우리 언니는 착한 딸이다. 그렇게 되려고 아버지에게 식사를 가져다드리기로 했다. 수프 한 그릇과 흰 빵만으로는 부족해 보였기 때문이다.

아버지의 단층 주택은 안락하다. 그는—우리는—난방비를 댈수 있다. 어머니와 사별한 지 10년이고 그 전에는 뇌졸중에 걸린 어머니의 주된 간병인이셨다. 그래서 당시 아이들이 어렸던 나의 집 가까이로 이사하셨다. 그때는 내가 이사 갈 상황이 아니라서 부모님이 가까이 오셨다.

친구들은 잘됐다고 한다. 찾아뵙는 데 들어가는 수고가 줄어드니까. 주말마다 형편없는 도로를 한참 달려 다른 도시로 가야 할 필요가 없어졌으니까.

나는 아버지 눈에 띄지 않는 곳으로 가서 언니에게 문자를 한다. "아버지 집이야. 우리가 가져온 음식을 전부 버렸어. 토할 것 같았어." 고백하건대 나중에는 아버지에게 소리를 질렀다. "아버지, 저희가 어떻게 해야 돼요?" 그러면 그가 되쏘았다. "그냥 내가 알아서 하게 둬."

금요일에 두 친구가 나를 데리러 온다. 우리는 사흘 연휴 동안 북부로 갈 것이다. 두 사람 다 나보다 연상의 은퇴자들로 단련된 하이킹족이다. 그들이 멋지다고 생각한다. 그들이 가장 좋아하는 산악 스포츠는, 남자들에게서 약간 과한 칭찬을 받은 뒤 대화의 방향을 돌려 자신들이 먼로[1]를 남김없이 등반하고 심지어 히말라야 고봉들에도 올랐다는 사실을 밝히는 것이다. 이유는 각기 다르지만 두 사람 다 꽤 일찍 남편과 사별했다.

차에 장화, 얼음도끼, 지팡이를 실은 뒤 내가 작은 그릇에 담은 으깬 감자를 가지고 나간다.

"중간에 아버지 집에 잠깐 들를 수 있을까요?"

"물론이지!" 그들이 말한다. 한 명은 최근에 아주 연로하시고 정신도 맑지 못했던 어머니를 떠나보냈다.

* * *

숲과 토탄 늪이 이어지다 난데없이 나타나는 설산. 삐딱하게 기운 전신주 위의 말똥가리. 통과 장소들. 슬금슬금 도로를 향해 기어 내려오는 눈과 사슴들. 2월이니 아직 겨울이었다. 우리는 벤로열Ben

---

1 Munro. 스코틀랜드에서 고도 3천 피트(약 914미터) 이상의 산을 가리키는 말로 총 280여 개가 있다.

Loyal 산을 오르겠다는 소망을 품고 왔다. 밤은 친구들의 시골 오두막에서 보낸다. 토탄을 때는 레이번 스토브가 널빤지 두른 방을 따뜻하게 데운다.

저녁에 대화 주제는 토지 소유에서 정치, 인생의 선택까지 넘나든다. 집 문제, 또는 돌고 돌아 다시 돌아온 집 문제. 은퇴한 이들이 어디서 어떻게 사는 게 좋을지, 어떤 집을 살 수 있는지. 그러니까 선택이란 걸 할 수 있다면. 우리는 모두 70대의 나이에도 부모님이 살아 계신 사람들을 안다. 그들 자신이 노인이 되기 전까지는 부모님 없는 삶을 모르는 사람들.

"공동 시설에서 살아야 돼." 누가 말한다. 맞아, 그래야 해.

일기예보는 좋지 않지만 우리는 잠깐을 위해서라도 간다. 폐농가의 마당에서 준비를 갖추고, 질척이는 갈대와 히스밭을 걸어 언덕까지 간다. 언덕에는 구름이 없고 눈 덮인 봉우리들이 차갑고 파란 하늘을 배경으로 환하게 서 있다. 이 산은 먼로는 아니지만 히스 황야에 솟아 있어서 높아 보인다. 봉우리들이 구름 안을 드나든다.

하지만 곧 하늘이 어두워지더니 스콜이 협곡으로 쏟아진다. 우리는 흩어져서 몸을 웅크리고 오른쪽 어깨에 진눈깨비를 맞으며 각자 생각에 잠긴 채 물웅덩이를 헤치고 간다. 우리는 모두 산에서 수다 대신 내면의 자유를 즐긴다. 스콜이 지나가자 다시 모인 다음 여울목에서 강을 건넌다. 이후 땅은 가파른 오르막이 되고 우리는 개울을 따라 낮은 능선을 향해 간다. 길은 힘겹고, 위쪽의 눈밭은 강풍이 불어 매섭게 추울 것 같다. 그때 하늘이 다시 어두워지고 또 한차례 스콜이 닥친다.

이제 웃으며 서로를 본다. 누가 먼저 말할 것인가?

우리는 차로 돌아와서 즐거이 각반과 코트, 진흙투성이 장화를 벗는다.

나는 나보다 오래 산 이 여자분들을 깊이 신뢰한다. 카일오브텅 Kyles of Tongue 호수로 돌아가는 차 안에서 나는 최근에 드는 생각, 삶의 지금 단계에 대한 생각을 편하게 말한다. 나에게 기회의 문이 아직 열려 있지만 빠르게 닫히는 느낌이라고. 아니, 애초에 별로 열리지도 않았던 것 같다고. 육아에서 휴식 없이 곧바로 노인 부양으로 옮겨왔다고. 정규 직업도 없이.

하지만 이것은 나의 기회일지도 모른다. 아니라면 내가 그렇게 만들어야 한다. 나 자신은 건강하고 아이들도 다 자라서 이제 곧 스스로 먹고살지 모른다. 남편은 나보다 연상이지만 지금은 아무 문제 없고 혼자만의 관심사가 많아서 나를 흔쾌히 이런저런 모험에 보내준다. 하지만 몇 년만 더 지나면…….

인생은 우리에게 잘해줬다.

"무슨 기회?" 그들이 묻는다.

"딱 꼬집어 말할 수는 없어요. 하지만 안식년을 갖고 배낭여행을 가고 싶다는 생각이 가끔 들어요. 아니면 배를 타고 적도 아래 남쪽으로 가거나. 스코틀랜드가 아닌 곳으로요! 세상의 웅대함을 느끼고 싶어요."

"해! 아직 관절이 멀쩡할 때!" 그들이 입을 모은다.

하지만 상상이 잘 되지 않는다. 모두가 알 듯이 세상은 예측 불허고 인생은 순식간에 뒤집힐 수 있다. 내가 가져온 지팡이는 어머니가 쓰시던 것이다. 뇌졸중이 오기 전에. 그때 어머니는 예순 살이었다. 어머니는 자유를 느낀 적이 있는가? 어머니는 힘겨운 편부모의 외동자식이었다.

우리는 도중에 하산하길 잘했다고 몇 번이나 자축했다.

"신문에 뭐라고 나겠어." 그들이 말한다. '눈보라 습격에서 은퇴자들 구조!'"

"'노인들'이라고 쓸걸!"

"난 빼줘요." 내가 말한다.

* * *

다음날 아버지 집에 들른다. "감자 드셨어요?"

"응."

"잘하셨어요. 냉동 식사를 배달하는 회사가 있어요. 작은 포장으로요. 그것도 한번 시도해 보세요."

* * *

만 두 달이 지났다. 봄눈은 사라지고 수선화가 피었으며 아버지는 늘 앉는 테이블 옆 의자에 앉아 있었다. 의자는 창문을 향해 있었다. 이웃집들 틈으로 철로를 보기 위해서다. 기차가 지나가는 걸 보면 아버지는 그 번호를 기록했다. 테이블에는 위스키 잔도 있고 아버지의 단정한 필체가 적힌 메모와 편지 들도 있었다. 오전이었다. 친절한 이웃이 전화해서 우유가 아직 문 앞에 있어 걱정이 됐다고 말했다.

우유가 현관에 있어요. 아, 맞아요, 그게 최고 아닌가요? 모두가,

모든 사람이 그렇게 말했다. 그렇게 해야 돼. 그게 최고야. 자기 집 의자에 앉아서 말이다. 누가 그걸 싫어할까? 아, 아버지는 위스키도 마실 것이다.

14장

숲의 목소리

* 이 꼭지에서 한글 맞춤법에 맞지 않는 구두점 생략은 저자의 의도이다.

너는 정말로 그 일을 했고 이번에는 숲에서 길을 잃었다 어쩌다 그렇게 됐는가? 무섭게 자라난 적송들이 사방에 진을 쳤고 아래쪽 빌베리와 고사리는 시들었으며 이는 10월이기 때문이고 네 귀에는 아무 소리도 들리지 않는데, 나뭇잎 하나가 떨어져 땅 위의 형제들과 만나는 무음無音뿐이다.

너는 가만히 서 있다. 나무들 뒤로 더 많은 나무. 머리 위에 희뿌연 하늘.

너는 서 있다. 적송은 너에게 아무 신경 쓰지 않고 긴 팔다리를 정렬한다. 그들은 육중하지만 겨울 아침의 숨결 같기도 하다. 하지만 아직 겨울은 아니다. 소나무도 있고 자작나무도 있다. 타오르는 차가운 노란빛들. 어린 자작나무들은 연약하다. 바람 한 줄기만 불어도 이파리가 모두 기절할 것 같지만 바람은 없다.

길은 얼마나 잃어야 잃는 건가?

너는 길을 잃지 않았다. 너는 지도를 따라왔다. 오솔길이 있다. 숲에는 언제나 길이 있었다. 시간이 태어났을 때부터 그랬다. 나무들이 비켜서 길을 내준다. 유령 길, 아마도 사슴이나 오소리를 위한 동물 길이다. 동물은 없다. 지금은 낮이다. 늑대도 분명히 없고 곰도 없다.

너는 숲이 곰을 그리워하는 걸 느낀다. 곰이 늙은 나무줄기와 베리 덤불을 괴롭혀야 하는데 지금 괴롭힘은 없다. 하지만 늑대는? 숲은 늑대들을 기억할 만큼 오래 살았다.

하지만 너는 숲에 가만히 서서 귀를 기울이고, 청력이 민감해진다. 우듬지에서 새들이 먹이를 찾으며 짹짹거리는 소리가 떨어져 내린다. 개울에 물 흐르는 소리.

이제 나방이 있다. 나방이 네 앞에 파닥파닥 날아온다. 이것이 동화라면 너는 나방을 따라 가고 싶을지 모르지만 나방은 지나가고 곧 나무의 잿빛 줄기에 잿빛 날개를 찰싹 붙일 것이다. 그때까지 아무도 그 나방을 본 적 없고 앞으로도 그럴 것이다. 인간 세계에 모습을 보인 건 지금이 유일하며 이제 그 일은 끝났다.

어쨌건 너는 이 숲에서 무엇을 하고 있는가? 아, 그것이 문제로다. 너는 수많은 공포에 대해 생각하고 싶었다. 매일 들리는 뉴스—총, 전쟁, 아이들의 때 묻은 얼굴에 흐르는 눈물, 전기톱, 비닐에 휘감긴 바다 동물들…….

아니다, 딱히 그것을 생각하려는 게 아니라 그 모든 것, 그러니까 앎이 부여하는 무게를 어찌할 것인지 생각하러 왔다……. 거기 대응하는 법 화면을 내려라 책장을 넘겨라 텔레비전 코드를 뽑아라 돈을 보내라. 정말로? 아니면 숲을 오래 산책하라 너에게는 그 일을 할 만한 행운이 있기 때문이다, 너는 일을 접고 숲의 품으로 뛰어들 수 있기 때문이다.

그리고 여기 네가 있다.

나무가 사방에 있다. 그들은 서로 친교하고 너는 그것을 느낀다. 그들은 서로를 안다. 그들은 여기 이미 뿌리를 박고 몇 백 년을 살았고 모든 것을 보았다.

비행기가 지나간다. 희뿌연 하늘에, 나뭇가지들 위로 어디를 가는가? 어쩌면 줄어드는 만년설 위를 날아갈지도 모른다.

집중하라.

떡갈나무 허리춤에 초록 고사리. 돌멩이를 뒤덮은 초록 이끼. 까마귀 목소리. 재재거리는 굴뚝새 목소리. 너무 부드러워서 아무 목소리가 없는 가랑비. 뒤쥐, 검은 민달팽이의 목소리. 숲의 목소리……. 시야 한구석에서 무언가 움직이는 소리를 들었는가? 나방이 돌아오나? 아니면 이파리 또 하나가 떨어지는 소리? 너는 길을 잃지 않았다. 그냥 감상에 빠진 것일 뿐. 네 발치에 길이 있잖은가. 그러니 계속 길을 가라.

감사의 말

많은 훌륭한 분들이 자신의 전문성과 지식을 나누어주고 저와의 동행을 허락해 주어서 이 책이 태어났습니다. 그중에는 친구가 된 분들도 있죠. 저에겐 최고의 선물입니다.

스코틀랜드 국립박물관의 앤드루 키처너와 프레이저 헌터는 저에게 멋진 소장품을 보여주었습니다. 애버딘 대학 박물관의 제니 다운스는 누날라크 발굴팀, 특히 릭 네크트와 멜리아 네크트를 소개해 주었습니다. 릭과 멜리아의 너그러움과 열정에 특히 감사를 드립니다. 샬로타 힐더달을 비롯한 누날라크의 발굴팀 모두에게, 에리카 라슨을 비롯해서 이 책에 언급되거나 언급되지 않은 모든 퀴나하크 분들께도 감사드립니다.

관심 있는 분들을 위해 관련 블로그를 소개합니다.
https://nunalleq.wordpress.com/about/

오크니에서는 웨스트레이 EASE 고고학팀의 헤이즐 무어와 그레이엄 윌슨을 비롯해서 링크스 오브 놀틀랜드의 모든 발굴팀원에게 여기 이름을 적었건 적지 않았건 특별한 감사를 드립니다.

아래의 사이트에 가면 사진들이 있습니다.

http://linksofnoltland.co.uk/index.html[1]

웨스트맨스의 샌디와 윌리엄 매큐언은 친절한 집주인이었습니다. 니나와 제이슨 윌슨, 그들의 사랑스러운 소에게 감사를 전합니다. 저는 커크월에서 캐럴라인 위컴 존스의 전문 지식을 감사히 훔쳤습니다. 스트롬네스에는 캘럼 모리슨이 있었습니다. (하지만 이제 코냑은 없어요, 캘럼.) 숀 메인 스미스와 리즈 더프와 마저리 스티븐스를 비롯해서 배낭을 지고 산을 오르는 모든 분들께 감사드립니다 —우리는 오래된 사이예요. 프레야 버틀러, 쇼나 스완슨, 퍼거스 제이미, 내 사랑 덩컨 버틀러에게도 감사합니다.

냇 잰스는 이번에도 내내 깊은 통찰력을 발휘해 주었습니다. 그녀와 마크 엘링엄, 그리고 명확한 사고와 흔들림 없는 열정을 보여준 제니 브라운에게 감사드립니다. 피터 다이어의 표지 디자인은 특별합니다. 스코틀랜드 문예진흥원과 리버흄 재단은 제 여행 비용을 지원해 주었습니다. 도움이 없었다면 이 책을 쓸 수 없었을 것입니다.

이 책을 시작한 뒤로 아이들이 자라서 세상으로 나갔고 사랑하는 아버지가 돌아가셨습니다. 그리하여 우리는 계속 길을 갑니다. 『표면으로 떠오르기』는 언제나 변함없는 필 버틀러에게 바칩니다.

---

1 이 번역서의 출간 시점에는 비활성화된 것으로 보인다.

옮긴이의 말

떠오르는 것들

캐슬린 제이미는 스코틀랜드 최고의 현역 시인 중 한 명으로 올 8월까지 4대 마카르Makar를 지냈다. 마카르는 스코틀랜드 정부가 선정하는 계관 시인의 직위이다. 제이미는 그동안 많은 작품에 스코틀랜드의 자연과 문화를 담아왔고 그것들로 상도 많이 받았기에 이런 명예는 매우 자연스러워 보인다.

이 책에도 스코틀랜드의 풍경이 다채롭게 담겨 있다. 대자연이 넘실거리는 하일랜드 고원, 바다와 숲이 만나는 앵거스 지역, 북해의 외딴 섬 웨스트레이뿐 아니라 이름 모를 시골 숲도 있다.

험준하고 짙푸른 산들, 깊은 계곡, 많은 호수와 눈—영화 〈해리 포터〉 시리즈로 잘 알려진 스코틀랜드의 거친 자연은 실제로 많은 판타지와 신화, 전설의 배경을 이루고 있다.

하지만 제이미의 글에 담긴 스코틀랜드는 판타지나 신화의 땅이 아니고 은둔 사념이나 목가의 땅도 아니다. 대신 거기 실제로 살았고 살고 있는 사람과 생명체의 깊은 역사가 중첩된 땅이다. 그 시간은 역사 시대 이전까지 거슬러 올라간다. 제이미가 아마추어 고고학자로서 발굴에 참여한 경험이 책 전체에 중요한 역할을 하기 때문이다.

제이미는 이런 체험을 통해 지나간 삶과 현재의 삶, 앞으로의 삶을 다층적으로 투시해 보여준다. 이때 반복되는 표현이 이 책의 제목인 '표면으로 떠오르기'다. 발굴을 하면 땅속에 묻혀 있던 유물들이 '표면으로 떠올라서' 세상에 모습을 보이기 때문이다.

하지만 이 표현은 다른 맥락에서도 등장한다. 하나는 저자의 증조할아버지가 광산 매몰 사고 후 '지상으로 올라온' 경우고(우리말로는 번역이 달라졌지만 영어로는 거의 동일하다) 또 하나는 저자가 티베트 여행 중 개에게 물렸던 사소한 기억이 20년도 더 지나 저자의 꿈을 통해 '표면으로 떠오른' 경우다.

이 '떠오르기'들은 하나같이 생명력으로 이어진다. 잊었다고 생각한 것들이 살아 돌아와서 파괴된 공동체를 복원해 주고(「쿼나하크에서」), 생명을 되살려 주며(「지상으로 올라오기」), 때로는 병마를 이기는 기묘한 계시가 된다(「티베트의 개」).

이것들을 연결하는 이미지가 웨스트레이 스톤에 새겨진 나선형 무늬다. 시간은 나선형이라는 것, 모든 것이 출발한 곳으로 돌아온다는 것. 물론 돌아온 그것이 처음과 같지는 않지만 언제나 그 지점이 우리의 바탕이고 토대라는 것. 거기서 새로운 힘이 생긴다는 것. 그렇게 돌아올 것을 알기 때문인지 저자는 여행과 모험을 자주 떠난다.

실제로 이 책에서 두드러지게 분량이 많은 작품이 세 편 있는데, 그중 두 편이 스코틀랜드 바깥을 배경으로 한다. 하나는 알래스카에서 고고학 발굴을 한 이야기고 또 하나는 방황하던 젊은 시절 혼란에 휩싸인 티베트를 여행한 이야기다.

스코틀랜드와 마찬가지로 알래스카와 티베트 역시 강대국의 변방이라는 특징이 있다. 저자가 애초에 그런 점에 이끌린 것인지는 알 수 없지만, 잃어버린 전통을 되살리려 애쓰는 유피크인들과 당국의 폭압 속에 숨죽이고 사는 티베트/중국인들에 대한 저자의 잔잔한 애정은 '낯선 사람들'을 대한다기보다 '우리의 일부'를 대하는 것 같은 느낌을 준다.

저자는 알래스카의 툰드라 지대에 나갔을 때 짧은 시간에 시력과 청력이 좋아진 경험을 말한다. 이 책의 담백한 문장들에 담긴 깨끗하고 빛나는 이미지들을 따라가다 보니 나도 그렇게 얼마간 감각이 향상된 느낌이 들었다. 거기에 인류와 생명체 전체의 깊은 역사를 "잠시 들여다본 느낌"(「퀴나하크에서」)은 더 말할 것도 없다.

그러니까 제이미의 글은 작가 존 버거의 말대로 "독자의 세계를 한층 넓혀주"는 글이다. 독자 여러분도 이 책을 통해서 그런 즐거움을 누릴 수 있기를 바란다.

고정아

SURFACING

사진 출처

다음의 사진가와 에이전시에 감사드립니다.

퀴나하크 사진들 © Erika Larsen (www.erikalarsenphoto.com)
순록 동굴 © Mike Brockhurst (www.walkingenglishman.com)
스코스비의 배: 로버트 에드먼드 스코스비-잭슨의 『윌리엄 스코스비의 생애*The Life of William Scoresby*』에 수록
이누이트 새발 지갑: 피터헤드 아버스넛박물관과 애버딘셔 의회 제공
독수리 © iStock/Getty Images
웨스트레이 와이프 © Carole Bumford
발굴 현장의 저자, 링크스 오브 놀틀랜드 © Graeme Wilson
가족사진, 저자의 노트, 바람의 말 스탬프: 저자 소장품
사미승과 저자, 마니차 앞의 노부인, 샤허 축제 © Sean Mayne Smith
벤로열 산 © iStock/Getty Images
랜노크의 블랙우드 숲 © David Robertson/Alamy Stock Photo

표면으로 떠오르기

초판 인쇄		2024. 9. 23.
초판 발행		2024. 9. 30.
저자		캐슬린 제이미
역자		고정아
편집		강지수
발행인		이재희
출판사		빛소굴
출판 등록		제251002021000011호(2021. 1. 19.)
팩스		0504-011-3094
전화		070-4900-3094
ISBN		979-11-93635-23-0(04800)
		979-11-93635-04-9(세트)
이메일		bitsogul@gmail.com
주소		경기도 고양시 덕양구 꽃마을로 66 한일미디어타워 1430호
SNS	인스타그램	instagram.com/bitsogul
	트위터	twitter.com/bitsogul
	네이버 블로그	blog.naver.com/bitsogul